버
터
플
라
이

허
그

버터플라이 허그

초판 1쇄 인쇄 · 2023년 6월 26일
초판 1쇄 발행 · 2023년 7월 3일

지은이 · 김 경, 김미수, 김민주, 김지수, 김태정
　　　　엄현주, 이덕화, 이연숙, 이하언, 허정수
펴낸이 · 한봉숙
펴낸곳 · 푸른사상사

주간 · 맹문재 | 편집 · 지순이 | 교정 · 김수란, 노현정
등록 · 1999년 7월 8일 제2-2876호
주소 · 경기도 파주시 회동길 337-16 푸른사상사
대표전화 · 031) 955-9111(2) | 팩시밀리 · 031) 955-9114
이메일 · prun21c@hanmail.net
홈페이지 · http://www.prun21c.com

ISBN 979-11-308-2061-3   03810
값 17,000원

메타버스
소설
앤솔러지

버터플라이 허그

김 경
김미수
김민주
김지수
김태정
엄현주
이덕화
이연숙
이하언
허정수

푸른사상
PRUNSASANG

메타버스 세계를 위한 새로운 장

처음에는 메타버스를 공부하는 중견 작가들의 모임으로 시작했다. 이론 공부를 위해 몇 달간 관련 논문을 읽고 함께 토론했다. 새로운 것에 대한 호기심 때문인지 참가인원 전체의 열기가 대단했다. 메타버스 기술과 게임을 바탕으로 한 〈알함브라 궁전의 추억〉이라는 드라마도 함께 보았다. 1년에 걸쳐서 기초이론 공부를 했다. 어느 정도 감을 잡고 단편 한 편씩을 썼다. 작품 초고에 대한 예리한 지적이 이어졌고, 두세 차례 합평회를 통해 고쳐갔다. 2년여 세월이 흘러 작품이 완성되었다. 구성원들의 열정에 무엇인가를 이룰 것이라는 기대가 현실로 나타난 것이다. 다들 새로운 세계에 몰입했고, 그것이 어떻게 작품 결과로 이어져 독자들의 호응을 얻느냐가 관건이었다. 독자들의 관심을 어떻게 끌어들이냐에 따라 앞으로 메타버스 세계가 더 확장 발전되거나, 혹은 그대로 머물기 때문이다.

메타버스가 최첨단 기술로 만들어진 새로운 세계라면, 메타버스 소설은 지금 몸담고 있는 현실과 새로운 세계를 오가며 또 다른 제3세계까지 확장하는 이야기이다. 메타버스 세계가 생기면서 현실은 가상의 세계까지 확장하고, 당장 눈앞의 현실이 아니라 과거와 미래까지 소환, 지금까지 인류가 풀지 못했던 문제까지 푸는 열쇠가 될 수 있다.

우리나라에서 처음 시도한 메타버스 소설은 김상균의 『BRAIN TOUR』이다. 17편의 단편소설이 실린 책이다. 이 작품들은 주로 앞으로 다가올 메타버스 세계를 보여주기 위한 의도로 제작한 실험적인 작품이다. 사건 위주로 서술한 소설로, 독자의 공감을 이끌어내기보다는 메타버스 세계를 보여주는 데 치중하다 보니 소설로서의 요건을 갖추지 못한 것 같다.

주로 장르소설집을 출판하는 고즈넉이엔티 출판사에서는 국내 최초로 '메타버스 장르소설 공모전'을 개최하여 『메타버스 장르문학상 수상집』(2022)을 출판하였다. 이 작품집에서도 앞으로 전개될 메타버스 세상에서 전개될 사람들의 이야기를 주 내용으로 하고 있다.

아직 메타버스 소설은 시작 단계에 지나지 않는다. 메타버스 세계가 아무리 현실 세계와 닮았다고 해도, 기술적인 면에서 현실과는 다른 가상과 증강 현실을 다룬다는 의미에서 아직 사람들에게 생소하게 느껴질 수 있다. 그러나 이런 가상현실이나 증강현실을 접목, 작품화는 이미 몇백 년 전부터 시도되었다. 단지 그때는 메타버스라는 용어를 사용하지 않았을 뿐이다.

소설이라는 장르 자체가 메타버스 세계를 함유하고 있다. 소설은 아니지만 장자의 제물론(濟物論)에서 보여준 나비가 된 꿈(호접지몽) 이야기나 김만중의 『구운몽』, 『사씨남정기』까지 거슬러 올라가면 쉽게 이해할 수 있다. 장자의 꿈에서나 『구운몽』에서 현실과 꿈을 넘나드는 세계, 장희빈의 아바타로 교씨를 만들어 장희빈과 인현왕후의 갈등을 그린 것들은 이미 메타버스 세계를 보여준 것이다. 작가가 만들어내는 모든 작품은 작가의 아바타가 이루어내는 세계가 아닌가.

영국의 버지니아 울프의 소설 『댈러웨이 부인(Mrs. Dalloway)』을 읽고 영향을 받아 마이클 커닝햄(Michael Cunningham)이 쓴 퓰리처 수상작품 『디 아워스(The Hours)』를 영화화한 스티븐 데일 감독의 동명 영화 〈디 아워스〉 역시 가상현실과 증강현실이 섞여 있는 영화이다. 이 영화는 각기 시간대를 다르게 산 세 여성의 이야기를 한데 묶어 우울증, 성, 일상성 등 삶의 의미, 세대를 달리한 여성들이 연결하는 가상세계를 통해 여성만의 삶을 심도 있게 보여주고 있다. 피터 호윗의 영화 〈슬라이딩 도어즈(The sliding doors)〉 역시 지하철을 탄 상황과 타지 못한 상황에 따른 비교된 삶을 가상세계로 보여준다.

이렇듯 우리가 알지 못하는 사이 많은 메타버스 세계가 우리의 일상 속에 스며들어 있지만, 그동안 명명화하지 않았다고 하는 것이 옳을 것이다. 메타버스 소설은 SF의 과학적 합리성과 판타지의 현실에서 일어날 수 없는 일이라는 특징이 결합되어 나타난다. 메타버스 소설이 판타지나 SF와 구별되는 또 다른 지점이 VR 기기를 사용한 증강현실이다. 이 기기를 사용함으로써 현실보다 더 현실 같은 실재감을 체험할 수 있다. 이것이 메타버스의 가장 큰 특징이다.

이번 중견 작가들의 메타버스 소설에서는 가상현실과 증강현실이 적절히 혼합되어 있다. 될 수 있으면 독자들의 공감을 유도하면서 메타버스 세계에 익숙해지기 위한 전략으로 현실과 접목한 가상세계를 다룬 작품이 대다수이다. 작품들을 간략하게 소개하면 다음과 같다.

「레퀴엠을 듣는 시간」, 현대인들은 무한히 확장되고 변화하는 세계에서 살고 있다. 그중에서도 일상화된 메타버스의 세상은 과연 우리의 삶을 어떻게 변화시키는가. 메타버스는 벗어날 길 없는 막막한 현실의 돌파구가 된다. 현실보다 더 현실 같은 메타버스의 체험을 통해서 한 발 한 발 희망으로 나아가는 삶의 과정을 그렸다.

「내일이면 사라질 문장」, 가상현실기기를 착용하면 아트월드의 예술 공간인 라이팅 룸의 세계가 펼쳐진다. 작가가 즉석에서 써낸 이야기를 읽으며 독자들은 개별적이며 희소성 있는 창작 행위에 매료된다. 전문서적은 홀로그램으로 얼마든지 읽을 수 있지만 문학작품만은 라이팅 룸에서만 그날의 문장으로 곧바로 읽을 수 있다. 작가의 창작물은 라이팅 룸에서 쓴 오늘의 문장만이, 내일이면 사라질 단 하나의 문장으로만 존재한다. 오늘 자신의 라이팅 룸으로 들어가지 않은 작가는 작가가 아니며, 자신의 라이팅 룸에서 오늘의 문장을 쓰지 못한 작가는 작가가 아닌 메타버스 세상이 구현된다.

「버터플라이 허그」, 인간이 생각하는 미래는 모두 이루어진다. 상상력은 그것을 현실화시키는 힘을 가지고 있다. 인간에게 도움을 주기 위해 만들어진 기계가 때로는 인간을 소외시키기도 한다. 어떻게 사용하느냐에 따라서 기계는 반려견 이상의 친구가 되기도 하고, 힘 있는 동료가 되기도 한다. 사람이 만들어내는 기계는 절대적으로 선이어야 한다는 믿음 속에, 그것이 가능할 거라는 희망을 메타버스라는 가상세계를 통하여 보여주고 싶었다. 차가운 기계 속에 살아 있는 심장을 넣는 것이 인간의 바람이기 때문이다.

「안녕! 안드로메다」, 현재 우리나라 대표적인 메타버스 서비스 플랫폼인 제페토, 이프랜드, 게더타운 등을 통해 활발한 상호작용을 하는 세대의 대표적인 나이는 만 12세의 아동들이라고 한다. 이 나이의 주인공을 내세워 현실에 접목한 가상 증강 세계를 접하는 미래 세대의 시각과 희망을 그려보고자 했다. 결국 우리가 추구하는 세상은 상호교류의 정서와 사랑이 바탕임을 드러내고 싶다.

「아고라를 향해」, 서사의 공간인 '아고라조'는 유저들이 자유롭게 모여 인생을 논하고 경제 활동까지 할 수 있는 가상세계에서의 아고라를 이상향으로 목표한다. 아고라조에서 제공하는 증강현실, 라이프로깅, 거울세계, 가상세계의 네 가지 유형은 경계를 넘나들며 하나로 합쳐질 것으로 예측한다. 인간의 상상력과 한계를 시험할 흥미진진한 실감형 텔레포트가 우리를 유혹할 때, 그 이면에 어떠한 위험이 도사리고 있을지 한 번쯤 생각해봐야 할 것이다.

「카페드림」, 바다가 보이는 카페의 창가 자리에서 햇빛이 환한 맑은 날, 오후 1시에서 4시 사이에 인터넷을 하는 사람들이 묘한 체험을 하게 된다. 이 사람들은 현실로 돌아가 카페에서 경험한 가상세계를 현실화함으로써 삶에 대한 새로운 도전 정신을 가지게 된다. 이는 메타버스의 세계를 우리 현실에 적용할 수 있는 비전을 제시하는 작품이다.

「그가 나에게로 왔다」, 편의점에서 아르바이트를 하는 화자는 나이가 비슷한 스리랑카 청년 차말을 만나면서 진정한 삶은 무엇인지 회의를 가지기 시작한다. 화자는 자신과 차말을 동일시하고, 차말의 불행한 처지를 자기 일처럼 걱정하며, 메타버스 갤러리를 통해 차말을 돕게 된다. 메타버스 세계와 현실과의 상호 전개가 어떻게 이루어지는가를 보여주는 작품이다.

「알레 마지끄」, 남편과 사별하고 우울증에 빠져 대학 선배에게 심리적 지배를 당하고 있는 엄마를 메타버스 플랫폼으로 초대한 딸은, 그 속에서 아빠 아바타가 된다. 엄마는 아빠 아바타와 추억을 공유하고 대화하면서 우울증이 치유되고 자신을 조종하는 선배 행동을 깨닫는다. 그 과정은 메타버스에서도 새로운 소통과 관계 맺음이 가능하다는 것을 시사한다. 마법 산책길을 의미하는 불어 '알레 마지끄'는 현실과 메타버스 속의 산책길, 마법처럼 문제가 해결되는 과정, 딸과 엄마를 잇는 통로 등 복합적 상징성을 갖는다.

「무한의 오로라」, 제도와 관습, 인연에 옭매여 날개가 꺾인 잠자는 공주 오로라. 메타버스 공간에서 다시 날개를 활짝 펼쳤다. 생각만으로 무엇이든 가능한 그곳에는 현실의 무게도, 시공간도, 육체도 없다. 오직 무한한 자유만 있을 뿐이다.

「타터, 스스로 죽다」, 먼 훗날 나의 디지털트윈 타터가 목성의 위성 가니메데의 술집에서 맥주를 마신다는 상상은 가슴 떨리는 가상 경험이다. 그 타터가 스스로 생각하는 인격체라면? AI 두뇌가 자각하는 인격체가 될 것이라는 쪽에 서서 미래의 어디쯤을 잠시 상상해본다.

2023년 5월
기획자 이덕화

차 례

레퀴엠을 듣는 시간

김 경

2000년『월간문학』으로 등단.
소설집『얼음벌레』『게임, 그림자 사랑』『다시 그 자리』『푸른바다거북』,
장편소설『페르소나의 유혹』등 출간.
한국소설문학상, 만우박영준문학상 수상.

레퀴엠을 듣는 시간

승주는 콘서트홀이 있는 건물 앞에 당도한다. 회전문에 들어서려다가 옆의 유리벽을 힐끔거린다. 바이올린을 들고 새하얀 망토를 뒤집어쓴, 영락없는 피에로가 보인다. 바이올린 케이스에도 흰 눈이 수북하다. 지하철 역사에서 빠져나오니 벌써 온 세상이 눈이었다. 마을버스를 기다리던 중에도, 마을버스를 타고 오는 동안에도 내내 눈이 내렸다. 일주일 후면 연주회다. 어제 갑자기 악장이 제안하기를, 일단 참석 가능한 단원끼리라도 연주를 맞춰보자고 했다. 그녀는 털장갑을 낀 채로 머리부터 눈을 털어내기 시작한다.

승주는 회전문 안으로 성큼 들어선다. 쿵, 일순간 회전문의 두터운 유리에 이마를 부딪치고 만다. 부츠 바닥에 엉긴 눈 때문에 그만 미끄럼을 탔다. 얼떨결에 회전문을 빠져나왔으나 걸음이 허청거린다. 정신 차려, 윤승주! 그녀는 자기도 모르게 혼잣말을 토하며 몸의 중심을 갑스려고 애쓴다. 정신 차려, 윤승주! 다시 흰빈 닌호하게 뫼린다. 그날 이후에 걸핏하면 주문으로 굳어진 듯 튀어나오는 말이다.

보름 전이었다. 어머니가 느닷없이 애절한 목소리로 아버지를 들먹이며 승주를 채근했다. 자칫 그녀는 어머니에게 휘둘릴 뻔했다. 워낙 어머니는 실바람에도 부대끼는 나뭇잎처럼 심약한 데가 있으나 약간의 과장이 엿보였다. 다행히 그녀의 머릿속에 병상에 누운 아버지뿐만 아니라 아버지를 지켜보는 자신의 모습까지 스쳤다. 도저히 용납되지 않는 아찔한 광경이었다. 그녀는 주먹으로 앙가슴을 치면서 마음을 다잡았다. 정신 차려, 윤승주!

그날따라 승주는 종일 단원들과 맹연습을 하느라 파김치가 된 상태였다. 정기연주회를 앞둔 담금질이었다. 이번 연주회는 코로나19로 황망하게 세상을 떠난 이들을 추모하는, 특별히 기획된 '레퀴엠 음악회'다. 단원들은 매번 숙연한 분위기 속에서 연습을 했다. 연주곡은 하이든의 〈교향곡 44번 슬픔〉, 루토스와프스키의 〈장송 음악〉, 쇼스타코비치의 〈현악 4중주 8번〉이다. 세 곡 모두 실내 교향곡 버전으로 선보일 거였다. 그녀는 특히 루토스와프스키의 〈장송 음악〉에 치중하고 있다. 익숙하지 않은 현대음악이기도 하지만, 그만큼 곡에 매료당했다는 뜻이다. 같은 바이올린 파트인 서영 언니 역시 〈장송 음악〉에 더없이 공을 들인다. 야, 은근히 까다롭지? 고전이 얼마나 안정적이고 편안한 정조인지, 요즘 새삼 깨닫게 됐어. 맞아, 언니. 처음부터 불협화음이 연속해 나오니까 머리에 쥐가 다 나려고 하지 뭐야. 그녀는 서영 언니의 말에 충분히 공감했다. 무엇보다도 그 음색과 멜로디가 지나치게 모호하고 낯설었다. 그런 면에서 〈장송 음악〉도 예외 없는 현대음악이다.

승주는 패딩을 벗어 베란다 빨래 건조대에 걸어놓고, 화장실에서 손만 씻고 나왔다. 거실 소파에 털썩 주저앉는데, 무엇인가가 바닥으로 툭 떨어졌다. 소파 팔걸이에 놓여 있던 어머니의 돋보기안경이었다. 헤드셋이 떠올랐다. 누가 뭐래도 헤드셋은 그녀의 최애품이다. 헤드셋을 착용하고 메타버스 방에 들어가는 시간을 깜박 잊고 있었다. 그녀는 감쪽같이 클라라가 될 테고, 브람스가 한순간에 등장할 텐데. 당연히 피로감 따위야 한 톨도 남김없이 풀풀 허공으로 날아가고. 클라라는 그녀의 아바타, 아바타 브람스는 클라라의 유일한 짝이다. 어머니의 안경을 제자리에 놓는데, 어느새 브람스의 눈길이 그녀의 몸 구석구석에 달라붙었다. 브람스의 영민하면서도 포근한 눈길은 언제 어디서나 그리움의 표상이다. 사실 그녀가 이토록 오랜 기간 브람스와 눈빛을 교환할 줄은 미처 몰랐다. 일대 사건이다. 아니다. 그 이전에 '잠깐 들어봐요, 소리를'이라는 메타버스 방이 홀연히 열린 것 자체가 대형 사건이었다. 사건의 중심에 우뚝 선 서영 언니. 서영 언니가 그녀를 초대해 이끌어준 결과였다. 방이 열리면 늘 첫눈에 띄는 두 문장부터 그녀를 사로잡는다. 고궁이나 사찰의 현판처럼 문장의 아우라가 대단하다.

'말로 표현할 수 없을 정도로 당신을 사랑합니다. 사랑이란 단어가 가질 수 있는 모든 수식어를 사용해 당신을 불러보고 싶어요.'

얼핏 유치한 것 같아도 주의 깊게 보면 심도를 가늠할 수 있는 글이다. 사랑이란 감정은 그토록 간절하고 강렬한 것이리라. 문장을 걸어 놓은 사람은 브람스라고 로즈가 귀띔했다. 로즈는 서영 언니의 아바타다. 실제로 그 문장은 브람스가 슈만의 아내 클라라에게 한 유명한 문구다. 그뿐만이 아니다. 클라라가 죽기 직전에 브람스가 작곡한 〈4개의 엄숙한 노래(Four Serious Songs)〉가 메타버스 방의 배경음악으로 깔린다. 귀로 듣는 음악은 눈으로 인식하는 문장과 비교할 바가 아니다. 초대받은 첫날, 승주는 한없이 가슴이 먹먹했다. 예전에도 그 곡을 듣고 있으면, 가슴이 서늘해지고 눈이 시렸다. 그녀의 가슴 한쪽에 피어나는 감성……. 서영 언니는 그녀의 그런 면에 대해선 좀 둔한 편이다. 넌, 남성 혐오증 환자야. 환자! 걸핏하면 서영 언니는 그녀를 몰아세우기 일쑤였다. 하기야 서영 언니가 주선한 소개팅 횟수를 생각하면 이해하고도 남을 일이다. 아니 횟수가 아니라, 단 한 번도 성과를 내지 못한 데 대한 화풀이라고나 할까. 게다가 결혼하고서 더욱더 날을 세웠다. 보통 사람 되는 게 그리 어려워? 나를 보라구! 데이트 즐기고, 사랑 키우고, 결혼하고!

대학 선배인 서영 언니의 매력 포인트는 한마디로 서글서글한 성격이다. 학교 축제 기간, 승주는 서영 언니와 함께 길거리 공연을 흉내 내어 모금운동을 했다. 이과대 잔디밭에서 비발디의 〈사계〉 중 '봄'을 연주하고 잠시 쉬던 중이었다. 지천으로 핀 분홍 박태기 꽃밭에서 헤매는데 갑자기 비가 쏟아졌다. 여우비였다. 미처 케이스 안에 보관하지 않은, 벤치 위에 노출된 두 대의 바이올린. 허둥대는 그녀에 앞서 달려간 서영 언니는 서슴없이 그녀의 바이올린을 먼저 챙겼다. 아무튼 오프라인에서 실패한 서영 언니의 처방전이 메타버스였다. 브람스는 세 번째 만남에서 자신을 유감없이 각인시켰다. 클라라의 손을 움켜잡고 자작시를 읊었다.

온갖 노래 다 듣고 온갖 노래 다 불러도 마음속에 떨어진 그대, 건질 수가 없네 마음속에 불붙은 그대 눈동자 지울 수가 없네……*

클라라는 손을 놓지도 못한 채 쩔쩔맸다. 서른여섯에야 경험하는 야릇하면서도 달달한 느낌. 심장이 터질 것처럼 뛰었다. 시구의 정확한 의미는 감지되지 않아도, 사랑의 고백 언저리쯤인 것은 눈치챘다.

승주는 소파에서 벌떡 몸을 일으켰다. 어서 빨리 헤드셋을 쓰려는 욕구로 성급히 방문을 열던 찰나였다. 고모가 전화했더라. 오늘내일 하면서도 딸을 볼 욕심에…… 눈을 못 감지 싶다는데…… 아무래도 네 아빠가……. 아빠라니? 누가 아빠야? 그녀는 여지없이 거세게 쏘아붙이고선 제풀에 깜짝 놀랐다. 어머니도 얼마나 놀랐는지 벌린 입을 채 다물지 못했다. 웃을 때 보조개가 예쁜 고모의 얼굴이 어른거렸다. 고모는 그녀가 어릴 때부터 집에 들락거리던 아버지의 사촌동생이다. 일순간 오랫동안 잠재하고 있던 뿌리 깊은 증오심이 끓어올랐다. 얼굴이 화끈거렸다. 기억하고 싶지 않은 모든 기억을 깡그리 지웠다고 자신했는데, 아니었다. 아버지와 등 돌리고 살아온 세월이 무려 16년이었다. 오죽하면 그녀가 어머니의 보호자를 자처하며 집을 박차

---

* 이성복의 시 「노래 2」 전문(이성복, 『그 여름의 끝』, 문학과지성사, 1990).

고 나왔겠는가. 그녀는 겨우 대학 1학년이었다. 어머니를 그느르기에
는 한참 부족한 나이였다. 까마득한 그 현장이 생생하게 되살아났다.

　어떤 일이든지 다 조짐이 있다. 현관에 들어서자 팔에 소름이 돋을
정도로 싸한 기류가 흘렀다. 까치발로 소리를 죽이며 거실 중문을 밀
었다. 거실은 이미 거실이 아니었다. 깨진 텔레비전 모니터, 박살난
화분 옆에 누운 뿌리 뽑힌 식물, 카펫 위에 나뒹구는 쿠션과 목각인
형……. 승주는 똑똑히 보았다. 한바탕 전쟁을 치르고도 버젓이 남은
세 사람의 몰골을. 할머니와 아버지는 당당한 포즈로 소파에 앉고, 어
머니는 비굴한 자세로 무릎을 꿇었다. 강파른 할머니의 눈매와 일그
러진 아버지의 표정이 그처럼 조화로울 줄이야. 그녀는 경악했다. 손
에 들린 바이올린이 바닥으로 맥없이 떨어졌다. 아버지의 부릅뜬 눈
과 그녀의 토끼 눈이 맞부딪쳤다. 몸이 오싹했다. 움찔하던 어머니가
일어서지도 못하고 그대로 쓰러졌다. 창백하다 못해 푸르스름한 어머
니의 얼굴에 해넘이 햇빛이 출렁거렸다. 엄마! 엄마! 그녀는 목울대가
찢어지도록 울부짖으며 어머니를 껴안았다. 남편이라는 허울을 벗어
던진 아버지의 민낯은 얼음 조각상이었다. 그녀의 뇌세포에서 아슬아
슬하던 기억의 파편들이 무더기로 깨어났다. 줄기차게 뿜어대던 어둠
의 세계가 고통스럽게 날뛰었다. 그녀를 끈덕지게 괴롭히던 아슴아슴
한 장면들이 쉴 새 없이 쏟아졌다. 아버지는 오로지 할머니의 아들로
만 존재한다는 것을 비로소 깨달았다. 그녀는 어머니를 침대에 눕혔
다. 칙칙한 낯빛과는 대조적으로 가슴팍에 붙은 브로치는 참 화사했
다. 승주야! 심하게 떨리는 아버지의 음성이 방문을 두드렸다. 그녀는

침묵했다. 승주야, 잠깐만 승주야! 어깨에 닿는 아버지의 두툼한 손에서 사나운 짐승의 발톱을 느꼈다. 그녀는 거칠게 뿌리쳤다. 나가요, 나가라구요. 그녀의 목소리는 처연하면서도 날카로웠다. 아버지는 어머니 앞에서만 발작하는 희귀성 질환자였다. 아버지의 병명이 '외상 후 스트레스 장애'라는 것을 훗날에야 알았다.

윤승주! 윤승주! 누군가가 승주의 등을 툭 친다. 가쁜 숨을 토해내는 서영 언니의 볼이 발그레하다. 야, 너 왜 그래? 목이 터져라 불러도, 바로 뒤에서 발기척을 해도 죄다 나 몰라라네? 그, 그랬어? 혹시 뭔 일 있어? 서영 언니는 미간에 주름을 모으며 그녀의 얼굴을 탐색한다. 일은 무슨, 뭘 좀 생각하느라……. 뭔데? 그러고 보니 영 잠도 못 잔 얼굴이네. 아직 시간도 이른데, 저기 좀 앉았다 가자. 콘서트홀로 내려가는 계단을 뒤로하고, 그녀는 서영 언니를 따라 돌아선다. 두 사람은 휴게실 벽면에 밀착된 벤치 의자에 앉는다. 서영 언니가 백팩에서 붉은 단풍잎 문양의 보온병을 꺼낸다. 그녀는 따끈한 커피의 효능을 맛본 모양, 고민거리를 술술 털어놓는다. 아빠가 위독하시나 봐. 엄마는 내가 응당 가봐야 한다고 성화지만, 영 내키질 않아. 오늘도 자꾸 날 밀어붙이는데……. 모르겠어, 어떡해야 할지. 서영 언니는 의외로 대꾸하지 않고, 묵묵히 커피만 홀짝거린다. 그녀는 무료한 사람처럼 눈을 내리깔고 발끝을 툭툭 친다. 오가는 사람이 없는 실내가 더없이 적막하다. 승주야, 서영 언니의 낮은 목소리가 그녀를 부른다. 꺽진 성격이 너답지가 않네. 내가 너라면, 난 절대로 미룻거리지 않을 꺼야.

이런 내 말이 전혀 위로가 되지 않겠지만, 아빠는 아빠야. 아빠를 부정할 수 있어? 네가 아빠에 대한 묵은빚으로 얼마나 힘들어하는지 잘 알면서도, 난 네가 많이 부러웠다? 난, 아빠 얼굴도 모르잖아? 서영 언니의 목소리가 서서히 잦아든다. 언니! 언니가 내 맘 아는 것처럼 나도 언니 맘 충분히 이해해. 병원에선 아빠도 할머니도 환자라고 했지만, 어머니만 생각하면 지금도 마음이 아리고 용서가 안 되는 걸 어떡해? 승주야! 너도 진짜 옴팡지다. 맘속 깊숙이 걸어둔 미움이나 증오 따위의 빗장일랑 쿨하게 풀어버려. 아빠가 가신다는 마당에 다 무슨 소용이야? 좀 우습다. 언니! 무슨 말을 그렇게 해? 그녀는 바이올린을 추켜들고 일어난다. 서영 언니가 그녀의 팔을 잡지만, 거칠게 뿌리친다. 네엄마가 대단히 너그러운 여자로만 알았다. 잘못 안 거지. 내가 멍청이다. 아버지의 비열한 말투가 머릿속에서 회오리를 일으킨다. 그녀는 머리를 꼿꼿이 세우고 회전문을 향해 잽싸게 발을 놀린다. 서영 언니의 다급한 발소리가 뒤에서 텅텅 울린다. 그녀는 성마른 표정으로 씩씩거리며 밖으로 나온다. 눈발이 사방으로 요동을 치며 휘날린다. 그새 어디선가 강풍이 건너온 게 틀림없다. 그녀는 강풍과 눈발 사이를 뚫고 성큼성큼 걸어간다.

❧

승주는 걸음이 급속도로 빨라진다. 북적거리는 사람들 사이를 빠져나가는 데에 온 신경을 쏟는다. 1초라도 눈 돌릴 여유가 없다. 간신히 목적지에 도착하니 온몸이 땀으로 끈적거린다. 좌석에 앉아 숨을 돌리는데, 가슴이 철렁 내려앉는다. 뭔가가 찜찜했는데, 여권을 가져오지 않았다. 해외여행에 여권을 빠트리다니, 이제 곧 비행기가 이륙할 텐데 낭패다. 여권이 없어요. 아버지는 담담한 얼굴로 빨리 내리라고 손짓을 한다. 그녀는 허겁지겁 가방을 챙겨들고 비행기에서 빠져나온다. 여권이 없다? 그녀는 머리를 갸우뚱거린다. 여권이 없는데 어떻게 탑승했지? 세관 검색대와 출입국 검색대 통과는? 아, 짐을 꾸리면서 미니 크로스백에 제일 먼저 넣은 것이 분명 여권이었다. 배꼽 아래에 미니 크로스백이 찰싹 달라붙어 있다. 여권을 확인한다. 왜 하필그 순간, 여권을 갖지 않았다고 확신했을까? 이미 비행기는 떠났을 텐데……. 혹시나, 하는 마음으로 고개를 돌려본다. 비행기가 사라진 활주로는 한바다처럼 드넓다. 그녀는 텅 빈 활주로를 바라보다가 그만맥이 풀린다. 느닷없이 한기가 들면서 으슬으슬 춥다. 몸을 한껏 옹송그리다가 눈을 뜬다.

승주는 기지개를 한 번 켜고서 다시 이불을 머리 위로 끌어당긴다. 감기약을 먹고 일찍 잠자리에 들었다가 꿈을 꾸었다. 장면 장면이 너무 명료하다. 현실과 꿈이 명확히 분리되지 않는다. 특히 담담하던 아버지의 표정이 오버랩된다. 도대체 아버지 혼자서 어디로 여행을 가신 걸까. 심상찮은 느낌에 가슴이 벌렁댄다. 엉뚱한 여권 찾기로 아버지 곁을 홀홀 떠난 짓거리라니. 매몰찬 마음 한 가닥이 여실히 드러났다. 무의식이 의식보다 더 진실에 가깝다. 꿈속처럼 온몸이 서늘하다. 자니? 방문을 열고 나타난 어슴푸레한 실루엣, 어머니다. 기일 불빛이 방문 사이로 스며든다. 기어이 아빠가 가셨다. 혼자 쓸쓸히 눈을 감으셨다는구나. 어머니가 마치 소인국 사람처럼 작아 보인다. 그녀는 황급히 머리맡의 스탠드를 켠다. 은은한 조명에도 속속들이 드러나는 방 안이 현실이다. 크림색 블라인드는 반듯하게 내려졌고, 모니터는 깜깜하다. 책장 앞 보면대 위에는 연주회 음악 악보가 펼쳐졌고, 책상에 놓인 바이올린은 융과 턱받침 커버로 덮여 있다. 자식이라곤 너 하나뿐인데…… 엄마는……. 어머니의 말은 끊었다가 이어지는 파도타기에 들어간다. 그녀는 고개를 돌리며 눈을 질끈 감는다.

시계는 자정을 지나 두 시에 가까워진다. 이제 잠자기는 글렀다. 묵직한 돌덩이가 가슴을 억누르는 듯 답답하다. 자꾸 어깨가 움츠러들고 온몸이 오그라드는 느낌이다. 좀 전에 본 어머니처럼 소인국 사람으로 변신한 것인가. 몸피가 왜소해진 만큼 더 강력한 압박감이 엄습한다. 피잉, 바이올린 줄이 끊기는 날카로운 소리가 귀청을 때린다. E선이다. 오케스트라 오디션을 볼 때였다. 한창 감정이 고조되던 한순간 줄이 툭 끊어져버렸다. E선이었다. 손끝이 바르르 떨리다 못해 숨이 가빴다. 괜찮아요. 지금까지 좋은 연주 들려줬어요. 침착하게 천천히 마무리하면 됩니다. 누군가가 봄바람처럼 포근한 목소리로 토닥여주었다. 그녀는 끊어진 줄을 풀어내고 새 줄을 끼워 처음부터 다시 연주했다. 지금까지도 그 목소리는 그녀의 가장 든든한 버팀목이다. 그런데 방금 끊긴 E선에는 그 누구도 반응하지 않는다. 그녀를 지켜봐주는 사람이 아무도 없다. 눈보라 치는 허허벌판에서 길을 잃고 방황하는 그녀를 아무도 찾지 않는다. 불안하고 두렵다. 그때도 그랬다.

화창한 5월 어린이날, 어린이 대공원에서 일어난 공포의 한때였다. 스카이 댄싱을 탄 뒤, 비룡 열차를 타기 전이었다. 저만치 남실거리는 연분홍 솜사탕. 솜사탕은 장미꽃보다 더 탐스러웠다. 그냥 솜사탕을 쫓아갔을 뿐인데…… 솜사탕을 손에 쥔 아이가 마구 달렸을 뿐인데……. 어린 승주는 개미 떼처럼 몰려다니는 인파에 파묻혔다. 그 어디에도 엄마 아빠는 보이지 않았다. 소리를 삼키며 눈물 콧물이 범벅인 채로 우왕좌왕 내달렸다. 따가운 햇볕에 자꾸 감기려는 눈을 마구 비비댔다. 얼마나 시간이 지났을까. 아빠 품에 안기고서야 목이 터져라 울어댔다. 엄마와 아빠도 함께 울었다. 어린 승주는 훈훈한 아빠 품에서 스르르 잠이 들었다. 그때 그 시절이 그립다.

엄마, 나 정말 잘 거야. 제발 나가줘. 승주야, 나중을 생각해봐. 나중에 후회 안 할 자신 있니? 그녀는 스탠드를 끄고 다시 눈꺼풀을 끌어내린다. 방문을 닫고 나가는 어머니의 뒷모습이 비현실적으로 멀어진다. 이제 방 안은 불빛 한 점 없는 캄캄한 동굴이다. 동굴 속에서는 집중력이 높아진다. 어머니의 속내가 거울 보듯 들여다보인다. 아버지와 결별하고 살아온 16년이 허공에 둥둥 떠 있는 것 같다. 그 모든 세월이 허상이었던가. 어머니는 행여 이혼 서류에 도장 찍은 것을 후회하는가.

도대체 이혼 꼬리표까지 달고 있는 아빠를 어떻게 만난 거야? 그런 아빠하고 결혼하고 싶었어? 참 겁도 없네요. 스스로 불행의 늪에 뛰어들었으니, 누구를 탓해? 어머니와 함께 집을 나오면서 승주는 시시콜콜 따졌다. 참 어이없었다. 어머니는 얘기 두중에 잠깐씩 오련힌 표정을 짓곤 했다. 상대방에게 먼저 끌린 쪽은 어머니였다. 하기야 보이는 것이 전부라면, 준수한 외모와 유머러스한 성격만으로도 아버지는 일류였다. 게다가 번듯한 재산가라니. 제법 규모가 큰 의류 제작 공장과 동대문 쇼핑몰에 매장이 두 곳이었다. 당시는 게스, 프라다, 베네통 등 유명 브랜드의 디자인 따라 하기가 대세였다. 아버지는 신촌과 이대 앞 등, 젊음의 거리까지 진출했다. 그녀는 걸핏하면 찾아와 푸념을 늘어놓던 외할머니의 가년스러운 모습을 기억했다. 어머니는 장녀였다. 일찍이 혼자된 외할머니에게 2남 2녀는 버거웠다. 사랑으로만 맺어진 결혼도 있겠으나 꼭 그런 결혼만이 축복일까? 어머니에게 사랑은 철부지 놀음이었다. 아버지의 결혼관도 대동소이했다. 부드럽고 착한 성품에 호감이 갔지. 그걸로 네 엄마는 만점이었다. 만점은 할머니를 지켜줄 가족 구성원으로서의 점수였다.

승주가 고등학교 2학년 단풍철에 할머니와 합가했다. 할머니는 무릎 인공관절 수술 뒤 재활 과정까지 거쳤으나 여전히 환자였다. 보행보조기에 의지해 조심조심 발을 뗐다. 보행이 자유로워지면서 고부간의 갈등, 그 고난이 시작되었다. 두 사람은 첨예하게 대립했다. 남자는 입성이 반듯해야 당당한 법이다. 할머니는 무시로 헤픈 씀씀이를 펄럭이며 숫제 백화점을 쓸고 다녔다. 아버지의 옷장은 수족관 물갈이하듯 새 옷으로 넘쳐났다. 물론 아버지 공장 옷과는 수준이 다른 고급 옷이었다. 아버지의 속옷 빨래까지도 할머니의 몫이었다. 이런 싸구려 풀밭을 식탁이라고 차려? 남자는 고기를 달고 살아야 윤기가 나는 법이다. 갈비찜 닭백숙 육개장 병어조림 민어탕 등등, 아버지는 철저한 할머니표 식단에 대만족했다. 그래도 그 정도는 애교였다. 매일 아침 화장실 문밖에서 수건과 로션을 들고 기다리는 것도 모자라 아버지의 잠자리마저 관리했다. 영 피곤해 보이는데? 내 방에서 편히 자거라. 투명인간으로 전락한 어머니의 인내와 그 한계점. 어머니의 팽배한 불평불만은 과도한 스피커로 폭발했다. 아버지는 기어코 폭력까지 휘둘렀다.

뭔가 더 하고 싶은 얘기가 있으세요? 연민으로 봐야 해요. 연민으로 두 사람을 대할 수 있을까요? 단발머리 정신과 의사는 딸인 그녀보다 더 다정하게 굴었다. 어머니는 눈물샘마저 메마른 건조한 눈을 깜박거리며 고개를 가로저었다. 그녀는 의사의 큰 눈에 고인 슬픔을 보았다. 피카소의 〈우는 여인〉이 생각났다. 〈우는 여인〉은 보라색 눈물방울을 눈 밑에 달고 있었다. 어머니는 눈에 보이지 않는 눈물방울을 달고 우는 여자였다. 모든 사태는 할아버지에게서 비롯되었다.

할아버지는 하얀 와이셔츠 차림에 넥타이로 목을 맸다. 겨우 마흔 셋이었다. 그 장면을 목격한 할머니와 아버지. 승주는 상상만으로도 끔찍했다. 남은 두 사람은 의기투합해 언제 또 가족이 사라질지도 모른다는 위기감에 갇혀 살았다. 두 사람은 하나로 묶인 한 사람이었다. 서로에 대한 집착은 시간이 지나면 지날수록 무섭게 증폭되어갔다. 아버지의 마비된 이성도 다 병적이었다. 우울증을 넘어 심각한 외상 후 스트레스 장애(PTSD)였다. 아버지는 유능했으나 가슴 밑바닥에 도사린 아픔과 두려움을 떨쳐내지 못했다. 자기가 아프다고 타인에게 상처를 전가했다. 치유 과정을 거쳤다면 좀 안온해졌을까. 할머니도 똑같았다.

두 사람의 상처를 감당하기엔 어머니는 너무 나약했다.

승주는 적극적인 행동을 시도했다. 경찰에 신고하는 것은 기본으로 이혼까지 부추겼다. 두 사람을 연민으로 대할 수 없다면 절대로 함께 살 수 없습니다. 의사의 친절하고 단호한 조언에 용기와 희망을 얻었다. 물리학에서 설명하는, 이론적인 중력 탈출 속도 11.2km/s가 머릿속에 맴돌았다. 가늠되지 않는 빠른 속도. 중력처럼 강한 그동안의 관성에서 벗어나 우주에 진입하려면 꼭 필요한 속도. 그녀는 부모의 완전한 결별을 위해 숨도 쉬지 않고 달렸다. 마침내 음지를 박차고 양지로 나왔다. 하지만 양지의 삶도 치열한 싸움이었다.

승주는 아버지의 송금을 거부하고 억척스럽게 아르바이트 인생을 택했다. 바이올린 레슨은 물론, 닭고기를 튀기고 커피를 내렸다. 식당 테이블을 정리하고 바닥을 닦았다. 그래도 바이올린을 켤 수 있어서 행복했다. 음악만이 유일한 위안이었다.

바람이 세차게 불어대는 끄느름한 오후, 승주는 어머니와 나란히 베란다에 서서 밖을 내다보았다. 낙엽들의 유희…… 나뭇잎이 끊임없이 공중에 포물선을 그어대며 떨어졌다. 어머니가 털썩 주저앉아 훌쩍거렸다. 유난히 촉촉한 어머니의 울음소리가 낙엽을 따라 흩어져갔다. 그녀도 연쇄반응으로 눈물비를 쏟았다. 어머니가 그녀를 껴안았다. 그녀는 눈물이 서로의 통로가 된다는 것을 가슴에 새겼다.

시계는 새벽 세 시를 지난다. 마음속에 비바람이 친다. 혼란스럽다. 아버지와 함께 탑승하지 않은 것이 여간 찜찜하지 않다. 아버지와도 어떤 통로가 형성되어 있었는데, 승주가 깨뜨려버린 게 아닐까. 공허감이 밀려든다. 그녀는 그만 침대에서 내려온다. 며칠 동안 메타버스를 잠재워놓고 있었다. 브람스와 한 약속대로라면 먼 길을 떠날 채비는 진작에 마쳤다.

승주는 헤드셋을 쓰고 모니터를 주시한다. 여태 머릿속을 지배했던 묵직한 사고에서 과감하게 탈출한다. '잠깐 들어봐요, 소리를' 방의 존재감은 점점 더 커진다. 그만큼 새로움을 모색하는 시공간의 지평도 넓어지고 있다. 누군가와의 만남이 삶의 활력소가 된다는 것도 이 방에서 터득했다. 가슴이 떨리지 않아? 심장박동이 리드미컬하지 않아? 브람스와의 관계를 알아챈 서영 언니는 막무가내로 그녀를 몰아붙였다. 그녀의 떨림을 확인하고 말겠다는 의지의 표출이다. 그녀는 아직 서영 언니에게 털어놓지 않았다. 브람스에게조차 내색하지 않았다. 감추려는 의도는 없었다. 단지 그 순간이 설렘이라는 것을 한참 지난 뒤에야 알았을 뿐이다. 그녀도 내심 불안 속에서 스스로를 의심했다. 정말 남성 혐오증일까? 남성 기피증일까? 이제는 서영 언니의 진단이 오진이라는 것을 명명백백 밝힐 수 있다.

승주는 클라라가 되어 '잠깐 들어봐요, 소리를' 방에 들어선다. 그녀는 이제부터 오직 헤드셋에서 들려오는 소리만 감지할 수 있다. 제 아무리 뇌성벽력이 치고 화재 경보가 울려도 깜깜이다. '모든 이들을 위한 기도'라는 자막이 나온다. 그 아랫줄에 작은 글씨로 '−코로나19 팬데믹−'이 나타난다. 오늘의 주제를 암시하는 문장들이다. 중후한 첼로 소리가 마음을 느슨하게 풀어준다. 쇼팽의 유일한 첼로 소나타인 G단조다. 조르주 상드와 이별한 뒤, 가장 힘든 시기에 작곡한 곡이다.

클라라는 이 방에 첫발을 디디고 배경음악을 귀담으면서 어느 정도 방의 구성원을 가늠했다. 음악을 사랑하는 사람들……. 우선 브람스는 첼리스트, 로즈와 몰려다니는 떼거리는 모두 오페라 마니아다.

음악이 물 흐르듯 매끄럽게 바뀐다. 귀에 익은 모차르트의 교향곡 39번 3악장 〈미뉴에트〉다. 활기찬 선율에 맞춘 클라라의 발걸음이 경쾌하다. 차림새도 그에 걸맞게 밝고 화려하다. 하나로 올려 묶은 연보라 머리에 핑크색 프릴 니트 스웨터와 초록 레깅스를 입었다. 브람스는 짙은 감색 팬츠에 깃털 달린 초록색 야구 모자를 썼다. 클라라는 지난 봄 석촌호수 벚꽃축제에서 만난 S를 떠올린다. S는 산뜻하게 배를 드러낸 크롭 톱에 넉넉한 오버사이즈 팬츠 차림이었다. 어머나! 메타버스 아바타의 패션이 왜 벚꽃 아래 계실까? 그녀에게 레슨 받는 중학생 S임을 간파하고 일부러 눈을 들이댔다. 쌤, 깜놀했어요? 가상현실의 패션 경험이 오프라인에서 재현되다, 몰라요? S가 깔깔거렸다. 그랬다. 예전에는 싸이월드 미니룸의 아바타가 현실 유행 패션을 구입했다. 어느 틈에 양상이 백팔십도 달라졌다.

트레킹 코스라도 꽤 힘들 텐데, 각오는 됐지? 자, 오늘 일정은 일종의 탐사라는 걸 명심하고 출발! 브람스의 말에 클라라는 재빨리 S를 떨쳐내며 방실거린다. 무엇을 탐사할까? 솟구치는 궁금증을 겨우 억누르고 묻지 않는다. 호기심이라는 배를 타고 떠나는 모험이야말로 큰 즐거움이다. 두 사람은 사분사분 발걸음을 뗀다. 사방팔방이 온통 싱그러운 초원이다. 걸음 횟수가 더해질수록 시야는 점점 더 진초록 세상으로 물이 든다. 어, 이게 뭐야? 조심해! 브람스가 서둘러 외친다.

무작정 발 내딛지 말고 뒤꿈치부터 천천히……. 돌멩이들이 풀밭 곳곳에 숨어 있다. 구불구불한 오르막길이 보인다. 클라라는 양손의 스틱을 이용해 조심조심 오르막길을 오른다. 졸졸졸, 정겨운 물소리가 귀를 간질인다. 협곡이다. 어때, 빙하가 녹아내리는 청아한 소리……. 브람스가 재바르게 짚어주고서 낭랑하게 휘파람을 날린다. 빙벽과 빙하의 틈 사이사이로 눈이 시리도록 맑고 투명한 물줄기가 흘러내린다. 난생처음 만나는 빙하의 공간이다. 저기 저 꽃 좀 봐! 브람스의 손끝을 클라라의 시선이 따라간다. 함초롬히 핀 자잘한 무지개 빛깔 꽃들이 옹기종기 모여 있다. 참 앙증맞다. 힘내고, 전망대를 향하여 전진! 브람스의 활기찬 응원이 클라라에게는 활력소다.

야호! 클라라와 브람스는 전망대에 버티고 서서 마음껏 소리친다. 사방 천지가 만년설로 뒤덮였다. 웅장한 설산의 기품에 눈이 부시다. 가슴이 확 트인다. 그동안 쌓인 응어리가 단숨에 풀린 듯하다. 브람스, 이 풍광이 바로 순수한 자연이구나. 순순한 자연……. 우리도 이 자연의 일부겠지? 클라라는 감격에 겨워 목이 잠긴다. 클라라, 하늘을 봐. 팔짝 뛰면 금방이라도 오를 것 같잖아? 클라라는 문득 꿈속의 비행기를 떠올린다. 아냐, 아냐. 클라라는 웅절거리며 고개를 낮춘다. 비행기를 애써 떨쳐내고, 저 아래 가장 낮은 곳으로 시선을 낮춘다. 아무리 눈을 홉뜨고 살펴도 빙하 외에는 그 무엇도 존재하지 않는다. 땅이 어디쯤인지, 아예 그 흔적조차 없다. 브람스도 시선을 아래로 내리며 포옹하듯 클라라의 어깨를 감싼다.

클라라, 저 빙하를 꼭 기억해야 돼. 지금 빙하가 소리 없이 사라시고 있다구. 아마도 2100년쯤이면 지구 빙하의 절반 이상이 녹을걸? 6%만 사라져도 재앙적 규모인데……. 지난해, 티베트 해발 6,500m의 얼음 샘플에서 15,000년 전 바이러스를 발견한 거 기억해? 물론이지. 2016년엔가, 시베리아 영구동토층이 녹으면서 순록 사체에서 탄저균이 나온 것도 기억해. 너무 무서워. 클라라는 초조한 기색으로 어깨를 마구 흔든다. 정말 끔찍한 일이지. 빙하 속 바이러스는 절대 비현실적인 상상이 아니라구. 빙하나 영구동토층에서 탈출한 박테리아가 어떨 거 같아? 그것들은 절대 숨죽이고 있지 않지. 지역 야생동물 등 새로운 숙주를 감염시킬 확률 100%가 팩트! 다들 겨울 빙하 놀이가 최고라나 뭐라나 떠들지만, 지금 그런 한가한 때가 아니라구. 브람스의 눈빛에 서린 결기를 느끼면서 클라라는 주먹을 불끈 쥔다. 코로나 바이러스는 오히려 별 게 아니었다. 지구의 변화가 몰고 올 재앙보다 더 무시무시한 사태가 또 어디 있겠는가. 클라라는 현기증을 느낀다. 새끼 새가 어미 새의 품을 파고들 듯 브람스의 가슴으로 파고든다. 브람스의 심장 소리가 자장가처럼 평온하게 들린다. 난, 적어도 다음 세대를 이대로 방치하진 않을 거야. 브람스의 자신에 찬 말이 울려 퍼진다. 또로록 또로록…… 어디선가 가냘픈 음향이 들려온다. 아, 물방울 소리다. 물방울이 가만가만 제 소리를 삼키면서 일정한 간격으로 떨어진다. 일순간 고대의 바이러스에 매몰된 머릿속이 말끔히 정화된 느낌이다. 또로록 또로록, 물방울 멜로디에 귀를 기울인다. 어쩌면 저 소리는 바이러스에 저항하는, 자연의 생명력이 움트는 소리인지도 모른다. 뭘 그리 골똘히 생각해? 지금 난, 네 소리를 듣고 있는데. 브람스가 귀엣

말을 한다. 클라라의 볼이 달아오른다. 클라라, 네 심장 소리가 내 심장을 두드린다구. 브람스가 더욱더 힘을 주며 클라라를 포용한다.

승주는 헤드셋을 벗고 잠을 청한다. 빙하의 세계가 눈앞에 재현된다. 브람스의 심장 소리, 물방울 떨어지는 소리, 브람스의 귀엣말도 또록또록 들린다. 그녀는 안다. 자신에게 내재된 클라라의 힘을. 그 힘은 곧 자신을 깊은 잠으로 유도할 것이었다.

단원들이 속속들이 자리를 채우기 시작한다. 거리 두기를 한 탓에 띄엄띄엄 자리가 배치되었다. 단원들은 마지막 악기 점검으로 소리내기를 한다. 제각각 뿜어내는 높고 낮은 악기 소리가 독특한 화음을 빚는다. 승주는 활에 송진을 칠한다. 악장인 Y선배가 들어와 튜닝을 유도한다. Y선배가 켜는 '라' 음이 선명하게 울린다.

키가 훤칠한 지휘자 변 선생이 포디엄에 올라선다. 지휘자가 포디엄에 자리하면 삽시간에 분위기가 달라진다. 고요한 정적의 시간이된다. 변 선생은 단원들을 죽 훑어본다. 지휘봉이 소리 없는 곡선을 그리며 변 선생의 머리 위로 올라간다.

리허설이 항상 본 연주회보다 더 긴장감을 불러일으킨다. 하이든의 〈교향곡 44번〉 3악장, 점점 고조되던 선율이 마무리 단계에 접어든다. 3악장은 좀 아이러니한 면이 있다. 느린 곡이면서도 단조가 아닌 장조의 곡이다. 승주는 1주제인 바이올린 연주 부분에서 은근히 몰입도기

올라간다. 마치 독주하는 기분이랄까. 눈을 지그시 감았다가 살짝 눈꺼풀을 끌어올린다. 담담하게 차오르던 서글픔의 마디마디가 가슴을 짓누른다. 막막한 어둠 속에 갇힌 듯하다. 긴 여운 속에서 곡이 끝난다. 그녀는 날숨을 토하며 고개를 든다.

변 선생은 자신감에 찬 표정으로 두 팔을 번쩍 든다. 다음 곡의 시작을 알리는 동작이다. 선두주자인 첼로가 〈장송 음악〉의 서문을 연다. 이 곡은 원래 소규모 현악 오케스트라 곡이다. 1958년 루토스와프스키가 헝가리의 모더니스트 음악가 버르토크를 추모하기 위해 작곡했다. 근래에 부쩍 동시대 음악의 중요성이 많이 부각된다. 시대의 흐름이다. 유럽에서는 현대음악에 지원과 투자를 아끼지 않는다. 그녀가 현대음악을 귀담기 시작한 때가 언제부터였던가. 차츰차츰 그녀의 가슴에도 슈베르트와 브람스를 들을 때처럼 어떤 울림이 차오르기 시작했다. 어느새 현악기들이 서로의 소리를 한데 모으기 시작한다. 역시나 불협화음이 한 치의 오차 없이 꼬리에 꼬리를 문다. 그녀는 음정 하나라도 놓칠까 봐 신경을 바짝 곤두세운다. 일순간 불협화음이 꽃바람처럼 살랑살랑 아름답게 어우러진다. 참으로 마법 같은 흐름이다. 이제 음악은 정점으로 치닫는다. 곤혹스러운 장면이 빠져나가고 아름다운 꽃을 피우는 화음의 길이 열린다. 천연덕스러운 변주, 변주에서 우러나는 아름다운 정조, 고도의 상징성……. 명징한 화음이다. 변 선생이 연습 기간 중에 수없이 되뇌곤 했다. 이번 연주회의 압권은 바로 이 부분입니다. 집중력을 발휘해야 합니다. 또 다른 변화를 추구하는 반복적인 음정이 터진다. 깜깜한 죽음의 세계를 표현한 것이다.

그녀는 긴장을 놓지 않고 한 음 한 음을 찾아간다. 그녀의 영혼 깊숙이 어둠이 휘몰아친다. 수많은 영령들이 어둠 속을 애처로이 떠돈다. 그렇다. 이 음악은 코로나로 안타깝게 목숨을 잃은 영혼들을 위한 헌정 음악이요, 애도의 음악이다. 절망 속에서 희망을 찾기 위해 선곡한 것이다. 지휘봉이 허공에서 정지하는 한순간, 아스라이 낯익은 목소리가 들려온다. 벌써 발인이 내일이구나. 너는 꼭 가봐야 한다. 하나뿐인 핏줄 아니냐? 오늘 아침, 어머니는 애면글면 승강기 문 앞까지 따라와 중얼거렸다. 문득 한 생각이 머리에 스친다. 행여 아버지에게도 이 음악이 닿으려나. 코로나에 잡힌 것은 아니지만, 아버지도 이 세상을 등졌다. 수많은 영령들의 대열에 끼어 묵묵히 떠났다. 불현듯 눈시울이 뜨거워진다. 그녀는 자기도 모르게 객석으로 시선을 보낸다. 객석이 텅 비었다. 리허설 시간에 관객이 찾아올 리 없다. 연주회 시간인 여섯시라면 모를까. 그런데 저만치 왼쪽 가장자리가 왠지 심상찮다. 흐릿한 실루엣이 보인다. 뜻밖에도 텅 빈 객석에 누군가가 오도카니 홀로 자리를 지키고 있다. 내일이 발인이라는 어머니의 목소리가 또다시 귓가에 맴돈다. 아, 아버지.

아버지의 소식은 잊힐 만하면 배달되곤 했다. 배달부는 고모였다. 공장을 확장하고, 가정부가 바뀌고, 공장에 불이 나고, 할머니가 알츠하이머를 앓고, 아버지가 뇌출혈로 쓰러지고……. 모두 다 스쳐가는 바람으로 치부했다. 승주를 옭아매는 가장 결정적인 사실은 아버지의 돈이 그녀의 바이올린 레슨을 끌고 간 것이었다. 세상의 모든 생명체는 어딘가에 반드시 흔적을 남긴다고 했다. 사람이 한 생애가 시납게 휘몰아치는 회오리바람을 연상시킨다.

승주는 객석에 앉아 있는 실루엣을 바라본다. 그 주위로 은은한 빛이 맴돈다. 달빛이다. 그녀는 달과 마주하기를 좋아한다. 사람들은 달을 보면서 달의 전면을 다 보는 것으로 착각한다. 한 달 주기로 그 모양을 달리 해도, 보는 달은 늘 같은 면이다. 동쪽에서 뜨거나 허공에 떠 있는 달이다. 서쪽으로 지는 달은 거의 보지 못한다. 그녀는 한때 잠을 떨치고 밤새 간절히 기다렸다. 지는 달을 꼭 보고 싶었다. 지는 달은 그녀를 기다리지 않았다. 아니 달은 기다렸으나 구름이 달을 덮어버렸다.

그녀는 객석에 앉은 흐릿한 실루엣을 향해 마지막 곡을 연주하기 시작한다.

내일이면 사라질 문장

김미수

2010년『동아일보』신춘문예에 단편「미로」당선으로 등단.
소설집『모래인간』, 장편소설『재이』『아빠 살고 싶다』『바람이 불어오는 날』등 출간.
직지소설문학상 대상, 북한인권문학상 대상 수상.

내일이면 사라질 문장

희한한 날이다. 뮤와 열이의 옛집을 찾아가는 길이었다. 뮤의 승용차 바퀴에 펑크가 났다. 우리는 급히 갓길에 차를 세운 뒤, 바퀴를 교체하고 다시 출발했다. 두 해 전, 관광버스를 타고 떠났던 가을 세미나 때도 이와 유사한 일이 있었다.

그때는 열이도 있었다. 휴게소에서 차 바퀴를 갈아 끼우는 동안, 잠시 내려서 담배 한 대 피우자고 열이가 말했다. 우리는 흡연실에서, 다소 무거운 기분으로 담배를 피웠다. 열이의 얼굴이 갈수록 상기되고 있었다. 그사이 앞이 보이지 않을 정도로 소나기가 쏟아졌다. 버스 정비를 끝낸 관광버스 기사는 도착 시각에 맞추려면 촉박하다고, 어서 타라고 소리치면서 클랙슨을 울려댔다. 나, 안 가! 마치 소나기 탓에 내린 결정이란 듯 열이는 허공을 빽빽이 채운 빗줄기를 뚫어지게 바라보며 선언했다. 나와 뮤도 친구 열이를 위해 세미나 참가를 중도에 포기하고 관광버스를 보내야 했다.

"가을 세미나 갔던 때, 기억나?"

뮤도 나처럼 그 일을 떠올린 모양이다. 조수석에 앉은 나는 앞차의 흐름을 살피면서 고개를 끄덕였다.

"그날 관광버스에서 한 작가가 열이한테 책 한 권 줬지."

"맞아. 열이한테도 저서가 있으면 한 권 달라고 했잖아. 열이가 아직 출간한 책이 없다고 하니까, 책도 못 냈으면서 작가 세미나는 왜 따라다니냐고 핀잔을 줬고."

그때 열이는 소설책이 쇳조각처럼 무겁고 이물스럽다는 듯 들고 있었다. 고지식한 성격 탓에 열이는 그 작가의 말을 농담처럼 받아치지도 못한 채 소심하게 고개만 숙였다.

"그날 우리 셋이 근처 펜션에 가서 술 참, 많이도 마셨잖아."

"난 세미나 가서, 많은 작가 앞에서 너한테 프러포즈하려고 했는데 열이가 다 망친 거 알아?"

내 말에 그녀가 그런 소리 말라면서 내 어깨를 툭 쳤다.

"열이를 좋아했어? 나보다?"

나는 실없는 농담처럼 물었다.

"그랬을 수도."

그녀는 심드렁하게 대꾸하더니, 차창을 열었다. 긴 생머리가 창밖으로 휘날렸다. 과속을 일삼더니 몇 번이나 급브레이크를 밟거나 앞차가 너무 늦게 달린다고 클랙슨을 울려댔다.

"조심해서 몰아. 뭐가 이리 급해?"

"열이가 기다릴 거 같아서. 빨리 가려고."

내비게이션은 7시 도착을 알리고 있었다. 불과 한 시간 후면 열이의 작업실이고 어차피 하룻밤 쉬다 오기로 한 여행이었다. 서둘 이유가 없는데도 뮤의 감정이 오르내린 모양이다.

　하긴 오늘은 열이의 첫 번째 기일이니까.

❀

　뮤는 컨테이너로 만든 열이의 작업실 앞에 주차했다.

　초가을이지만 어둠이 일찍 찾아오는 산밑의 외진 곳이었다. 현관문을 열고 들어서자 두 벽이나 통유리로 된 거실이 한눈에 들어왔다. 거실의 한쪽 벽면을 다 차지한 모니터와 우리가 가상현실 세계로 드나들기 위해 모니터를 향해 앉아 있던 파란 소파도 놓여 있었다. 파란 소파 앞 테이블에는 언제나처럼 컴퓨터와 가상현실기기가 잘 정돈되어 있었다. 열이만 사라지고 없는 현실을 다시 확인한 듯 눈이 매워서 눈가를 주먹으로 닦아냈다.

　뮤를 뒤따라 열이의 작업실 방으로 들어갔다. 열이가 쓰던 책상 위에 놓인 영정 사진이 우리를 향해 환히 웃어주었다. 뮤가 준비해온 흰 국화꽃을 사진 앞에 놓았다.

　"우리 왔어."

　열이에게 인사를 건넸다. 그런 뒤 한동안 벽에 기대서 열이의 사진을 물끄러미 쳐다보았다.

　열이는 잘나가는 소설가 친구인 힘에게 오 년간 쓴 장편 원고를 보낸 적이 있었다. 함은 ○ 출판사에서 출간하도록 도와주겠다고 했지만 일 년이 지나도 연락이 없었다. 함에게 전화해도 조금만 기다리란 말뿐이었다. 그런데 열이의 소설은 출간되지 않고 함의 소설이 ○ 출판사에서 출간되었다. 열이의 소설을 표절한 책이었다.

책은 출간되자마자 일간지와 방송사가 대서특필했으며 곧 드라마로 만들어질 예정이라고 했다. 곧이어 해외로 내보내기 위해 번역 작업 중이라는 소식도 쏟아졌다.

같은 고향에서 일어난 사건을 중심으로 쓴 것이고 그러니 기억과 추억이 겹칠 수 있다고, 절대 표절은 아니란 것이 함의 주장이었다. 함은, 무고죄로 소송하기 전에 입 다물라고 되레 열이에게 화를 냈다고 한다.

열이는 소설과 친구를 한꺼번에 잃었고 열이를 옹호하던 뮤와 나는 ○ 출판사 소속의 편집자이자 거물 평론가에게 비난을 받아 문단에서 설 자리를 잃기에 이르렀다.

※

우리는 열이를 추모한 뒤 거실로 나왔다. 파란 소파에 앉으니 열이가 떠들던 말이 들리는 듯했다. 열이는 술만 마시면 밤새 뜬금없는 말을 쏟아내기 일쑤였다.

가령, 하늘을 딛고 서서 땅을 올려다볼 수 있는 다섯 가지 방법을 알아냈다고 떠들거나 파랗고 붉은 것을 붉고 파랗다고 뒤바꿔 부르면

일어날 수 있는 사회현상에 대해 늘어놓았다. 싱그러운 여름 숲이 장
맛비에 잠겨서 늪이 될 경우의 수에 대해 말하고, 그런 경우 그 숲은
늪이라고 바꿔 불러도 괜찮다고 생각하는지 물었다. 그리고 장마가
숲을 삼켰다고 해야 할지 아니면 숲이 늪에 빠졌다고 해야 할지 궁금
하다고 했다. 숲이 사라지고 없으니 숲은 없었고 애초에 이곳엔 늪이
있었다고 말해야 사람들이 믿을 텐데, 그런 경우 숲은, 정말 어디로 간
것이냐고 물었다.

"엉뚱한 소리 떠드는 녀석이 없으니 참 조용하네. 이런 걸 쥐 죽은
듯 조용하다고 하나. 이러면 또 열이가 한마디 하겠지. 그런 진부한 말
은 쥐를 두 번 죽이는 말이니, 유해한 말에 속한다고. 차라리 닥치라
고. 하하."

뮤도 내 말에 웃었다.

"열이가 묻던 말 중에서 이런 것도 있었어. 가령 지구에 재앙이 일
어나서 우리가 썼던 모든 책이 사라진다면 그 글을 쓴 작가와 그 글을
읽지 못하게 된 미래의 독자 중에서 누가 더 억울한 거냐는. 뭐 그런
질문. 참 한도 끝도 없이 떠들었지."

"그때마다 넌 다 받아쳤잖아. 그래서 열이가 널 좋아했고."

뮤는 두 어깨를 으쓱해 보였다.

열이의 말을 끝까지 경청하고 대꾸해주는 것은 언제나 뮤의 몫이었
다. 두 사람이 밤새도록 주고받는 엉뚱하기 짝이 없는 대화를 듣고 있
다가 나는 일찌감치 소파 한쪽 구석에 누워서 잠을 청하곤 했다.

앞에 ✿

열이와 지낸 추억에 잠겨 있다가 뮤가 일어섰다. 가상현실기기를 가져다가 내게 내밀고 자신도 착용하기 시작했다. 열이가 힘든 시간을 보낼 때 뮤가 열이를 위해 마련해준 것들이었다. 우리는 열이가 죽기 한 달 전, 마지막으로 이 기기를 착용하고 가상현실의 새로운 세계로 들어갔고 그곳에서 새로운 경험을 한 적이 있었다. 그것마저도 이제는 추억이 되어버렸으나.

헤드셋을 쓰고 손목에 컨트롤러를 착용했다. 고성능 CPU가 장착된 컴퓨터를 켜고 가상현실에 접속하자 우리 앞에 아트월드가 펼쳐졌다. 아트월드로 들어서자 50년 뒤의 미래를 구현한 무한대의 스트리트가 펼쳐졌다. 그곳은 세계의 모든 예술가가 모여들어 자신의 예술 공간을 차지하고 다양한 예술 세계를 펼쳐 보이는 플랫폼이었다. 우리는 어떤 분야의 예술 세계든 원하는 대로 찾아 들어가서 그들의 작업 현장을 볼 수 있고 직접 참여할 수 있었다.

"오늘은 열이의 기일이니까 열이가 즐겨 찾던 메인 스트리트로 가보자."

우리는 출판 거리로 들어서서 ○ 출판사 건물 안으로 들어섰다.

99층 건물 안은 로비부터 비어 있었다. 우리는 엘리베이터를 타고 층마다 내려서 남아 있는 책을 찾아다녔다. 우리뿐만 아니라 ○ 출판사의 과거 책을 찾기 위해 전 세계에서 모여든 사람들이 층마다 웅성거리고 다녔다.

○ 출판사의 책은 이곳 아트월드에서는 수난을 당하고 있었다. 거대 자본으로 거의 모든 책을, 자회사까지 차려서 출판한 탓에 이곳 독자에게 철저히 외면당했다. 잘 팔린다 싶으면 아류를 쏟아내던 상업적 운영이 제 발등을 찍은 셈이었다.

독자들은 이 건물에서 ○ 출판사의 책을 찾아서 창고나 분쇄소나 소각장에 던져 넣는 것을 즐겼다. 자신의 그런 행위가 아류를 몰아내고 새로운 문화를 이끌어갈 행동이라고 여겼다.

'새로운 것은 독자에게! 베낀 것은 소각장에!'

독자들은 노래하듯 떠들면서 게임을 하듯 책을 처리했다.

우리도 사무실마다 쏘다니며 ○ 출판사의 책을 찾으려고 했지만, 책장 아래 깔려 있던 파손된 두 권의 책을 간신히 찾아냈을 뿐이다. 이곳에서 ○ 출판사의 책을 발견하기란 점점 어려워졌다.

"여긴 ○ 출판사에서 나온 책 정도는 읽어둬야 한다는 강박이 사라진 곳이야. 그래서 난 이곳이 좋아."

뮤가 말했다.

"맞아. 여긴 물량 공세와 자본력에 편승한 언론사나 서점, 도서관이 베스트셀러를 찍어내게 하는 곳은 아니지."

"표절 시비가 붙은 책은 독자가 마음껏 가져가거나 소각해도 좋다는 입법이 국회의 승인을 받았을 때 열이가 얼마나 좋아했어? 이곳 아트월드에서만이라도."

"이 순간, 열이와 함께 있다면 얼마나 좋을까."

우리는 거의 동시에 같은 말을 중얼거렸다.

우리는 아트월드의 거리를 활보했다. 예술가를 위한 전문 빌딩을 드나드는, 세계 곳곳에서 온 예술인들로 거리는 활기에 넘쳤다. 십 차 선 인도뿐, 차는 하늘 위로 날아다녔다.

"여기 오면 내가 창작자란 게 느껴져. 창작 욕구도 생기고."

뮤가 말했다. 처음 뮤가 엄청난 돈을 들여서 우리를 아트월드의 회 원으로 등록시키고 가상현실기기를 구매해줬을 때만 해도 별로 탐탁 지 않았다. 이상한 짓 할 시간에 소설 한 편 더 쓰자고 핀잔을 준 것은 나였다. 그런데 시간이 지날수록 뮤나 열이와는 달리 내가 이곳을 더 좋아했다.

이곳에 오면 다양한 예술인을 만날 수 있고 세계의 어떤 예술인과 도 자유롭게 대화할 수 있는 통역 시스템이 제공되어서 서로에게 영감 을 주고받을 수 있었다. 언제든 그들의 창작룸에 방문해서 며칠이든 서로의 창작 과정을 지켜보거나 의견을 교환할 수 있었다. 자유롭게 예술가와 교류하는 동안 어디든 비상할 한 마리 독수리라도 가슴에 품 은 듯 벅찼다.

그때 한 무리의 사람이 소란스레 거리로 쏟아져 나왔다.

'우리는 ○ 출판사를 원한다!'

라고 쓴 피켓을 흔들거나 녹음된 구호를 스피커로 쏟아내는 시위대였 다. 시대가 변했다는 것을 받아들이지 못하는 무리였다. 하지만 예술 가 대부분은 그들을 야유하며 지나갔다.

"저런 자들은 아트월드에 나타나지 못하게 레드카드를 줘야 해."

"뭘 그리 민감하게 반응해? 저들만의 한바탕 소란일 뿐인데."

"N의 사주를 받은 자들이야. 가상현실이 자기들 문화를 역행시킨다고 여기까지 따라와서 떠들거든. 책을 소각하면 안 된다는 거잖아. 책이 그렇게 신성하다고 여겼다면 어떻게 책을 함부로 찍어냈던 거지?"

"맞아. 역행이든 야만이든 그렇게 재단할 건 아니지. 그냥 아트월드에 들어온 사람들이 원하는 대로, 바라던 대로 해보는 것뿐인데, 그것도 못 봐주겠단 거지."

"여긴 딴 세상인데 말이야. 여기서라도 각자가 낸 길, 작은 길을 구경하고 가면 그만인데. 스피커에 녹음된 같은 소리만 줄곧 들려주다니."

뮤가 무리를 향해 돌아섰다.

"너희 책은 발견 즉시 소각이야!"

뮤가 목청껏 소리쳤다. 나는 그만하라고 그녀의 몸을 무리에서 돌려세웠다.

❀

아트월드 스트리트는 온종일 사람들로 북적였다. 저마다 홀로그램으로 자기들이 원하는 정보를 찾아가며 이동했고 누구와도 쉽게 어울려서 유쾌하게 떠들고 대화를 나눴다. 아트월드의 모든 예술가는 무명인이든 유명인이든 모두 친구 같고 동료 같았으며 아무런 경계도 없이 자유로이 교류했다.

아트월드의 영화 룸의 경우, 대형 영화사가 대량으로 공급하는 영상물은 제작되지 않았다. 소수의 영화인이 모여 자신들의 영상물을 만드는 과정을 즐겼다. 영상물을 완성하는 것에 못지않게 만드는 과정에 빠짐없이 참여하는 것에 더 큰 가치를 뒀다.

홀로그램으로 타인의 정보를 상태 창에서 확인하고 호기심이 생기면 상대의 정보망에 접속해서 교류했다. 드라마든 액션물이든 SF든 모두 가능했다. 서로의 영상물을 통해 예술적 영감을 받아 또 다른 창작물을 만드는 적극적이고 능동적인 예술인이었다.

"여기선 예술가가 창작물로 누군가에게 평가받고 상을 주고받진 않아. 그래서 예술가가 타인의 평가 때문에 상처받지 않아도 되는 곳이지."

뮤가 말했다.

우리가 활보하는 아트월드 스트리트에는 석양이 내린 바다 위로 설산이 비치는 풍경을 그린 대형 벽화가 그려진 빌딩 숲이 이어졌다. 그곳을 지나자 바다 기슭을 배경으로 지은, 토성을 연상시키는 건축물이 화려하게 반짝였다. 그 너머에 파란 바다가 보였다.

"저건 뭐지?"

나는 뮤에게 파란 바다 한가운데 있는 건물을 가리켰다.

"바다 위에 띄운 뮤직 공연장이야."

뮤가 말했다. 나는 그곳으로 가자고 뮤의 손을 이끌었다.

그곳에 가자 즉석 연기가 활발하게 펼쳐지고 있었다. 즉석 연기를 하고 싶은 배우들은 누구든 자기가 원하는 배역을 맡아 했다. 배역은 번갈아가면서 이뤄졌기 때문에 누구든 주인공이 될 수 있었고 누구든 조연이나 엑스트라가 될 수 있었다. 미숙하면 미숙한 대로 세련되면 세련된 대로 각자가 하고 싶은 대로 즉석 연기를 이어갔다. 이곳에 들어온 사람들은 하고 싶었던 연기를 마음껏 해볼 기회가 열려 있었다.

"여기 아트월드는 누군가가 기획한 것을 만들어내는 데가 아냐. 판매를 목적으로 하는 곳이 아니란 말이지. 연기하고 싶은 사람은 자신의 연기를 펼쳐보는 곳이고 감독을 하고 싶은 사람은 감독해볼 기회가 펼쳐지는 거야."

나는 뮤의 말에 고개를 끄덕였다.

"NPC*를 이용해서 할 수도 있고 의기투합한 예술인이 모이면 예술인끼리 하고 싶은 것을 할 수도 있지. 다들 스스로 만들어내니까, 대형 영상물을 경멸하지. 그건 사실 판매 목적이 크잖아. ○ 출판사 책을 경멸하는 것과 같은 원리지. 여긴 그래서 인기가 좋은 거야. 그 재미로 여길 드나드는 거니까. 여긴 원시시대 공연처럼, 자기들이 느낀 감동과 전율을 그대로 표현하는 거지."

"과거로 돌아가는 게 재밌다니, 아이러니하네."

---

* 논 플레이어 캐릭터(non-player character, NPC) : 게임에서 사람이 직접 조작하지 않는 캐릭터.

"그러면서 깨닫기도 하고 한을 풀어내기도 하면서 함께 즐기는 거야. 그걸로 충분하다 여기지. 현재 자신들의 창작욕을 해소하는 것이 더 소중하다 여기는 곳이니까. 대형 영화처럼, 누군가의 각본대로 움직여서 만들어낸 것을 전파하는 건 불순한 일이란 걸 알게 된 거지. 그건 다른 사람에게 자기처럼 생각하고 느끼고 살라고 하지 말잔 거지. 개인을 그렇게 오염시키는, 그런 행위를 하는 자를 혐오하는 시대야. 그래서 ○ 출판사도 대형 영화사도 대형 음악관도 대형 미술관도, 여기선 인기가 없어."

"넷플릭스나 대중예술에 열광하는 시대에 이건 특이하네."

"여긴 예술가만을 위한 세상이니까. 또, 여긴 예술가만 있는 곳이니까. 넷플릭스나 대중예술에 열광하는 사람들은 이곳을 이해할 수 없겠지만. 아트월드는 그런 현상에서 가장 멀리 떠나온 곳이지. 대중의 구미에 맞추는 게 아니라 대중의 구미를 바꿔놓으려는 곳. 예술가가 대중을 따라가는 것이 아니라 대중이 예술가의 세계로 들어오게 만드는 곳."

뮤의 말을 들으면서 과연 아트월드의 모든 것이 내 감각을 자극하는 것을 느꼈다. 뭐라도 만들고 싶고 누구에게라도 내 영감을 전해주고 싶었다. 여긴 확실히 개인적인 창작을 위한 최적의 공간이었다. 자기만의 세계를 가진 자들이 오가는 활기 넘치는 곳이 바로 아트월드임이 분명했다. 이곳에 들어오면 정신없이 다니느라 시간 가는 줄 모른다는 것이 문제라면 문제였다.

"여기선 기분이 좋아져. 내가 원하는 게 뭐였는지 알 거 같고."

내가 말했다.

"나도 그래. 여기선 진정한 창작자로 남을 수 있단 희망이 생기거든."

"그러게. 열이도 참 좋아했잖아. 함께 있으면 더 좋을 텐데."

내 말에 뮤가 어깨를 축 늘어뜨렸다.

✽

"또 어디로 갈까?"

내가 물었다.

"이제 N을 찾아가자."

"어딨는데?"

"모르니까 찾아다니는 거지."

뮤가 사방을 두리번거리며 말했다.

"그런데 왜 굳이 N을 찾으려는 거야? 이렇게 좋은 데서 소설이나 쓰자."

내가 말했다.

"어차피 여긴 ○ 출판사가 발도 못 붙이는 데잖아."

"아까 못 봤어? 시위대를 보내서 여길 오염시키는 거. 그 사람들을 더는 보내지 말라고 경고할 거야."

"그자가 여기 들어온 걸 확신해?"

"당연하지. 그자는 어디든 가. 왜냐하면, 어디든 치고 들어가시 신점하려 드니까. 여기도 아마 곧 선점하려 들 거야."

"여기선 안 돼. 여긴 가상현실 세계잖아. 이런 곳까지 들어와서 오염시키려 하겠어? 지나친 걱정 같은데."

"그래도 난 그자를 만나서 경고할 거야."

내 말에 뮤가 앞장서 걸었다. 빌딩이 빽빽한 도심으로 뮤가 들어서고 있었다.

"그자를 어떻게 찾겠단 거야?"

"어렵지. 그자는 속임수에 능하니까. 절대 내 근처에 접근하지도 않을 거야. 내가 접근할 수 없는 곳에서 자신을 완벽히 방어하고 있겠지."

"그러니까 방법이 없지. 좀 쉬었다가 다시 들어올까?"

내 말에 뮤는 가상현실기기의 접속 차단 버튼을 눌렀다.

한순간 아트월드는 사라지고 우리는 거실의 파란 소파에 다시 앉아있었다. 나는 헤드셋과 VR 장비를 벗었다.

❖

우리는 열이의 집 주방 식탁에 앉아서 포도주를 한 병 다 비웠다. 얼굴이 붉어진 뮤는 또 열이 이야기를 꺼냈다.

"생각나? 세미나 안 가고 그 대신 우리가 들어갔던 펜션? 하필 우리가 든 방이 장마로 천장 누수가 되었던 거. 우린 또 갈 데를 잃은 사람처럼 밖에 나와서 술을 펐잖아. 그때 안개 정말 지독했지."

"맞아. 지독했어."

안개에 휩싸인 시골길은 숲처럼 흐느적거리는 듯 보였다. 휘어지거나 숨은 듯한 길가의 가로수는 짙은 안개에 상체를 잡아먹힌 채 간신히 아랫도리만 내놓고 스산하고 을씨년스럽게 흔들려 보였다.

"그날 우리 왜 그렇게 술을 많이 마신 거야?"

열이가 죽은 뒤 수백 번은 반복해서 떠들던 말이었다.

"책 줬던 작가 때문에 열이가 많이 화나 있었잖아. 그자가 마이크에 대고 열이에게 떠들었잖아. 여봐, 새내기 작가. 분발해. 책 한 권 뜨면 그다음은 저절로 굴러가. 책 내주겠다고 줄을 설 거야. 잘 팔리는 작가가 되면 탈진할 때까지 강연회도 불려 나갈 수 있어. 알지? ○ 출판사. 그런 데서 책 내보란 말이야. 그리고 함 작가같이 돼보란 말야. 다른 작가를 무대에 세울 준비를 끝낼 때까진 출판사에서 자넬 띄워줄 거니까. 그런 식으로 떠들었잖아."

"하필 ○ 출판사, 함 작가, 이야길 했으니. 열이가 세미나 가는 걸 포기할 만도 했지."

그날 우리는 물이 떨어지는 펜션에서 나와서 펜션 입구의 넓은 바위에 앉아서 안개를 안주 삼아 양주 두 병을 마셨다. 술에 취한 열이가 어둠을 더듬어 한 발씩 앞으로 내디뎠다. 개 짖는 소리에 안개로 드리워진 장막이 조금씩 찢기며 풍경을 드러내곤 했다. 컹컹 컹컹……. 개가 조금 더 가까이 오라고 짖어댔다.

술에 취해갈수록 지독한 안개가 더욱 극성스럽게 덤벼들었다. 술잔을 들고 한 발씩 앞으로 내디뎠다. 개가 안개를 향해 짖는 것인지 우릴 향해 짖는 것인지 모르겠다고 누군가가 말했다. 컹컹 컹컹컹……. 개 짖는 소리를 들으며 술을 마셨다.

사실 열이만 힘든 시간을 보내는 건 아니었다. 우리 역시 열이의 불운으로 인해 함께 불운의 시간을 지나고 있었다. 우리에게 닥친 불운의 시간을 어떻게든 희석해보려고 한 번도 참석한 적이 없는 작가 세미나란 데를 신청한 것은 나였다. 물론 뮤를 만나기 위한 핑계이기도 했으나.

같은 대학에서 만난 우린 창작 동아리에서 소설가의 꿈을 키웠다. 서른을 전후해서 우린 소설가가 되었고 그토록 원하던 세상 밖으로 나왔다고 서로에게 축하 인사를 건넸다. 그러나 십 년이 지난 지금, 우릴 향해 개가 무작정 짖어대는 어떤 장소에 갇힌 채 한 발도 나갈 수 없는 상태에 놓인 듯했다.

그날 열이는 개가 짖어대는 쪽으로 자꾸만 한 발씩 내디뎠다. 짖는 개를 지나가야 개가 짖지 않는 곳으로 갈 수 있다는 듯. 다가갈수록 컹컹 커엉컹, 개는 더 날카롭게 짖었다. 개가 짖어대는 소리만 가득한 한밤중에, 발을 헛디뎠는지 열이는 산비탈 아래로 굴러떨어지고 말았다.

산비탈을 온통 감싼 것은 지천으로 널린 안개뿐이었다. 열이를 잡으려던 우리 역시 안개 속에 잠겨갔다. 그러나 내 귀에 개 소리는, 안개를 향해 짖던 개 소리는, 더 가깝게 들려왔다.

열이는 다음 날 새벽 펜션에서 사라졌고 큰 길가에서 교통사고로 죽은 채 발견되었다. 자살인지 사고사인지 알 수 없었지만 확실한 것은 그가 죽었다는 사실이었다. 비명조차 들리지 않는, 앞이 안 보이는 세상에, 열이가 가버린 날이었다.

✤

"아트월드에서 나오니까, 현실이 더 시시하고 못 견디게 느껴지지 않아?"

내가 물었다.

"그렇다고 했지. 열이도."

뮤가 한동안 말을 잇지 못했다.

"내가 열이를 위해 아트월드에 접속해줬지만, 열이가 현실의 벽을 넘는 것엔 실패했지. 아트월드에서 나오면 열이는 변호사도 없이 혼자 법정을 드나드는 현실로 돌아와야 했으니까. ○ 출판사에선 변호인단을 구성하고 나와서 함을 변호하는데, 열이는 함의 얼굴을 한 번도 보지 못하고 변호인단과 외로운 법정 투쟁을 벌여야 했으니까. 함은 ○ 출판사의 대들보 작가라서 철저히 감싸고 보호했지. 아니면 출판사의 명성에 금이 가니까."

○ 출판사는 편집자와 비평가를 풀어서, 문제를 제기한 열이가 작품 활동을 할 수 없도록 매장했고 열이를 옹호한 나나 뮤도 마찬가지로 배척했다. 독자도 마찬가지였다. ○ 출판사나 함을 절대 선으로 믿는 자들로부터 악성 댓글과 모욕적인 비난이 갈수록 거셌다.

뮤 역시 작가가 된 뒤 어려움이 많았다.

뮤는 우리 중 가장 먼저 작가가 되었다. 등단한 지 아홉 해 되던 해, 뮤에게 예심 심사 의뢰가 들어왔다. 심사를 보는 과정에서 뮤는 혼란에 휩싸였다. N이 점 찍어둔 작가를 수상 후보로 올리라고 했다. 뮤가 출판사의 운영위원과 이사에게 문자를 보내서 공정한 심사를 방해한다고 이의를 제기했다. 그 일로 뮤는 문단의 관행을 이해하지 못하고 멋대로 날뛰어 문학상의 권위까지 떨어뜨렸다고 비난받았다.

대상 수상자인 R을 질투해서 흠집 내고 수상을 방해한, 선후배 사이에도 야박한 짓을 했다는 댓글이 폭주했다. 속사정을 알려고 하지 않고 출판사가 언론에 불러준 대로 믿는 모양이었다. R은 대상을 받고도 뮤를 허위사실유포죄로 고소했다. 백과사전 한 권 부피의 고소장이 담당 경찰의 책상 위에 놓여 있었다. 동료 작가의 의견을 수백 장 첨부해 낸 자료였다. 뮤는 기소 의견으로 검찰에 송치되어 재판을 받았다. 무죄를 받았지만, 뮤는 만신창이가 되었다. 그런 와중에 출판사 측은 R의 책을 베스트셀러로 만들어놓았다.

뮤의 얼굴이 창백해졌다. 그 얼굴에 열이의 얼굴이 겹쳤다.

"아트월드로 다시 들어가면, 이번엔 N을 만날 수 있을까?"

"언젠가 한 번은."

뮤가 말했다.

"N이나 함은 열이나 네게, 또 나한테도 단 한 번도 사과한 적 없이 법률대리인만 샀지. 가장 비싼 대리인으로."

그게 N이나 함이 자기의 권위를 지키는 일이었다. 도무지 희망이 없다는 무기력이, 열이를 수렁에 밀어 넣었을 것이다. 누구는 사고사라 했고 누구는 자살이라 했다. 하지만 열이는 환멸을 못 이겨서 죽은 것이라고 뮤는 단언했다.

"잊자. 우린 그저 열심히 쓰면 되잖아. 표절이 겁나면 NFT*에 등록해도 되고."

"NFT가 과연 대안이 될 수 있을까? 그것보다 우리 작가가 직접 해결해야 할 일이, 우리 힘으로 해야만 할 일이 있을 거 같은데."

뮤가 고개를 삐딱하게 옆으로 기울였다. 머리카락이 뮤의 어깨에 아무렇게나 접혔다. 나는 조금 남은 내 포도주잔을 들어 자기만의 생각에 빠져드는 그녀의 빈 잔에 부딪혔다.

⁂

뮤는 헤어진 지 한 달 만에 다시 연락을 해왔다. 뮤는 열이의 기일에 들어간 그 집에서 한 발도 나오지 않고, 백방으로 노력한 결과 마침내 N을 만났다고 흥분한 목소리로 말했다. 어떤 노력을 했는지 물어볼 틈도 없이 뮤는 어서 열이의 집으로 오라고 말한 뒤 전화를 끊었다.

---

* 대체 불가능 토큰(Non-fungible token, NFT): 블록체인 기술을 이용해서 디지털 자산의 소유주를 증명하는 가상의 토큰(token)이다. 그림·영상 등의 디지털 파일을 가리키는 주소를 토큰 안에 담음으로써 그 고유한 원본성 및 소유권을 나타내는 용도로 사용된다. 즉, 일종의 가상 진품 증명서이다.

현관문을 열어준 뮤는, 그동안 식사도 제대로 하지 않았다고, 열이 좋아하던 콜라만 마셨다고, 그러면서 냉장고를 열어서 내게도 콜라 캔을 내밀었다. 나는 캔을 들고 파란 소파에 앉았다.

"자, 서둘러. 간신히 찾은 N을 만나러 갈 시간이야."

우리는 VR 기기를 착용하고 접속을 기다렸다.

여긴 어딘가, 싶었는데 우린 수풀 가득한 장소에 들어서 있었다.

한참을 걸어가니 잘 가꿔진 정원이 보이고 정원의 한가운데 나선형 계단이 드러났다. 그 계단을 오르자 층층마다, 또 다른 정원이 펼쳐졌다. 다양한 종류의 꽃이 어울려 허공을 수놓은 것처럼 화려하고 섬세하게 만들어진 정원이었다.

허공에 매달린 듯 착시를 일으키는 계단이 끝없이 이어졌다.

뮤는 금속 프레임으로 구성된 드론을 타고 한 쌍의 조이스틱으로 드론을 조작했다. 회전날개 18개를 동시에 움직여 133층 꼭대기까지 올라갔다. 건물 옥상의 정원 벤치에 사내가 앉아 있었다. 뮤는 옥상에 드론을 멈춰 세우고 사내 앞으로 다가갔다.

사내는 백발노인이었는데 자세히 보니, N이었다. N이 트레이드마크처럼 공식 석상에 언제나 어깨에 두르고 다니는 보라색 목도리가 바람에 펄럭였다. 뮤가 다가가자 그는 마치 성가신 파리 떼를 만난 것처럼 귀찮은 표정을 지으며 연신 손을 내저었다. 그러면서도 N은 자신의 은신처를 들키기를 꺼린 듯 얼굴을 시시각각 변하게 했다. 카뮈나 카프카, 헤밍웨이나 하루키 등 익숙한 얼굴로 바꾸거나 가끔 유명한 외국 배우의 얼굴로 변화시켰다. 대중에게 자신의 민낯을 절대로 드러내지 않았듯이 가까이에서 대중을 대할 때면 습관적으로 자신의 얼굴을 바꾸는 것에 익숙한 듯했다. 파노라마처럼 변하는 얼굴 앞에 선 뮤의 표정은 그가 변신을 거듭할수록 더 딱딱하고 차갑게 변해갔다. 하지만 뮤의 얼굴은, 변하지 않는 오직 자신만의, 단 하나의 당당한 얼굴이었다.

"변장은 그만둬요. 그동안 대중을 현혹하게 했으니. 이젠 정체를 드러내고 내 눈을 봐요. 단 한 번만이라도."

N이 헛기침했다. 뮤의 뒤에서 나는 구경꾼처럼 두 사람을 번갈아 봤다. N의 가면을 한순간 뮤가 벗겨낼 듯 기세를 올렸지만, N은 가면의 파노라마를 이어갔다.

"이곳은 오염시키지 않겠다고, 맹세해줘요. 그러면 더는 당신을 찾아다니지 않을 테니."

N은 파리를 쫓듯 손바닥을 눈앞에서 한 번 휘저었다.

"아래를 봐!"

N이 말한 대로 뮤와 나는 아래를 봤다. 그런 사이, 하늘 위로 수백 개의 아치형 철교가 생기더니 N이 그 위로 올라가버렸다. N이 지시한 대로, 우리도 모르게, 아래를 본 실수로 우리 몸은 지상으로 추락하는 중이었다. N이 있는 공간과 우리가 있는 공간은 도저히 대화를 시도할 수 없도록, 아득한 격차를 벌리고 말았다.

"천지 차이란 이런 거야. 감히 이래라저래라 하다니. 너희 같은 애송이는 덤빌수록 추락의 속도만 빨라질 뿐이지!"

N이 뱉어낸 한마디가, 그가 올라가 있는 제일 꼭대기에서 뿌린 차가운 소나기처럼 우리의 머리 위에 차갑고 아프게 퍼부어졌다.

❋

뮤와 헤어진 뒤 반년이 지났다. 그동안 뮤는 프랑스에 가 있었으므로 나는 뮤가 돌아오기만을 기다리는 수밖에 없었다. 그나마 다행인 것은 뮤에게는 부모님이 물려준 엄청난 재산이 있다는 것이다. 그 점이 뮤에 대한 걱정을 다소 덜어주었다.

뮤는 프랑스에 나가 있다가 프랑스 출판사와 번역 계약을 하고 돌아왔다. 그녀는 돌아오자마자 다시 열이의 집으로 갔다고 했다.

"또 열이 집이야?"

내가 묻자,

"오늘은 대단한 걸 보여줄게. 기대해."

뮤의 말에 할 수 없이 열이의 집으로 차를 몰고 갔다.

뮤는 나를 보자 자신이 앞으로 할 일을 보따리 풀어내듯 들려주었다. 특히 자신이 계획한 '운동'에 대해 말할 때는 목소리에 잔뜩 힘이 들어갔다.

"국내에서 젊은 작가들과 연대해서 운동하려 해. 일인 출판사나 소형 출판사의 책을 사주고 지원하자는 캠페인도 벌이기로 했고."

"하지만 피켓 들자마자 설 자리가 없어지는 거 아냐?"

"그럴 가능성이 더 크지. 사실은 외국으로 가기 전에 유명작가 피를 만났어. 피 작가를 만나고 나서 결심했지."

"피 작가에게 뭐라 했길래?"

"우리에게 힘을 보태달라고. 출판 생태계가 선순환되도록 뭐라도 해달란 부탁을 했지."

"그랬더니?"

"피 작가가 나를 빤히 쳐다보더니 한마디 하더라고. 자신이 뭔가를 하기엔 이미 늦었다는 거야."

"그렇겠지."

"그리고 다른 유명 작가라도 그런 요구를 하는 작가를 보면 조롱할 거라고. 그럴 시간에 글이나 좀 잘 쓰고 아직 젊으니까 처세도 좀 잘하고 그러면 성공할 수 있다고. 그리곤 피 작가가 웃으면서 고개를 저었어. 자신은 이미 늙었고 지금껏 자신이 살아온 것에 아무런 불만이 없다고."

"과연 피 작가답네. 그나저나 넌 그러고 다니면서 작가 생활 제대로 하겠어?"

"물론이지. 제대로 작가 생활하려고 지금 실험 중인 거고."

뮤가 내 어깨를 치며 활짝 웃었다.

✻

"자, 이제 새로운 실험을 해볼까? 새로 구현된 플랫폼에 들어가서."

뮤가 건넨 가상현실기기를 착용한 뒤 우리는 접수을 인료했다. 눈을 감았다가 뜨자 뮤가 말하던 아트월드의 또 다른 예술 공간인 라이팅 룸을 찾아가고 있었다.

뮤가 라이팅 룸이란 간판이 붙은 빌딩으로 들어갔다. 빌딩 로비에 있던 많은 사람이 뮤가 들어서자 환영하며 박수를 보냈다. 뮤는 수많은 방 중 자신의 이름이 붙여진 문을 열고 안으로 들어갔다.

유리로 된 문 안으로 펜을 들고 글을 작성하는 뮤의 일거수일투족이 다 보였다. 뮤는 자신의 방 앞에 늘어선 사람들에게 인사를 한 뒤 펜을 들었다. 사람들은 뮤가 쓰는 한 글자 한 글자를 빠짐없이 읽고 있었다. 펜이란 도구가 사라진 지 오래된 시대였지만 뜻밖에도 사람들은 펜으로 쓰는 뮤의 글자에 집중하고 있었다. 펜을 쥐고 자유롭게 창작해내는 이야기, 예상하지 못한 이야기를 쓰는 인간이 작가였다는 것을 마치 처음 알게 된 것처럼 사람들의 무리에 섞인 나는 생경하게 뮤를 바라보았다.

'맞아. 작가만이 자기의 이야기를 만들어내는 인간이었지. 그렇게 만든 스토리가 모든 창작 행위의 뿌리였지.'

독자들은 뮤가 써가는 이야기에 감흥을 받은 듯 표정이 수시로 바뀌고 있었다. 표정이 없어진 지 오래된 이들이 유일하게 자신의 표정을 되찾는 시간을 이곳 라이팅 룸에서 가진 듯했다.

작가가 즉석에서 써낸 이야기. 세상에서 단 하나뿐인, 뮤가 만든 뮤의 이야기. 독자들은 그 이야기를 사람들에게 홀로그램으로 전송하기도 했다. 누구든 바로 감상할 수 있었다. 바로 공개되므로 누구도 표절할 수 없었다.

뮤가 글을 쓰는 모습은 아름다웠다. 푸른색 염색을 하고 짧게 친 머리도 아름다웠고 이마와 눈동자는 유독 반짝였다. 꽉 다문 입술이 오히려 모든 것을 한데 모아 뽑아내는 중이라고 외치는 듯했다. 뮤가 자신의 것을 쏟아내는 순간을 독자가 공유하며 감정과 이성으로 교감하고 있는 광경이 생생하게 드러났다. 사람들은 개별적이며 희소성 있는 창작 행위에 매료되어 있었다. 뮤의 펜에서 개성이 넘치는 독특한 문장이 나올 때마다 감탄하며 그 문장을 중얼거리고 감탄을 쏟아냈다.

전문서적은 홀로그램으로 얼마든지 읽을 수 있었지만 문학작품만은 라이팅 룸에서 그날의 문장으로 곧바로 읽을 수 있었다.

다음 날은 다음 날의 문장이 기다리고 있었다.

독자에겐 영원히 다양한 형태로 문장이 남을지라도, 작가로서는 라이팅 룸에서 쓴 오늘의 문장만이, 내일이면 사라질 단 하나의 문장으로 존재하는 셈이었다.

작가의 처지에서는, 오늘은 오늘의 문장만을, 오늘의 이야기만을 쓸 수 있는 곳이 라이팅 룸이었다.

라이팅 룸에서 오늘의 문장을 쓰는 작가만이 이곳의 작가로 인정받았다. 오늘 자신의 라이팅 룸으로 들어가지 않은 작가는 작가가 아니고, 자신의 라이팅 룸에서 오늘의 문장을 쓰지 못한 작가는 작가가 아닌 셈이었다.

뮤가 쓰기를 미치고 자신이 쓴 두 페이지의 이야기를 독자에게도 돌려놓았다. 독자들은 한 글자씩 정성껏 이야기를 음미하며 읽었다. 그런 진지함에 내 눈시울이 뜨거워졌다.

글이란 저런 거였지. 창작이란 저런 거였지.

아주 오랫동안 잊고 있었던 것을 새롭게 알게 된 듯했다.

이윽고 뮤가 라이팅 문을 열고 나왔다.

"저런 문장은 어떻게 쓸 수 있는 거야? 대단했어."

"홀로그램을 읽으면서, 썼지. 온종일 쏘다니면서, 쓰고. 우주든 인간의 심리든 경제학이든 과학이든 어떤 정보든 읽으면서, 썼지. 사실은 라이팅 룸에서 오늘의 문장을 쓰기 위해. 때론 사람들이 싸우는 곳이나 사랑하는 곳, 분통을 터뜨리는 곳으로 찾아가서 그들과 하루를 보내기도 하면서, 썼지. 그 모든 것이 라이팅 룸에 들어가서 내 오늘의 문장을 쓰기 위한 시간이었고."

뮤의 말에 저절로 고개가 끄덕여졌다.

❊

우리는 다시 열이의 파란 소파에 돌아와 있었다.

나는 조금 전 라이팅 룸에 다녀온 감동에서 쉽게 헤어나지 못했다. 뮤가 내 심정을 안다는 듯 내 손을 잡아주었다.

"다 좋아. 그런데 말이야. 궁금한 게 있어."

나는 가슴에 앙금처럼 가라앉은 말을 꺼냈다.

"정말, 내일이면 사라질 문장을 쓸 자신이 있어?"

"무언가를 남기고 무언가를 얻으려던 마음을 버리면 여기서도 글을 쓸 수 있을지 몰라. 라이팅 룸에 들어가지 않아도."

"그럴지도 모르겠다."

"그리고 더는 N에게 화내지 않기로 했어."

"그건 또 왜?"

"그가 아무리 버둥거려도 대형의 시대는 한물 갔으니까. 독자들이 바뀌고 있단 걸 아직 받아들이지 못하고 있을 뿐. 그의 존재 자체가 구시대 유물로 취급받을 거야. 곧."

"……"

"우린 라이팅 룸에서 오늘의 문장을, 오직 오늘의 문장을 만들겠다는 마음으로, 만들기만 하면 돼. 누구도 작가를 줄 세우는 일은 벌어지지 않을 거니까."

"과연 그게 가능해?"

"물론이지. 내일이면 사라질 문장을 써도, 어디서도 출판해주지 않아도, 라이팅 룸에 들어간 작가는 오늘의 문장을 계속 이어갈 거니까."

나는 뮤의 두 눈을 바라봤다. 나는 뮤의 말뜻을 정확히 이해할 수 없었지만, 상관없었다. 뮤가 내 어깨 위로 손을 올리더니 내게 너무도 황홀한 말을 던졌기 때문이다.

"그래서 난 너하고 연애도 할 수 있을 거 같아. 이젠."

뮤가 내 눈을 마주 보며 웃었다. 나는 가슴이 먹먹해서 아무런 대꾸도 못 한 채 내 어깨에 두른 뮤이 손을 꽉 쥐었다.

파란 소파에 앉아 있는 등 뒤로, 거실의 통유리가 우리의 뒷모습을
남김없이 담아내는 중이었다.

버터플라이 허그

김 민 주

2010년『문화일보』신춘문예로 등단.
소설집으로『화이트 밸런스』,
공저로『쓰다 참, 사랑』『소설로 읽는 한국 여성사』등 출간.
김만중문학상, 천강문학상, 디기포림문학상 수상.

버터플라이 허그

문이 열린다. 하늘과 바람과 소음이 감각을 마비시킨다. 발아래 보이는 거라고는 숲과 계곡과 강뿐이다. 지상의 사람들은, 흩어진 점 같다. 머리 위로 케이블카가 장난감처럼 매달려 있다. 나무다리의 가장자리로 한 발자국씩 다가간다. 바람 때문인지 발바닥의 느낌이 출렁인다. 커다란 새 한 마리가 정면으로 날아오다 왼쪽으로 선회해 비켜간다. 한 발만 더 나가면 공중을 날고 있을 것이다. 머리 위로 헬리콥터가 지나가자 머리카락이 휘날린다. 드디어 다리의 끝까지 왔다. 한 발을 허공에 딛는다. 뒷발을 떼기도 전에 무게중심이 앞으로 쏠린다. 양발이 허공을 딛자 자이로드롭에서 하강하는 것처럼 심장이 출렁인다. 옷자락이 펄럭이며 강물 위를 날기 시작한다. 5월의 바람이 뺨을 스친다. 지평선 끝으로 넘어가는 해와, 해를 둘러싼 노을이 오렌지색으로 하늘을 물들인다.

경주는 VR 헤드셋을 벗고, 지깅된 성성을 둘러보나 양발을 뻗고 계곡 위를 날고 있는 장면을 캡처하여 사진을 출력한다. 사진 뒷면에 '20220520 뉴질랜드 퀸즈타운'이라고 적는다. 미루의 버킷리스트 노트에서 '뉴질랜드에서 번지점프 하기'에 줄을 긋는다. 그 옆에 사진을 붙인다. 다음 행선지를 손가락으로 가리킨다.

5월, 새로 자라난 잎들로 세상이 환하다. 빗방울이 떨어진 초록은 형광색처럼 눈을 빨아들인다. 물방울이 창에 맺히고, 가는 빗줄기가 푸른 잔디 위에 떨어진다. 차는 지하 주차장 안으로 들어간다. 빨간 테슬라 운전석 문을 열고 경주가 명령한다. "아리야, 휠체어." 차체 위에 매달려 있던 휠체어가 운전석 옆으로 미끄러져 내려온다. 경주는 보조 기둥을 두 손으로 잡고, 휠체어로 옮겨 앉는다. 지상으로 올라가는 엘리베이터 앞에서 휠체어를 멈춘다. 홍채 인식 프로그램이 작동한다. 모바일 앱에서 9층을 터치하자, 엘리베이터 문이 열린다. 둥글게 설계된 헬스케어센터의 엘리베이터 통창 너머로 빗방울이 떨어지는 것이 보인다. 환자들에게 최고의 서비스를 제공하기 위해 첨단기술이 사용된 복도의 디스플레이는 경주가 지나갈 때마다 사계절이 바뀐다. 벚꽃이 떨어졌다가 낙엽이 지고, 눈이 내렸다가 다시 벚꽃이 떨어진다. 경주는 복도 끝의 901호 문을 연다.

수정은 경주가 들어오자 그제야 잠에서 깨어난다. 밖을 내다보다 눈을 감는다. "커튼을 쳐줘." 수정의 말에 경주는 모바일 스크린을 터치한다. 비가 오던 창밖이 우주의 밤하늘처럼 작은 별이 박힌 검은 배경으로 바뀐다. "몸은 좀 어때요?" 수정은 대답 없이 돌아누우며, 간밤에 꾼 꿈을 다시 되새긴다. 삼지창을 든 포세이돈이 커다란 물보라를 일으키며 바다 표면을 뚫고 일어섰다. 영화에서 본 것 같은 근육질의 신이 넘실거리는 은발을 양옆으로 털자 물방울이 민들레 씨앗처럼 바다 위로 떨어졌다. 며칠 전 바다를 찾은 후부터 계속되는 꿈이다.

"오늘도 같은 꿈을 꾸었어요?" 경주가 묻자 수정은 돌아누운 채 고개를 끄덕인다. "어제 검사 결과는 양호했어요. 좋아지는 중이니, 오전 상담 클리닉에 빠지지 마세요."

경주가 나가자 납덩이처럼 무거운 몸을 일으켜 수정은 세수를 한다. 거울 속에서 웬 늙은 여자를 보고 깜짝 놀란다. 어젯밤 접다가 놓아둔 종이접기용 색종이가 테이블 위에 그대로 있다. 유리 상자에는 완성된 종이학이 가득하다. 머리가 뾰족한 학에는 눈이 없다. 머리에 잼이 든 것처럼 기억이 가물가물해진다고 하자, 상담사는 색종이를 접으라고 말했다. 수정은 카디건을 걸치고 복도로 나간다.

> 지상에서 천국을 찾지 못한 사람은, 하늘에서도 천국을 찾지 못할 것이다.
>
> — 에밀리 디킨슨

병원 복도의 사계절 디스플레이가 바뀔 때마다 나타나는 글귀다. 자식을 먼저 보내고 천국은 언감생심이다. 경주는 매일 그 말을 새기며 하루를 시작한다고 했다. 이곳에 처음 왔을 때 경주는 말했다. "고모, 여기가 제 꿈의 직장이에요. 제가 실현하고 싶은 헬스케어센터의 목적이 바로 이거에요." 경주는 어려운 용어를 섞어가며 설명했지만, 수정이 이해하지는 못했다. 각종 첨단 기기를 이용한 교육이나 교정 치료, 트라우마 치료 등을 복합적으로 시행하고 있다는 것만 알고 있다.

클리닉 룸은 복도의 반대편 끝에 있다. 경주는 스크린으로 클리닉 룸 창을 가리고, 방음 모드로 바꾸어놓는다. 빗소리가 그쳤다. 느릿느릿한 발걸음의 환자복 차림의 수정만 제외하면 다들 환자 같지 않은 고객들이다. 소파가 있지만, 양탄자 깔린 바닥이 온돌이라 휠체어를 탄 경주와 허리디스크를 앓는 민자만 빼고 바닥을 선호한다. 경주는 한 사람 한 사람, 포옹하고 평화를 빕니다, 라는 가톨릭식 인사를 건넨다.

말이 어눌한 호영은 오늘 콜택시를 이용했다고 한다. 늘 같이 오던 누나의 손을 빌리지 않아도 되어서 좋았다고 자랑이다. 민자는 호영의 말에 우리 똑띠, 하며 맞장구를 쳐준다. 수정은 들어올 때 인사만 하고서 한마디도 하지 않는다. 얼굴을 두 무릎 사이에 끼웠다 빼기를 반복한다.

"일체유심조, 제가 제일 좋아하는 말입니다. 치료 효과를 믿어야 해요. 오래전엔 상상 속에서만 이루어지던 일이었죠. 그게 현실이 되는 겁니다. 믿는 만큼 이룰 수 있어요."

경주는 양손에 들고 있던 헤드셋 장비와 텔레헵틱 장갑을 머리 위로 들어 보인다.

"3차원 공간을 체험하고, 우리는 게임처럼 그걸 즐기면 돼요."

경주는 세 사람의 표정과 말투, 기분과 동작을 살피고, 오늘 미션으로 주어진 프로그램이 설치된 방으로 안내한다. 민자는 룸으로 들어가기 전에 모두를 향해 주먹을 불끈 쥐어 보인다.

민자는 대학병원의 치매센터에서 알츠하이머가 진행 중이라는 진단을 받았다. 교수로 정년퇴직한 무료한 연금생활자인 민자는 전공이 사회학이었다는 것조차 기억하지 못할 만큼 심각한 알츠하이머 환자다. 데이터 분석 결과 작업 기억력과 지속 주의력과 언어 지각력이 떨어지는 것으로 나온다. 헤드셋 앞에 뇌파의 전기신호를 판독하는 센서가 있고, 헤드셋 안에는 민자의 시선을 측정하는 센서가 내장되어 있다. 민자가 움직이는 동안 센서를 통해 생체 신호를 수집하여 최종적으로 인지능력과 신체 능력을 판단하는 것이다. 3차원의 반복적 체험이 신체 능력을 올릴 수 있다고 하여 이 프로그램에 참여하는 중이다.

민자가 헤드셋을 끼자, 양 갈래로 머리를 묶은 여자아이가, 바나나를 사러 마트에 같이 가자고 손을 내민다. 민자는 그 손을 잡고 나란히 걷기 시작한다. 첫 번째 사거리 갈림길에서 잠시 망설이던 민자는 오른쪽 가로수 길로 들어선다. 그러자 여자아이가 '할머니 최고'라고 외치며, 엄지를 치켜세운다. 민자는 안도의 숨을 내쉰다. 처음 헤드셋을 썼을 때는 어지럼증으로 5분도 못 되어 헤드셋을 벗어던졌다. 집에서 아들과 함께 연습할 때는 손에 쥔 무선 조종기인 컨트롤러를 떨어뜨리거나 집어던지기도 했고, 소파를 발로 차거나, 스탠드를 넘어뜨리기도 했다. 마트 길 찾기는 일주일째 연습 중이다. 마트에서 바나나를 사서 집으로 돌아가자, 집 앞에서 기다리던 젊은 여자가 '어머니, 수고하셨어요' 하고 말한다. 그 소리와 함께 레벨업을 알리는 팡파르가 울린다. 자신만만하던 민자는 새로 시작하는 키오스크 주문하기 프로그램

앞에서 다시 두려운 얼굴을 한다. 화면의 그림은 마트 길 찾기보다 빠르게 바뀐다.

호영은 커피머신 레버를 내리고, 한 손으로 머리를 짚는다. 잠시 울상을 짓더니 우유를 거품기에 넣고 스위치를 올린다. 잠시 두리번거리던 호영은 머그잔에 크림을 올린다. 느리기는 하지만 첫날과 다르게 기계적으로 손이 움직인다. 한 달 후 바리스타로 대기업 프랜차이즈 카페에서 일할 수 있다. 서른 살이 넘은 호영의 꿈은 독립이다. 장애인 바리스타 과정에 등록해준 사람은 누나다. 재활 프로그램과 연계하여, 무한 반복 훈련이 가능해서다.

경주가 수정의 룸으로 들어가자 수정은 난감한 표정으로 고개를 젓는다. "이건 아니야." 헤드셋을 벗고 허리를 꺾어 구역질을 한다. 물비린내가 역하다. 낚싯바늘에 미끼를 걸고 릴낚싯대를 던져야 하지만 번들거리는 수면에 공포심이 올라온다. 어제는 세차를 했다. 대학병원에서 PTSD 장기치료자로 위탁되었다. 조카인 경주의 강권이 아니었다면 오지 않았을 것이다. 수정은 비 오는 날은 밖에 나가지 않는다. 세상의 모든 불안이 모여 깊은 웅덩이를 만든다. 그러면 호흡이 불안정해지고, 숨을 쉴 수가 없다.

"그냥 이대로 살게 내버려두면 안 되니?" 수정은 경주에게 말한다. "저도 그러고 싶어요. 그런데……" 경주는 하던 말을 멈춘다. 수정은 경주가 무슨 말을 하려는지 안다. 한 달 전 수정은 자신이 한 일에 대해 아무 생각도 할 수 없다. 습관적으로 손목의 흉터를 만지는 일이 불안이 밀려올 때 할 수 있는 유일한 일이다. "넌 할 만큼 했어." 수정은 애원하듯 경주를 본다. "아니에요. 아직 할 수 있는 일이 남아 있어요." 경주의 간절한 눈빛이 수정을 향한다. "저에게 남은 사람은 이제 고모뿐이에요. 고모까지 그렇게 보낼 순 없어요?"

수정은 경주의 말을 무표정하게 받아들인다. 감정을 죽인 채 슬픔도 기쁨도 못 느끼는 상태로 제어한 지가 5년이 넘었다. 오직 모든 것을 차단하고 비인간적이 되어야만 눈을 뜨고 숨을 쉴 수 있다. 해마다 이때쯤이면 더 힘들다. 초록의 생생한 싱그러움은 지금 살아 있다고 아우성치는데, 징그럽기까지 하다.

수정은 눈을 감고 낚싯대를 던진다. 잠시 후 컨트롤러를 쥔 손에 어떤 감각이 전해진다. 무언가가 낚싯줄을 당기고 있다. 본능적인 반작용의 힘이 낚싯대를 잡아당기게 만든다. 팔을 올리자 수염 난 물고기가 허공에 매달려 있다. 축하 팡파르가 울린다. '당신은 베테랑 낚시꾼으로 가기 위한 1단계를 통과하였습니다. 다음 레벨로 이동하겠습니다.' 딱딱한 기계음에 의지도 없이 확인 버튼을 누른다.

햇살을 받은 물빛이 반짝인다. 그 표면 위로 다리 하나를 집어넣는다. 잔털이 있지만 매끈하고 쭉 뻗은 두 다리가 물속으로 들어가 굴절된 모습으로 어른거린다. 그 물빛 위로 손을 갖다 대본다. 약간의 저항감을 느끼며 손가락은 물 안으로 스며든다. 영상은 아직은 현실과 괴리가 있지만 ㅇ감이 더해지ㅣ 만족스러운 수준까지 올리긴다.

경주는 두 팔을 쭉 뻗어 수영을 시작한다. 다리를 지느러미처럼 유연하게 아래위로 움직이며 배영을 한다. 햇살이 이마를 건드린다. 돌고래처럼 빙글빙글 돌면서, 쭉 뻗어 모아 잡은 손을 앞으로 내밀고 잠수한다. 숨을 쉬는 것이 힘겨울 때 즈음 다시 물 밖으로 얼굴을 내민다. 귀에서 전자기타 소리가 울린다. 'I have to cha cha cha change my, You have to cha cha cha change your, We have to cha cha cha change……' 보컬의 목소리가 고막을 친다. 미루가 좋아했던 노래다.

미루의 사진첩을 한 장씩 들여다본다. 경주가 부르는 소리에 돌아보는 미루, 고모와 배드민턴 치는 미루, 경주와 낚시하는 미루. 새벽 물안개가 피어오르는 강가에서 기지개를 켜는 미루.

사진 한 장이 손바닥에서 미끄러져 바닥으로 떨어진다. 사진은 손이 닿지 않는 책상 안쪽으로 숨어버린다. 아직도 사소한 것에 인생을 걸어야 한다. 경주는 두 팔로 한쪽 다리를 들어 바닥에 발을 내려놓고, 반대편 다리도 바닥에 내려놓는다. 휠체어의 팔걸이를 잡고 엉덩이를 바닥에 놓는다. 힘을 준 팔이 바들바들 떨리고 땀이 난다. 잠시 후 숨을 고르고, 누운 상태로 손을 뻗어 책상 밑에 들어간 사진을 꺼내, 입에 문다. 다시 휠체어 팔걸이를 두 손으로 지탱하고, 몸을 들어 올린다. 숨을 돌리기도 전에 극심한 통증이 강타한다. 척추뼈가 녹아내리는 것 같다. "아리야, 불 꺼." 어두워진 방에서 눈을 감고 두 팔을 교차시켜 반대편 어깨에 얹고 가슴을 진정시킨다. '괜찮아, 괜찮아.' 양 엄지손가락을 깍지 끼듯 걸고 손바닥을 새처럼 만든다. 날개가 펄럭이듯 가만가만 두 손으로 가슴을 두드린다. 긴 호흡을 하며 주문을 건다.

'괜찮아, 괜찮아.'

⁂

병원에서 퇴원하면서 제일 먼저 산 것이 최신 사양의 컴퓨터와 VR 세트다. SUV는 형체도 없이 찌그러졌다. 부모님의 장례식도 보지 못했다. 척추뼈를 크게 다쳤으나 복부 수술을 먼저 해야 했다. 내장 파열이 심각했다. 수술 후, 한 달 넘게 코마 상태에 있다가 깨어났다. 소리가 나는 쪽으로 얼굴을 돌리려 했으나 움직이지 않았다. 몸도 마찬가지였다. 척추 수술이 진행되었다. 척수 6센티만 있으면 전극 이식으로 걸을 수 있다고 했는데 그런 행운은 오지 않았다.

퇴원할 때 미루가 휠체어를 끌었다. 5년 동안 미루는 경주의 손발이 되어주었다. 5년 후 미루가 떠났고, 이제 남은 사람은 고모뿐이다. 사고 후 경주가 혼자가 되었을 때, 마음 단단히 먹고 새 인생을 살아야 한다고 했던 친척들은 더 이상 왕래하지 않았다.

경주는 전동휠체어가 발이 되는 삶을 시작하게 되었지만 사고 트라우마로 인해 한동안 차를 탈 수 없었다. 고등학교 졸업 후 트라우마 치료를 받으면서 운전도 시작할 수 있었다. 조악한 영상의 운전 시뮬레이션이었지만, 효과가 있었다. 사고 후 2년 만이었다. 달라진 점은 오감이 더 선명해졌다는 것이다. 휠체어를 타면서 꽃향기는 더 짙어졌고, 바람의 방향까지 느낄 수 있었다. 감각은 날이 섰고, 오히려 살아 있다는 것을 느끼기에 좋았다. 바람이 뺨을 스치며 시리지는 느낌이 좋았고, 목덜미에 햇살이 머무는 것도 강렬하게 느껴졌다. 사라진 다리 대신 얻은 것이었다. 미각 역시 도드라졌다. 평소 먹고 마시는 것을 좋아하고, 요리와 와인에도 관심 있었던 경주는, 꿈이라고만 생각했던 소믈리에 과정을 준비할 수 있었다. 갖가지 시뮬레이션을 통해 향이 전달되었고, 수십만 가지의 향이 조합된 와인의 원산지를 알아맞힐 수 있게 되었다. 캘리포니아의 와이너리에도 초청을 받았다. 출국을 앞두고 미루의 사고 소식을 들었다. 여름방학에 친구들과 동해로 서핑을 배우러 가겠다고 했던 미루의 사고는 여름 막바지에 닥친 태풍 소식과 함께 뉴스로 보도되었다. 구조된 친구의 말에 의하면 거센 파도에 노란 서핑보드가 바다 쪽으로 떠내려가는 것을 마지막으로 보고 본인도 정신을 잃었다고 했다.

그날 아침 경주는 수정과 함께 사고 현장으로 갔다. 그곳에서 경주와 수정이 할 수 있는 것은 아무것도 없었다. 태풍에 물이 불어난 바다는 아무것도 남겨놓지 않았다. 남은 건 부서진 보드의 일부로 보이는 조각뿐이었다.

결국 인생은 럭비공처럼 다른 곳으로 튀었다. 경주는 수정을 두고 갈 수 없었다. 대학원 전공을 휴먼융합으로 바꾸었다. 졸업 후 게임기획자가 되어, 가상현실 제작기술 회사에 들어갔고, VR 엔지니어로서 재활치료 게임 제작자가 되었다. 치료용 게임 시나리오를 짜고, 그 시나리오대로 컴퓨터 그래픽으로 재현하여 영상을 제작했다.

경주는 미루가 웃고 있는 사진 속의 장면을 3D로 재현하는 중이다. 무선 디스플레이 기술과 4K 화질의 해상도를 확보하여 와이파이로도

VR를 이용할 수 있게 되었다. AI 회사와 의료전자연구원과 미팅을 거듭하며 아이템을 논의하면서 외상 후 스트레스 장애를 치유할 수 있는 기기를 만들기로 했다. 장애 친화적인 환경의 실현이 경주가 생각하는 궁극적 목표다. 그 꿈의 실현을 위한 디지털트윈의 상호작용 시스템은 모션캡처 기술로, 동작과 표정을 배우에게 적용해 구현해낸 것이다. 감정이입을 하려면 진짜처럼 움직임까지 정교해야 한다. 이젠 현실과 3D 애니메이션을 구분 못 할 정도로 기술의 발전을 이루어, 경주의 꿈에 거의 근접하고 있다. 경주가 사고를 당하지 않았다면 생각지도 못할 길이었다.

경주는 수정을 위한 마지막 작업 중이다. 디스플레이에 색을 입히고, 오래된 동영상에서 미루의 목소리를 컴퓨터에 저장하여, 목소리를 분석한다. 새로 생성된 목소리를 재생하자, 미루가 자주 쓰던 단어들이 포착된다.

❖

오늘 민자는 키오스크 앞에서 햄버거를 주문하고, 호영은 아인슈페너에 도전할 것이다. 수정은 클리닉 룸 바닥에 앉아 멍한 눈으로 창밖을 바라본다. 비 온 뒤의 세상은 새로 태어난 것처럼 초록이 짙어졌지만, 어떤 감흥도 주지 못한다. 세상일에 반응하지 않는 것이 수정이 숨 쉬는 동안 해야 하는 유일한 일이다.

"버터플라이 허그에 대해 들어본 적 있어요? 누구도 자신을 써안아

줄 수 없을 때 할 수 있는 셀프 포옹이에요."

경주의 말에 호영이 고개를 갸웃한다.

"멕시코 마을의 임상 심리 상담가가 허리케인 후유증으로 힘들어하는 마을 사람들을 위해 개발한 방법이에요. 가족이나 친구들이 눈앞에서 죽어나가는 것을 보고만 있어야 했던 아이들이, 어떻게 그 참혹한 광경을 잊을 수 있을까요. 그 마을 신부는 미사를 보면서 서로 포옹하게 하고, 또 혼자서도 할 수 있도록 셀프 포옹을 가르쳤어요."

경주가 자신의 두 팔을 교차하여 팔을 감싸 안자, 민자와 호영이 어설프게 동작을 따라 한다.

"어느 날 한 소년이 신부에게 와서 물었대요. 형은 양팔이 없는데 어떻게 하냐고요."

경주는 그 말을 하며, 세 사람의 눈을 차례로 맞춘다. 호영은 고개를 갸웃하고, 민자는 눈동자를 왼쪽 위로 올리며 골똘히 생각한다. 수정은 초점 없는 눈으로 경주를 바라본다.

"허리케인이 있던 날, 형은 한쪽 팔로는 집의 기둥을 잡고, 다른 팔로는 이 동생의 팔을 붙들고 있었대요. 그런데 이 동생에게는 또 다른 두 명의 동생이 매달려 있었어요. 태풍이 끝난 후 형의 팔은 썩어들어가 결국 두 팔을 잘라내야 했답니다."

수정은 정신이 든 듯 경주의 이야기를 기다린다.

"신부는 말했대요. 너는 형이 네게 준 사랑을 믿니? 소년은 힘차게 고개를 끄덕였어요. 그러자 신부는 그 소년에게, 형의 뒤에서 버터플라이 허그를 하라고 했대요. 이렇게요."

경주는 호영의 겨드랑이 사이로 팔을 넣는다.

"소년은 형의 뒤에 서서 이렇게 형의 가슴 위에 자신의 양손을 교차하여 형의 어깨를 토닥토닥 해주었어요."

경주는 잠시 집중하며 미간을 찌푸리는 수정을 바라보며 말을 잇는다.

"체온이 느껴지나요? 동작은 기계적일 수 있지만 우리는 기계가 아니기에 체온이 전달되지요. 그것은 간절함을 전하고, 그 간절함이 변화를 이끌어내지요. 이 기계 역시 단순히 기계가 아니에요. 차세대 기술은 인간의 마음과 마음을 연결하는 게 궁극적 목표에요. 기술은 인간의 마음을 움직이기 위해 발전해요. 마음을 얻어야 고객은 지갑을 열거든요. 그러니 0과 1로 이루어진 디지털이 이루려는 궁극적인 목표는 아날로그적인 인간의 마음이에요."

수정은 창밖을 바라보던 시선을 돌려 경주를 바라본다.

"휴머니즘이 빠진 기술은 세상에 존재하지 않아요. 보고 싶은 것을 상상하는 우리 마음이 이 기계로 실현되는 겁니다."

수정은 어제 낚시 게임을 무사히 통과했다. 그 안도감으로 경주가 건네는 헤드셋을 무심히 이마에 고정한다. 갑자기 몸이 흔들린다. 수정은 망망대해의 요트 위에 서 있다. 안전 바도 없는 작은 요트 위에서 흔들리는 몸은 금세라도 바다로 떨어질 것 같다. 갑자기 수정의 몸이 휘청한다. 요트의 속도가 빨라지면서 수정의 몸이 균형을 잡지 못하고 바다로 떨어진다. 수정의 얼굴에 치기운 물빙울이 뒤있나가 순식간에 묵직한 밀도의 수면 아래로 밀려 내려간다. 팔다리를 필사적으로 허우적거리며 자맥질하지만, 요트는 이미 시야에서 사라진다. 갑작스럽게 닥친 오한과 경련에 수영은 불가능하다. 물속으로 다시 빨려 들어간다. 귀가 먹먹해지다 갑자기 둔탁한 소리와 함께 사방이 고요해진다.

날카로운 신호음에 경주는 휠체어를 굴려 수정의 방으로 들어간다. 수정의 어깨가 경련으로 뒤틀리는 것을 보고 비상벨을 누른다. 휠체어를 옆으로 넘어뜨리고, 팔꿈치로 기어 바닥에 쓰러진 수정의 헤드셋을 벗겨낸다. 남자 간호사가 달려와 수정의 입가의 오물을 닦아내고 수정을 바로 눕힌다. 실패다. 경주는 바닥에 주저앉아 양어깨 사이에 고개를 파묻는다.

눈을 뜬 수정은 힘없이 고개를 젓는다.

"아무리 해도 미루는 돌아오지 않아. 치유받고 싶지도 않아."

"기대가 너무 컸어요. 고모까지 잃고 싶지는 않아요." 경주는 고개를 끄덕인다.

수정은 미루가 꿈에서조차 나타나지 않는 것이 속상하다. 수정의 카톡 프로필은 그 날짜에 그대로 머물러 있다. 미루와 찍었던 그날의 사진이 미루의 부재를 증명할 뿐이다. 미루의 시신은 아직 발견되지 않았다. 당시의 기억만 떠올려도 숨이 막혀온다. 미루의 스무 살, 미루의 서른 살을 짐작할 수 없는 수정이, 바라는 것은 꿈에서라도 한 번 미루를 보는 것이다.

"부모님 돌아가셨을 때 고모 아니었으면 보육원으로 가야 했을 거예요. 지금 고모를 살리지 않으면 또 후회할 것 같아서……."

수정의 울음이 잦아든다.

"이게 영매라도 되니? 죽은 사람과 교감이 된다면 다시 생각해볼게."

"저는 사고 후에 피그말리온의 기적을 믿게 되었어요. 지상에서 천국을 찾지 못하면, 하늘에서도 천국은 없다고…… 모든 것은 마음먹기 나름이라고…… 어떤 환자가 휠체어를 탄 저에게 말했죠. 그 말만 기억해주세요. 사고 후 제가 보는 세상의 프레임이 강제로 바뀌게 되면서 믿게 된 것들이지요. 미루도 분명 천국을 찾았을 거예요."

재활치료 중 만난 그 사람은 버터플라이 허그도 가르쳐주었다. 외항선을 탔던 그는 망망대해에서 심리적 안정감을 되찾는 방법으로 버터플라이 허그를 배웠다고 했다.

"제 꿈이 뭔지 아시지요. 사람들이 꿈꾸는 세상을 실현하는 거예요. 사람들이 생각하는 것, 꿈꾸는 것, 그 마음을 재현하는 거죠. 이 기계는 그냥 마음이에요. 그 마음에 헤드셋이나 컨트롤러가 손발처럼 달려 있는 거예요. 감각이 있는 마음요. 기계를 통해서 내 마음을 볼 수 있다고 생각하면 돼요. 내 마음이 바라는 현실을 보는 거죠. 우리는 원래부터 우리가 보고 싶은 것만 보고 살았어요. 내가 보지 않는 것은 존재하지 않는 거니까요."

"모르겠어. 그렇게 해서 내가 원하는 걸 얻을 수 있다고 말하는 거니?"

수정은 고개를 저었다.

"고통과 두려움을 참아내기만 하면요."

경주는 흔들리는 수정의 마음을 알아챈다.

"고모의 마음이 가장 중요해요. 사람은 눈으로 본 것을 사진 찍듯이 뇌에 저장해요. 그게 진짜인지 가짜인지는 중요하지 않아요. 사진이나 그림을 봐도 실제로 봤다고 생각할 수도 있고요. 뇌의 단순한 면이 희망의 가능성이 된다는 걸 인간이 발견한 거예요. 눈에 보이지 않지만, 마음으로 그린 것을 시각화해서 진짜처럼 보여주는 거지만, 그 안에 진짜 모습이 있어요. 고모가 보고 싶어 하는 것을 볼 수 있어요. 그러니까 실재냐 아니냐보다 중요한 것은, 무엇을 하고 싶냐, 예요."

수정의 꼭 다문 입술이 가늘게 떨린다. 잠시 후 감았던 눈을 뜨고, 입술을 꼭 깨문다. 수정이 헤드셋을 머리에 단단히 조이자, 다시 바다가 나타난다. 수정은 팔에 돋아난 소름을 문지르며 조심스럽게 요트 앞머리에 선다. 시퍼런 물이 눈앞에 망망대해로 펼쳐져 있다. '사해라고 생각하자, 뛰어내려도 내 몸은 무게 없이 바다를 떠돌 거야. 바닷속으로 빠져 숨을 못 쉬어도 괜찮아. 그건 그 애와 더 가까워지는 거니까.'

수정의 몸은 수직 하강하여 환하게 빛이 드는 물속을 파고든다. 오로라 색깔의 빛이 산란하며 수정의 몸을 감싼다. 물 위로 형체를 알 수 없는 그림자가 어른거린다. 다시 떠오른 수정의 얼굴 위로 파도가 덮친다. 사지에 힘이 풀린다. 해파리 한 마리가 다가와 촉수 하나를 수정의 뺨에 갖다 댄다. 수정은 희미하게 거대한 물체가 다가오는 것을 느낀다. 물보라를 일으키며 고래가 천천히 수정을 향했을 때 갑자기 호흡이 멎었다. 동시에 수정의 뇌파와 연결된 단말기에서 요란한 벨이 울리기 시작한다.

뇌파를 측정하는 그래프가 아래위로 널뛰기한다. 심박수도 최고로 올라간다. 호흡수도 덩달아 올라간다. 수정은 금붕어처럼 입을 열었다 닫았다 헐떡거리다 풀썩 주저앉는다. 경주는 서둘러 수정을 프로그램을 차단한다. 수정의 심박수가 120비트로 치솟다 일순 멈춘다. 눈은 뜨고 있지만, 시각적인 정보를 받아들이고 있는지, 또 그 정보들을 뇌가 인식하고 있는지 확인되지 않는다.

경주는 수정의 침대 머리맡에서 두 손을 모아 이마를 받치고 있다. 자신이 만든 부모님과 재회했을 때를 떠올린다. 부모님의 유해를 확인하지 못했지만, 복원 프로그램에서 생존 시의 아버지와 어머니를 만났다. 정교하게 재현된 아버지와 어머니와 마지막 작별 인사를 했다. 그때까지 병원에서 보내온 유품 상자를 열어보지도 못했다. 그 가상의 재회 후에야 상자를 열어볼 수 있었다. 유품 상자 속에는 얼룩진 옷과 핸드폰과 지갑이 있었고, 지갑 속에는 그날의 전시회 티켓과 팸플릿 등이 들어 있었다. 그 상자는 부모님이 남긴 마지막 선물이 되었다. 수정 역시 미루와 재회하기를 바랐다.

다행히 수정의 맥박은 정상으로 돌아왔다. 40분 만에 수정은 눈을 뜬다. 의식이 돌아오면서 제일 먼저 발생한 신체의 변화는 눈물이다. 눈 양옆으로 주르륵 흘러내린 눈물을 닦은 후 너 이상 수성은 눈물을 흘리지 않는다.

경주는 뜨거워지는 눈을 의식하며 수정의 손을 잡는다. 수정은 눈을 감고 다시 그때로 돌아간다. 수정에게 전해진 체온과 저릿한 떨림은 진짜였다.

"빛이 산란하던 바다가 갑자기 뒤집어졌어. 몸이 타서 가라앉는 것 같은 아찔한 공포감이 몰려왔어. 바닥에는 침몰된 배들과 배에서 떨어져 나온 컨테이너 박스들이 수초들에 둘러싸여 있었어. 태평양 바닷속에서 불타는 것 같은 기분과 함께 온몸이 찢겨지는 통증…… 그러다 갑자기 내 몸이 동화 속 거인처럼 커지기 시작하는 거야. 주위의 바위와 물고기들이 점점 작아지면서, 내 다리가 땅에 닿고, 몸은 물 밖으로 불쑥 솟아났지."

"그러고는요?"

"갑자기 내가 포세이돈이 된 것처럼, 힘이 느껴졌어. 태풍으로 춤을 추는 바다를 두 손으로 잠재우며, 바닷속에서 헤엄치는 것들이 차차 제자리를 찾아가는 것이 느껴졌어. 멀리서 노란 서핑보드를 탄 아이가 다가오고 있었어. 고래보다 더 유연하고, 바닷속을 자유자재로 움직이는 인어처럼 미끄러져 왔어."

수정은 희미하게 웃으며 경주를 올려다본다.

"믿어지지 않겠지만 우리는 마주 보며 춤을 추었어. 어느 순간 아래로, 아래로 내려가는 미루를 손 위에 가뿐히 들어 올리자, 미루 역시 기다렸다는 듯이 내 손을 잡았어."

수정은 말하며 손을 내려다본다. 미루가 제 손바닥 위에 남겨놓은 온기를 떠올린다.

✻

　경주는 메일을 열어본다. 체험 프로그램에 참석한다는 답장 메일이 다섯 통 들어와 있다. 이 정도면 성공이다. 요즘 외주나 하청으로 인한 안전사고가 잦아지고 있다는 뉴스가 연일 나오지만, 현장에서 바뀌는 것은 없다. 기업과 용역업체의 부도덕한 관행에 대해서도 누구 하나 건드리려고 하지 않는다. 법은 언제나 강자의 편이다. 무료 체험 프로그램은 사고의 책임을 노동자의 부주의로 돌리고, 개인의 무지를 지적하는 사람들을 위한 교육 프로그램이다. 사고 현장과 같은 환경을 3D로 재현하기 위해, 그곳을 수십 번 방문하고, 수백 장의 사진을 찍었다. 죽음의 순간이 얼마나 코앞에 있는지 그들에게 직접 체험하게 하는 것 외에는 그들을 설득할 방법을 알지 못한다.

　한 달 전에는 시각장애인 체험과 휠체어 체험을 초등학생 대상으로 실시했다. 성공적이었다. 사회에서 이슈가 되는 문제에 대해, 실제 체험하고 글을 쓰는 기자도 초청했다. 머리로 이해하는 것과 직접 겪어 보는 것은 하늘과 땅 차이이기에, 결과는 유의미했다. 똑같은 메일을 이번에는 외주화 폐지를 반대하는 국회의원들과 기업 간부들, 죽은 이를 조롱하는 악플러들에게 발송한다.

　검정 비니에 검정 피어싱, 검정 후드, 셈성 청바시에 낡복//시 넣인

스니커즈를 신고 해변을 달린다. 비니를 벗자 녹두색의 긴 머리카락이 바람결을 따라 물결친다. 바람이 귓바퀴에 스치는 것을 느끼며 양팔을 앞뒤로 흔들며 달린다. 100미터, 200미터, 300미터…… 1000미터. 방파제 끝에 다다랐을 때 무릎을 두 손으로 움켜쥐고 숨을 내뱉는다. 항구에 요트 하나가 출항을 준비하고 있다. 배의 고물이 날렵한 하얀 배다. 돛은 부드럽게 펄럭이고, 돛의 끝은 하늘을 향해 시원하게 뻗어 있다. 요트를 타고 대양으로 나간다. 에게해에 있는 세 개의 섬 사이를 지난다. 하얀 벽과 푸른 지붕이 파노라마처럼 이어진다. 해적들이 피투성이로 만든 벽에, 흰 페인트칠을 했다는 하얀 벽을 지나고, 화산재 자국을 숨긴 파란 지붕을 지난다. 건너편 섬의 풍차가 파란 하늘을 배경으로 평화롭게 서 있다. 요트에서 내려 풍차 언덕을 올라가자 에게해가 한눈에 바라다보인다. 반대편 풍차 언덕으로 해가 진다. 깎아지른 언덕 아래 파도가 넘실댄다. 바람에 머리카락이 어깨 위에서 찰랑거린다. 머리를 포니테일로 묶고, 수영복으로 갈아입는다. 양팔을 머리 위로 뻗어 올리고, 밀키블루의 바다를 향해 뛰어든다.

잠시 후, 경주는 기계와 연결된 프린터기에서 사진을 출력한다. 사진 뒤에 '20220522. 지중해 산토리니'라고 적는다. 다음 목적지는 뉴욕이다. 재즈를 좋아했던 미루는 브로드웨이 뮤지컬을 보고 싶어 했다. 맨해튼의 42번가에서 타임스퀘어까지 구글 지도를 검색한다. 문득 경주는 버터플라이 허그를 하는 수정의 모습을 떠올린다. 미끈하게 수영하는 미루의 겨드랑이 사이로 손을 넣어 미루의 가슴에 제 손을 포개고, 가만가만 날갯짓하는 수정을.

안녕! 안드로메다

김 지 수

『한국문학』 신인상 수상과 『동아일보』 신춘문예 당선으로 등단.
『들꽃 이야기』 『문명왕후 김문희』 『누가 강으로 떠났는가』 등 출간.
제1회 한국소설 작가상 수상.

안녕! 안드로메다

"나, 짤렸어."

이모가 말했다.

서연은 손바닥 위에 자그맣게 펼쳐지는 메타버스 세계에 골몰해 있었다. 화면에는 해송이 우거진 바닷가 캠핑장 모닥불 앞에서 카우보이 모자를 쓰고 기타를 치는 아빠와 그런 아빠 곁에 붙어 앉아 리듬에 맞춰 허밍을 하고 있는 엄마가 보였다. 정겨운 풍경과 명랑한 음률에 돌연 끼어든 이모의 육성이 더없이 생경했다.

서연이 쳐다보지도 않자 이모가 조금 더 목소리를 높여 단호하게 덧붙였다.

"이서연 씨, 그거 뭔지 모르지만 이제 그만 빠져나오시고 이모님 인생 상담이나 들어다고."

그제야 집중해서 들여다보던 핸드폰에서 시선을 거둔 서연이 현실로 급히 귀환하느라 다소 맹해진 눈빛으로 맞은편의 이모를 넌짓 바라보았다.

"네 열렬 후원자이신 이모님이 회사에서 짤렸다고."

말과 동시에 이모가 오른손으로 칼날을 만들어 두툼한 자신의 목을 뎅강 쳐내는 시늉을 했다. 염색이 바랜 부스스한 머리칼이 손 칼날 아래서 잠깐 출렁거렸다. 화장기 없이 다소 누런 피부가 머리카락과의 경계를 허물었다. 이모답게 과장된 표정이지만 단두대라니, 상황을 덥석 받아들이기에는 너무 섬찟한 단어였다.

"그거 이제 그만 내놔!"

이번에는 집행관처럼 손을 내민 이모가 독립선언문 낭독하듯 비장하게 덧붙였다.

"나 이제 긴축 재정에 들어가야 해. 전화 요금도, 데이터도 심하게 아껴야 한다고. 앞으론 네 용돈도 줄이고 이런 근사한 카페도 데려오기 힘들지 몰라."

서연은 폰을 이모에게 돌려주는 대신 제 앞의 탁자에 슬그머니 내려놓았다. 가상의 세계에서는 아직도 너울너울 모닥불이 타고 있고 서로 더없이 다정한 부모도 여전히 그대로 머물러 있다. 서둘러 빠져나오기에는 너무도 매혹적이고 단란한 세계였다. 평범하지만 어떤 이들에게는 절대로 닿을 수 없는 저 너머의 세상.

"그렇다고 조카야, 너까지 충격받진 마라, 넌 미미한 용돈이 줄었지만 난 밥줄이 끊긴 거니까."

충격은 이미 받았다. 이모의 그 미미한 용돈이 내게는 밥줄이고 이렇게 열어보는 이 꿈의 세계는 어쩌라고. 말이 짧은 서연이 그나마 대답을 삼켰다. 서연도 폰이 있지만 작고 얄팍한 아이 폰이다. 애플의 아이폰이 아닌 어린아이용 아이 폰. 발신과 수신 등 간단한 기능만 가능했다. 첨단 미디어 시대에 사회적 소통과 알 권리를 차단하고 억압하는 전근대적인 유물이지만 엄마는 물러서지 않았다.

서연이 제 앞에 놓인 유리컵 속의 탄산수를 빨대로 쭈욱 들이마셨다. 그새 가득 찼던 얼음이 녹아 단 맛은 가시고 섬뜩하게 차가운 액체만 이모가 세운 칼날처럼 목구멍을 타고 가슴을 훑으며 내려갔다. 잠깐 소름이 돋았다. 실제로 밥줄이 끊기고 출근이 막힌 기분은 이보다 몇 배나 더 깊은 것일까 잠깐 숙고해보기로 했다.

"근데 아무에게도 말하지 마라. 지금 네게만 처음 얘기하는 거야."

참다 못해 털어놓긴 했지만 금방 후유증이 염려되는 듯 목소리를 낮춘 이모가 검지손가락을 세워 제 입술에 살짝 갖다 대었다. 이모의 '아무'는 엄마를 말하는 것일 게다. 그밖에 두 사람을 잇는 가까운 연결고리는 없다. 서연은 비밀을 공유한다는 짜릿함과 그 공유에 대한 은폐의 두려움을 살짝 느꼈다.

"도대체 왜 짤린 건데?"

구체적인 사유가 더 궁금해진 서연이 상대처럼 목소리를 낮춰 작게 물었다. 의류를 납품하는 소규모 기업체에 다니는 이모는 자주 특근까지 맡으며 열성적으로 일했었다.

"코로나가 길어지니까 공급처가 거의 문을 닫았거든. 결국 구조조정 말이 나오니까 다들 나부터 바라보더라. 내가 봐도 딸린 가족 없는 내가 1순위야."

단두대의 손 칼날을 이제는 자신을 보호하는 나약한 방패처럼 가슴에 얹고 결코 영광스럽지 않은 1순위의 이모가 자존감은 바닥인 시무룩한 표정으로 덧붙였다.

"그놈의 코로나가 여러 사람 잡더니 기어이 나처럼 가엾은 독거여인까지 잡아드시는구나."

서연이 그제야 손을 내밀어 진즉부터 별의별 복장과 별의별 동작의 아바타들이 들끓기 시작한 캠핑 월드 플랫폼에서 '나가기'를 눌렀다. 로그아웃된 화면은 꺼졌고 지난한 과정을 거친 어떤 현상이든 사라지는 건 그렇게 물거품 꺼지듯 순식간이다. 어두워진 화면처럼 서연의 눈빛이 잠깐 허망했다.

그 악성 바이러스는 정말 이모의 표현대로 이미 많은 것을 잡아드셨다. 서연에게는 부모가 헤어진 시기와 맞물려 불행이 더 겹쳐진 듯했다. 아빠, 양육권까지 포기했다는 아빠가 이제는 얼굴도 잘 떠오르지 않는다.

"너한테라도 털어놓으니 후련하긴 하다야. 나도 더 실감 나네."

이모가 그제야 조금 웃어 보였다. 말처럼 후련한 기미보다는 실업의 실감만 느껴지는 들척지근한 웃음이다.

"그럼 내일부터 완전 노는 거네?"

완전 건달이네? 로 들을까 봐 서연이 주의하며 물었다. 기약과 마감이 없는, 언제까지일지 알 수 없는 그 주체 못 할 시간들의 무게가 서연에게 가늠이 되지 않았다.

아아니, 이모가 대뜸 대답하고 어느 누구도 관심을 가질 리가 없건만 아까처럼 주변을 재빨리 살핀 뒤 낮게 소곤거렸다.

"실은 진즉부터 놀고 있어. 그만둔 지 한참 됐어야."

"?"

"그동안 지원서 두들겨 여기저기 주구장창 보냈는데 도대체 면접 오라는 데조차 없어. 청년취업센터가 있대서 알아봤더니 만 39세까지가 청년이래. 난 청년도 아니고 중년도 아니고 정체가 뭔지 모르겠어. 나는 뭘까?"

구체적인 정체야 어떻든 서연에게 이모는 그저 이모일 뿐이다.

"알바라도 하려고 했더니 거긴 새파란 애들만 찾아. 하긴 나 같아도 빨빨한 애들이 훨 부리기 낫겠지. 월세 낼 날이 다가올 때마다 간이 오그라든다야."

"그럼 우리 집에 들어와 살지."

순간적이었지만 꽤 괜찮은 제안인가 했더니 이모가 곧장 왕 눈을 부릅떴다.

"야, 그러느니 신문지 깔고 노숙하겠다야."

두 살 터울의 자매인 엄마와 이모는 서로 별로 살갑지도 않고 성격이나 생김새도 완전 달랐다. 분위기가 아담하고 여성스러운 엄마와 달리 이모는 키가 크고 통통한 체구에 활달하고 시원스러웠다. 또한 예민하고 세심하고 이론적인 엄마와 달리 이모는 무딘 성격에 일단 마음 내키는 대로 저질러서 일찍이 장비라는 별명도 붙어 있다. 엄마는 사이가 데면데면한 이 장비 같은 유일한 혈육에게 그래도 주말이면 가끔 자신이 낳은 또 하나의 유일한 혈육을 만날 기회를 주었다.

"암튼 어린 게 말도 이쁘게 하네. 늬 엄마보다 백 배 낫다야."

무심코 나온 같이 살자는 제안이 그래도 이모에겐 위안이고 감동이었는지 이모는 순간 울컥한 표정이다. 사실 말을 꺼내놓은 서연은 엄마 의사는 어떨지 몰라 아차 싶었었다. 작년에 이사 온 작은 방 두 칸에 화장실이 하나인 연립 주택은 동거인을 더 받아들이기에는 너무 협소한 공간이었다.

"아직 실업수당이 나오니까 버틸 만해. 뭐 그전에 대책이 서겠지."

낙관적인 이모가 금세 두 손가락을 치켜들어 버릇인 V자를 그려 보였으나 서연은 그제야 이 유일한 후원자가 정말로 가련한 독거여인이 될 수도 있다는 데 생각이 미쳤다.

"암튼 고맙다 고마워, 네가 없었으면 내 외롭고 쓰라린 인생 어쩔 뻔했냐."

이모가 장비처럼 크하하 웃고 호탕하게 덧붙였다.

"조카야, 근데 넌 말은 고맙지만 리액션이 너무 약해, 이럴 땐 좀 과하게 파이팅도 외쳐주고 안아주기도 하는 거야. 그래야 친구들도 많이 생기지."

이모의 무심한 지적에 서연의 얼굴이 단번에 굳어졌다. 무릎에 올린 손이 자기도 몰래 바르르 떨렸다.

내성적인 성격에 워낙 말수가 적어 극심한 왕따를 받던 서연은 어느 날부터 학교에 안 가겠다며 집에 틀어박혔다. 찾아주는 친구도, 찾고 싶은 친구도 없었다.

아빠는 그런 서연을 시골 친가에 데리고 갔다. 저녁을 먹고 난 느지 막이 돗자리와 랜턴을 갖추고 함께 동네 뒷동산에 올랐다. 밤이 깊어 지자 먹빛으로 캄캄해진 하늘 여기저기에 빛나는 작은 손님들처럼 별 이 돋기 시작했다.

"아빠도 어릴 때 또래보다 체구도 작고 잘하는 것도 가진 것도 없 었단다. 아무도 놀아주지 않고 친한 친구도 없었어. 그런데 이처럼 씩씩한 어른이 되고 우리 공주님 같은 예쁜 딸을 갖게 된 비밀을 알 려줄게."

아빠는 검푸른 하늘의 아득한 가장자리를 가장 넓고 크게 두른 우 윳빛 별무리를 가리켰다.

"저기 하얀 띠 같은 별자리 보이지? 안드로메다 은하란다. 거느린 별들이 무려 1조 개나 된대. 1조라는 건 이 세상의 모든 모래알보다도 많은 엄청난 숫자지. 아빠는 저 별무리를 내 수호신이자 친구로 삼기 로 했어. 그랬더니 외롭지 않아지더라."

아빠는 서연의 등을 툭툭 치며 자신 있게 말했다.

"자, 이제부터 수여식을 할 거다. 이제 저 은하수를 네 수호신으로 넘겨주겠어. 아빤 이제 다 큰 어른이 되었으니까 혼자 힘으로도 잘 살 수 있거든. 원래 저 별은 그리스 신화에서 아름다운 공주였으니 우리 예쁜 딸에게 훨씬 잘 어울려."

이어 아빠는 안드로메다가 지구에서 200만 광년이나 떨어져 있으 며 사람의 맨눈으로 볼 수 있는 가장 멀고 큰 별이라는 다양한 천체 지 식도 알려주면서 시연의 등을 도닥거렸다.

"우린 우주에서 바라볼 때는 먼지보다도 못한 극히 작은 존재란다. 아빠 말은 우리에게 일어나는 아프고 슬픈 일들은 실은 먼지보다 작은 존재의, 먼지보다 못한 하찮은 일이라는 거야. 그러니 너무 힘들어하지 말고 뭐든 툭툭 털고 일어서자."

그날의 별 세계와 수호신 전달식은 아빠와의 마지막 소중한 추억이 되어버렸다. 결국 아빠는 집을 떠났고 밤늦게 검은 하늘을 보물 책처럼 뒤적이며 빛나는 새 친구들과 함께 조우하는 일은 더 이상 일어나지 않았다.

뭐 먹을래? 뭐 입을래?

어른들은 자주 의견을 묻고 배려해주는 듯하지만 정작 중요한 일은 자기들끼리 서슴없이 해치운다. 이런 저런 약속들, 이사 같은 거, 그리고 이혼 같은 거.

"미안해."

엄마가 말했다. 저녁 설거지를 마친 엄마는 서연을 식탁에 다시 불러 앉히고 과일을 깎았다. 그런 다음 후식이 담긴 접시를 서연 앞으로 밀어주며 낮게 말했다.

"오늘 낮에 아빠랑 만나서 완전히 헤어지기로 했어. 너도 눈치챘겠지만 이젠 우리끼리만 살아야 해. 더 작은 집으로 이사도 할 거야."

시선을 내리깐 엄마는 아랫입술을 깨물고 무덤덤한 표정을 지으며 미안하다고 말했으나 정말 미안해하는지는 알 수 없었다. 어쩌면 엄마 자신조차도 자신의 감정을 정확하게 파악하지 못하고 있는 건지도 몰랐다.

서연은 묻고 싶은 것이 많았지만 막상 엄마가 뭐든지 물어보라고 했을 때는 머릿속이 엉기는 듯해 아무것도 물을 수가 없었다. 사실 언제나 그랬다.

아빠에게서 전화가 온 것은 그로부터 몇 달 후였다. 옷가지, 신발, 모자 등 집 안에 남아 있던 아빠의 몇 가지 흔적도 진즉에 모조리 치워진 후였다.

— 우리 공주님, 잘 지내?

잠시 침묵하던 아빠가 그렇게 나직이 물었을 때 서연은 문득 목이 메어 왈칵 눈물이 쏟아지려고 했다. 아빠 나 보고 싶지 않았어? 왜 이제야 전화하는데? 난 하루 종일 아빠만 생각해. 도대체 뭘 하며 지내는지. 지금은 회사도 떠났고 나랑 놀아주지도, 엄마랑 다투지도 못하는데 도대체 뭘 하면서 하루를 보내는 건지, 나는 그게 세상에서 제일 궁금했단 말이야.

자세히 묻고 따지고 싶었지만 누가 숨을 틀어막기라도 한 듯, 아빠가 생판 다른 사람이거나 한 것처럼 목소리가 나와주지 않고 이마가 뜨거워졌다. 그 어느 때보다 답답하고 막막한 순간이었다.

"이제부터 전화하지 마."

한참 후 엉뚱한 소리가 서연의 입에서 튀어나왔다. 아빠는 잠시 침묵했다.

— 그래, 끊으마.

휴대폰이 잠잠해졌다. 다소 긴장한 듯 가까이 느껴지던 숨소리도 사라졌다. 세상이 삽시간에 물에 잠긴 듯 적막해졌다.

왜 그랬을까. 사람은 너무 배가 고파지면 배고픔을 느끼지 못한다고 했다. 어떤 사람이 너무 그리우면 오히려 그리움조차 잊으려 하는 걸까. 그리움을 잊을 온갖 말도 안 되는 명분을 쌓으면서 그로부터의 통증에서 벗어나려 애쓰는 것일까.

아빠의 흔적을 모조리 쓸어 담아 일부는 어디론가 보내고 나머지는 쓰레기처럼 분리수거함에 내다 버린 날, 외출했던 엄마는 술에 취해 밤늦게 귀가했다. 가녀린 제 몸도 제대로 못 추스르는 엄마에게서는 진한 술 냄새와 태워버린 고기 냄새와 어둡고 쓸쓸하게 저문 밤의 냄새가 났다.

"엄만 너밖에 없어. 너만 보고 살 거야."

가누지 못한 육신을 현관문에 의지하고 서서 마치 아무도 없는 빈 집인 듯 한동안 멍하니 집 안을 들여다보던 엄마가 문득 서연을 껴안으며 밧줄에 매달린 사람처럼 절박하게 말했다. 어찌나 억세게 안겼는지 작은 허리가 끊어지는 듯했으나 서연은 온몸을 쥐어짜서 대답했다.

"엄마, 나도 엄마밖에 없어."

서연은 그때 깨달았다. 자신 역시 엄마라도 놓치지 않으려고, 남은 이로부터 또다시 버림받지 않기 위해 이미 떠난 이에게 그랬다는 것. 한번 버림받은 자의 뇌가 살아남기 위한 본능적이고 무의식적인 작용으로 자신을 보호하기 위해 더 힘 센 사람에게 붙어 그에 합당한 행위를 한다는 것.

그래서 아빠와의 고리를 스스로 끊었음을 서연은 자각했다. 해명도 생략하고 더 없이 비겁하고 냉랭하게.

비밀이라던 이모의 실직은 엄마와 모든 일가친척들에게 곧 밝혀졌다. 사실 이모 성격에 그때껏 털어놓지 않았으면 상당히 오랫동안 버틴 거였다.

"그럼 그렇지, 요즘 내 옷장이 왜 안 뒤집어지나 했지."

엄마는 무표정하게 그렇게 받아들였다. 꽃다운 한때는 모델이 꿈이었다는 이모는 가끔 서연의 집에 들러 자신의 체구에 맞지도 않는 엄마 옷을 가져갔다가 실밥이 여기저기 뜯긴 채로 되돌려놓곤 했었다.

"네 공부도 봐주고 점심도 챙겨주고 학원 시간도 도와주게 이모 오라고 할까?"

엄마가 그렇게 슬쩍 물어보아도 설마 했는데 실제로 이모가 서연의 집에 출근했다.

늦은 아침, 초인종 소리에 홈 패드 화면을 바라보니 야구 모자를 삐딱하게 눌러쓰고 양쪽 손가락 두 개씩을 세워 다짜고짜 쌍으로 V자를 그려대는 웬 날라리 같은 여자가 서 있었다. 초상집 문상 가서도 친구인 상주에게 그렸다는 V자는 이제는 쌍으로 업그레이드되었는데 패자이기를 거부하는 인생에 승리의 기운을 억지로라도 끌어모으려는 이모의 눈물겨운 몸부림 같았다.

"네 엄마가 너 봐날래. 알바비 순단다."

중소기업의 회계 담당인 엄마는 경제관념이 철저했다. 허튼 돈은 한푼도 쓰지 않는 엄마가 이모에게 먼저 그런 제안을 했다니 새 학기에 중학생이 되는 서연의 가정 학습 상황이 불안했는지, 아니면 명분 있게 동생 용돈이라도 챙겨주려는 숨은 우애심의 갸륵한 발로인지는 알 수 없다. 서연의 입장으로는 왠지 부담스럽기도 하고 덜 심심할 것 같아 좋기도 했다.

오전 줌 수업은 이모가 저만큼 지켜 앉은 가운데 끝났다. 수업 중에 서연은 가끔 딴 짓도 하곤 했는데 이제는 감시자가 제 임무를 수행하려 들 것 같아 어쩔 수 없이 집중해야 했다.

서연이 태블릿 피시를 닫자마자 언제부턴가 제 스마트 폰에 골몰해 있던 이모가 반색하며 바짝 다가왔다.

"네가 맨날 들여다보던 그 젭토 말이야, 심심해서 들어가봤더니 완전 신세계더라. 돈도 벌 수 있겠더라고. 왜 진즉 내게 안 알려줬어?"

어이가 없다. 메타버스 플랫폼에서 여러 방법으로 수익을 올릴 수 있다는 건 알지만 서연에게는 관심 밖의 일이었다. 여하튼 이모는 새로 발견한 온라인 세계에 잔뜩 들떠 있었다.

"진짜 재밌어. 안 되는 게 없고 완전 꿈같네."

그래, 완전 신세계지. 이룰 수 없는 모든 일이 가능하니까. 갈 수 없는 공간의 접근이 가능하고 찢어진 가족의 다정한 모습도 볼 수 있으니까. 그렇지만 그저 허구의 가상세계이고 백일몽일 뿐이야. 가상화폐 코인을 가득 채운 허상의 지갑처럼.

사람들은 왜 손에 쥘 수 없는 세계를 꿈꾸는지 모른다.

고학년이 될 서연을 위해 좀 더 나은 학군으로 이사하기로 결정한 부모는 강남 인근에 새 집을 계약했다. 금융투자회사에 근무하기에 그동안 자산 관리를 도맡아왔던 아빠가 잔금 지불일을 앞두고 갈수록 안절부절했다. 평소에도 비현실적인 낭만주의자라고 핀잔을 듣던 아빠는 주위의 권고만 듣고 금융상품이 아닌 비트코인에 투자했는데 그 날까지도 원금 회복은커녕 거의 휴지처럼 날려버린 것이다. 그렇잖아도 극명한 성격 차이로 자주 갈등을 빚던 부모가 이혼을 하게 된 결정적 계기였다.

서연이 학원 갈 시간에 맞춰 점심을 챙겨주면서도 이모는 신문물을 접한 미개인처럼 작은 화면 속에서 펼쳐지는 신세계에 빠져 있었다.

"여태 이 흥미진진한 세상을 모르고 살았다니 말도 안 돼. 완전 판타스틱한 미래 유망 산업이네. 게임, SNS, 방송, 홍보, 마케팅이고 뭐고 온갖 콘텐츠가 안 되는 게 없어. 아바타로 직접 접속되니까 진짜 실감 나고. 와우! 내가 어렸을 때 〈알리바바의 램프〉 읽고 꿈 꿨던 마법의 세계가 다 여기 있네."

"〈알라딘의 요술 램프〉겠지."

"어? 알리바바와 40명이 램프 갖고 튄 거 아니었어? 암튼, 뭣보다 수익을 올릴 수 있다니 진짜 짱이야. 일단 코인 쌓고 잼 모으기 시작했어. 그래봤자 몇 푼 안 되겠지. 이제부터 온갖 아이템 만들어 올릴래. 포토샵 많이 해봐서 나랑 딱이야. 어쩌면 월급보다 더 많이 벌 수 있을지도 몰라. 근데 NFT는 뭐고 맵은 또 어떻게 만드냐? 공부할 게 되게 많네. 플랫폼 죄다 이용자늘도 네 또래 세대고 아이템이나 맵도 너네

들이 더 참신하게 잘 만든다네?"

몰입도에 비례해 갈수록 흥분도가 높아진 이모가 번번이 서연에게 휴대폰을 내밀어 도움을 청했고 이모가 헤맨 것도 서연에게는 역시 단순했다. 서연이 보기에는 이모가 좀 아둔한 것 같았고, 이모가 보기에는 서연이 민첩한 천재 같았다.

이모가 잠깐 자리를 비운 사이 서연은 잘못 눌러 화면에 뜬 문자를 무심히 읽었다.

형부가 이민 간 거 알고 있어? 중남미 어딘가 아주 멀리 갔다는데?

이모가 보낸 문자의 수신인은 엄마였다.

학원 셔틀버스에서 내리던 서연이 순간 발을 헛디뎌 휘청했다. 머리가 조금 어지러웠다. 엊그제부터 줄곧 몸살 기운이 있는 것처럼 몸이 좋지 않았다.

학원이 있는 상가의 입구 앞에 잠시 서 있던 서연이 방향을 돌려 맞은편 샛길로 향했다. 골목길을 천천히 지나 둑 쪽으로 걸어갔다. 수량이 적은 가느다란 실개천이 흐르고 수초들이 무성하게 엉켜 있는 외진 곳이었다. 좁다란 비포장 길이 개천을 따라 비스듬하게 나 있었다.

서연은 잡초 사이에 있는 듯 없는 듯 이어지는 그 좁다란 길을 따라 마냥 목적 없이 걸어갔다. 이 길을 따라 곧장 걸으면 어쩌면 남미라는 곳에 이를지도 모른다는 생각을 했다. 다리가 아프도록 걷다 말고 개

천가 돌 더미에 걸터앉은 서연이 먼 하늘가를 바라보며 울먹였다. 아빠, 미안해.

바람은 축축하고 하늘엔 먹물 섞인 구름이 잔뜩 끼었다. 그 어두운 구름 사이로 먼 이국으로 떠나버렸다는 아빠 대신 짓궂게 빈정대는 아이들이 서슴없이 얼굴을 내밀었다.

— 쟤 인어공주니? 말은 왜 않는 거야?

— 관심 받으려고 그러는 거지. 아님 바보든지.

— 꼬집어볼까. 비명은 지르겠지?

실제로 등을 심하게 쳐보거나 실수하는 척 발을 걸어보는 아이도 있었다. 투명인간 취급을 했고 분풀이 대상으로도 삼았다. 무엇을 잘못했는지 모르면서 심한 잘못을 저지르며 사는 것 같았다. 늘 외롭고 추웠다. 활기차고 따뜻한 공간에서 혼자만 얼음 땡 놀이의 '얼음'이 되어 있는 느낌이었다. 아무도 서연의 어깨를 치며 '땡'이라고 말해주지 않았고 서연은 늘 혼자였다.

윗주머니에 넣어둔 전화벨이 울렸다. 학원 총무의 이름이 떴다. 이제 곧 엄마에게도 연락이 가고 엄마도 전화를 할 것이다. 엄마는 이유를 따지고 조목조목 설득하려 들겠지. 서연은 전화를 꺼버렸다.

이민은 어느 별나라로 떠나는 것인지 알 수 없다. 아빠는 왜 더 멀리 사라져버린 것인지 그 역시 알 수 없다. 왜 수호신 같은 건 믿지도 않는 딸에게 자신의 별을 건네주고 그 별처럼 멀어진 것인가.

그때 말했어야 했을지 모른다. 아빠, 어른이라고 수호신이 필요하지 않은 건 아닐 거야. 내겐 그냥 조금만 나눠주고 아빠가 그대로 가지고 있어. 아빠나 더 씩씩하게 잘 살라고!

이제는 저 아득한 200만 광년의 별보다 더 바라볼 수 없게 된 그 사랑하는 큰 별이 서연은 사무치게 그리웠다.

창문 너머로 작은 안뜰이 있고 맞은편 건물의 높은 벽이 보였다. 벽면의 절반쯤은 갈색을 띠기 시작한 초록색 담쟁이덩굴이 뒤덮었다. 잎은 아직 무성했지만 책에서 읽은 마지막 잎새 생각이 났다. 잎이 다떨어지면 주인공은 자신이 죽으리라 예감하지만 지금 서연에게는 퇴소의 희망이 있어 다행이었다.

서연은 격리되었다. 방전된 핸드폰을 든 서연은 늦게야 근처 편의점을 찾아들어 울음을 터뜨렸고 점원의 신고를 받은 경찰은 서연의 상태를 보고 코로나 PCR 검사부터 받게 했다.

자가 격리 치료도 가능했지만 서연은 생활치료센터 입소를 원했다. 좁은 집에서 허약 체질인 엄마에게 전염시킬 것이 걱정되어서였다.

일상은 단조로웠다. 오전 9시와 오후 4시에 두 번, 센터 어플에 체온과 혈압, 맥박, 산소포화도를 입력하면 되었다. 다행히 하루 만에 열은 떨어졌고 기침과 코 막힘 증상이 있었지만 지시대로 약을 먹으니 거의 완화되었다. 하루 세 번 정시에 식사가 문 앞에 배달되었고 간단한 청소와 빨래는 평소 집에서 하던 것처럼 스스로 해결했다.

이모는 군것질거리와 만화를 잔뜩 보냈지만 엄마가 곧장 반입해준 물품 중에는 최신형 스마트 폰이 들어 있었다. 그렇게나 원했던 폰을 이런 방식으로 갖게 될 줄은 몰랐지만 어쨌든 서연의 입이 하아 벌어졌다. 강제 독립이 전혀 불편하지 않았다.

　이곳에서는 전처럼 메타버스 월드에 들어가서 저 혼자 돌아다니다가 누군가 입장하면 다른 방으로 옮기거나 나가버리지 않고 이제는 그냥 버텼다. 아바타들이 춤을 추고 노래를 부르며 노는 광경도 한가롭게 구경했다. 정해진 시각에 문 앞에 놓인 도시락을 거둬들이고 쓰레기를 내놓는 것 외에는 외부와 완전히 단절된 환경 때문에 시간 여유가 넉넉했다.

　〈안녕! 안드로메다.〉

　롯데월드 세계에 들어가 여기저기 구경하다가 잠시 호숫가 의자에 앉아 있는 서연에게 금발 머리를 양 갈래로 땋은 소녀가 말을 걸었다. 시리우스라는 이름이 떴다. 태양 다음으로 가장 빛나는 별이다. 잠시 망설이던 서연이 답 문자를 눌렀다.

　〈안녕!〉

　〈방가, 방가! 옆에 앉아도 돼?〉

　〈그래.〉

　〈캠핑 월드에서 가끔 봤어.〉

　〈아마도.〉

　〈네 이름이 마음에 들어서 기억해. 안드로메다.〉

　〈별 좋아해?〉

　〈엄청. 난 우주과학자나 우주생물학자가 될 거야.〉

　〈왜?〉

　〈무궁무진 미지의 세계. 찐 궁금해.〉

〈우리 따로 채팅할래?〉

잠시 후 시리우스가 물었을 때 서연은 나이와 성별과 신분을 얼마든지 속일 수 있는 아바타 세계에 대한 경고가 떠올랐지만 요란스럽지 않은 꾸밈새의 이 아이만은 이름 그대로일 것 같다는 본능적인 믿음이 갔다.

〈실은 우리 엄마가 카시오페아야. 그래서 네 이름이 재미있었어.〉 시리우스가 썼다.

〈엄마도 젭 한다고?〉 서연이 반문했다.

〈아니, 우리 엄만 13년 전에 별이 되셨어. 날 낳다가.〉

〈…….〉

〈아빠가 엄마는 카시오페아가 됐을 거래. 우주는 원래 어둠과 죽음으로 가득 차 있고 빛이라는 생명이 끊임없이 새로 태어나고 사라지는 순리로 지속된대. 사람도 죽지만 완전히 사라지는 건 아니라고 했어. 원소로 분해되어 또 다른 어떤 물질을 이룬대. 그래서 내 캐릭터 만들 때 카시오페아의 딸인 안드로메다로 이름 지으려고 했는데 네가 이미 써버렸더라. 그래서 은근 쫓아다님 ㅋㅋ.〉

아빠가 과학자라는 시리우스는 서연을 자신이 만든 맵에 초대했다. 우주에 떠 있는 온갖 별들과 행성, 위성, 혜성 등을 아바타로 순간 이동해 탐구하는 그곳에는 별을 사랑하고 천체에 관심을 가진 수많은 유저들이 수시로 찾아왔다.

〈내가 수호신을 믿지 않으니 아빠가 말해주었어. 그 유명한 과학자 아인슈타인도 신비와 마법의 세계를 믿지 않는 건 영혼이 죽은 거나 다름없다고.〉 그렇게 서연도 자연스레 무리의 대화에 끼어들었다.

〈네 아빠도 언젠가 안드로메다를 찾아내 접속해 오실 거야. 네가 자랑스레 더 빛날수록 더 쉽게 찾아내시겠지?〉

서연이 털어놓은 아빠 이야기를 듣고 그렇게 말해주는 시리우스는 정말 좋은 친구였다. 되새겨보면 그 아이가 '안녕! 안드로메다!'라고 불러주었을 때 서연에게는 진정한 메타버스의 신세계가 열린 셈이었다.

일주일의 격리를 끝내고 무사히 퇴소하는 날, 엄마와 이모가 현관 앞에 마중 나왔다. 홀가분하게 계단을 내려오는 서연의 눈에 손을 흔드는 엄마와, 하트와 쌍 V를 연거푸 쏘아대며 온몸으로 난리법석을 부리는 이모가 한 가득 들어왔다. 난생 처음 떨어져 있느라 더없이 반가운 두 어른을 향해 서연이 달려갔다.

"우리 딸, 훌쩍 컸네?"

엄마가 팔을 활짝 벌려 서연을 안으려는데 그 사이로 이모가 냉큼 끼어들며 서연을 왈칵 껴안았다.

"조카야, 자나 깨나 외로운 독고여인 먼저 챙겨다오."

이모의 요란스럽고 푸짐한 포옹에 이어 2순위로 밀린 엄마가 다음으로 말없이 서연을 품에 안았다. 잊고 있던 엄마 냄새가 왈칵 풍겼다. 배 속에서부터 익숙했을 냄새, 낮익은 심장의 고동소리, 널 사랑한다고, 넌 원래 내 몸과 하나였다고 일깨워주는 태초의 향기.

시리우스가 넌 왜 이모 얘기는 자주 하면서 엄마 얘기는 않느냐고, 너도 혹시 엄마가 없느냐고 물었을 때 서연은 얼른 대답하지 못했다.

아빠를 떠나보낸 엄마에 대한 원망과 그럼에도 버릴 수 없는 애착의 갈등을 친구는 읽었다. 최대한 아닌 척하지만 어른들도 많이 힘들 거라고, 그래도 멀쩡한 척하는 거라고 시리우스는 아무렇지 않게 변명해주었다. 어른들도 몸집만큼 힘들 거야. 우리가 봐주자.

"교도소 출소가 아니니까 두부는 아닐 테고 무사 퇴원하면 뭐 보양식이라도 먹어야 하는 거 아냐? 오늘 같은 날은 어디 근사한 데서 멋지게 칼질을 해야 하는데."

이모가 앞장서며 쩝쩝 입맛을 다셨다. 근사한 곳으로 데려다줄 자동차부터 없는 자매는 티격태격 서로의 능력 탓을 하며 건너편 동네 식당으로 향했다.

"이 집에서 젤 비싼 거 먹자. 이모가 돈 좀 벌 거 같아. 내 아이템이 마침내 승인 났는데 벌써 다섯 개나 팔렸어."

벌써 유명 크리에이터라도 된 듯 이모가 기고만장 큰소리를 쳤지만 제일 비싼 녹두 한방삼계탕 선계산은 결국 엄마가 했다. 다섯 개 팔았으면 130원쯤 되려나. 갈 길이 한참 멀었다. 웃고 말려고 했으나 이모는 이미 사진과 짧은 영상들도 창작해 NFT 거래소에 올리고 있고 디지털 전자지갑도 만들었다고 자랑했다.

"사실 내가 진짜 하고 싶은 일은 따로 있어."

이모는 이어 새로운 최첨단 패션 월드를 만들어 수익을 창출하는 이런저런 포부를 열성적으로 털어놓았다. 마치 알리바바와 40인이 일제히 램프를 밝혀들고 있는 듯한 환상적인 계획들이었다.

서연의 우주 맵에서도 보다 큰 플랜이 있었다. 45년째 우주를 비행하고 있는 보이저호보다 더 진보된 우주선에 탑승해 별들의 세계를 탐사 체험하는 꿈이었다.

자신들이 어른이 되었을 때는 지금 개발되는 홀로렌즈나 스마트 글라스, VR 헤드셋, 텔레햅틱, VR 슈트보다도 훨씬 섬세하게 기능화된 도구가 실현되어 행성조차 보고 만지고 느낄 수 있을 것임을 확신했다. 서연의 어린 별 친구들은 이미 그처럼 원대한 우주적인 세계관을 가지고 미래를 설계하고 있었다.

"도대체 가상세계와 현실이 뒤섞이는 기술이 어디까지 발전할 줄 모르겠더라. 세상이 바뀌고 있는 건 틀림없나 봐. 오픈AI가 만든 챗GPT가 출시되면 어마어마한 변화가 시작될 거라는 예고도 있어."

우려인지 기대인지 엄마가 낮은 한숨을 쉬었다.

정말 마법의 세상이 성큼성큼 오고 있는 것일까. 아니 훨씬 전에 도착해 지금 도처에서 더운 입김을 내쉬고 있는지도 모른다. 변화와 발전은 항상 그렇게 왔으니까.

후식은 이모가 샀다. 버스 정류소 앞, 플라스틱 의자가 몇 개 놓여 있는 편의점의 야외석에서 어른들은 캔 커피를, 서연은 콘 아이스크림을 먹었다.

"너 정말로 얼굴이 활짝 폈다야. 그 안에서 뭔 좋은 일 있었니?"

이런저런 얘기를 나누던 이모가 문득 물었으나 서연은 그냥 웃기만 했다. 격리 센터에서 일어난 일 중 이름도 모르는 많은 친구가 서연에게 얼음 '땡'을 외쳤다는 사실은 그 친구들과의 현모(현실모임) 직전 가족에게 알릴 생각이었다.

"앗! 버스가 오나 봐. 저거 막차야."

갑자기 외마디 소리를 지르며 벌떡 일어선 이모가 정류소로 내달렸다. 그 와중에도 작별 인사인 양 재빨리 V자를 그려 보이고는 둔덕 위로 올라오는 마을버스를 향해 손을 흔들며 뛰어갔다. 폭 넓은 옷자락과 머플러가 이제 막 떠오르는 별들이 깔린 어두운 하늘을 배경으로 휘장처럼 흩날렸다. 마을버스든 메타버스든 씩씩한 독거여인이 놓치는 건 절대 없을 것 같았다.

"이제 우리도 가볼까?"

엄마도 뒤따라 자리에서 일어섰다.

닮은 듯 아닌 듯 크고 작은 두 여자는 하나의 실루엣처럼 밤이 내리는 거리를 나란히 걸었다. 저만큼 먼 창들마다 작고 오롯한 등대처럼 노란 불빛이 새어 나오는 고요하고 잠잠한 민가들 너머 검은 숲들의 등성이가 보였다. 사열하듯 겹겹이 늘어선 키 큰 나무들 아래 저절로 자라난 작은 꽃들이 소담스레 피어 있고 어디선가 풀벌레 울음소리가 자연이 보내는 모스 부호처럼 여리게 들려왔다.

한발 앞서다 자칫 넘어지려는 서연의 손을 엄마가 재빨리 붙잡았다. 힘주어 잡은 엄마의 손은 부드럽고 따뜻했다. 놓쳐서는 안 될 절대적인 소중함에 서연이 그 손을 마주 꼭 쥐었다. 순간 충만해진 가슴속으로 진정한 수호신의 별 무리가 비로소 환하게 쏟아져 안기는 것 같았다.

어쩌면 지금 보고 느끼고 만질 수 있는 이 아름다운 세상이 결국 누구나 꿈꾸는 신세계의 실체이리라고 서연은 문득 생각했다.

아고라를 향해

김 태 정

소설집『셰어하우스』, 장편 불교동화『왕 중의 왕』,
공저『오늘은 태안』『오늘은 태백』『2022 신예작가』등 출간.
불교문예 신인상(동화), 한국소설 신인상, 경북일보문학대전 은상 수상.

아고라를 향해

피오르의 절벽을 좀 더 깎아지르게 표현하라는 피드백을 받았다. 뭐랄까, 벼랑 끝에 내몰리는 기분 같은? 그런 분위기가 트레킹족들에게 도전 의식을 준다고 사장은 말했다. 빙하가 밀어낸 절벽은 나름대로 신경 쓴 부분이다. 200만 년에 걸친 침식의 자국을 그래픽만 입혀 표현하기에는 미안한 작업이었다. 빙하와 비바람과 천둥 번개가 만든 저항의 나이테를 살려보고 싶었다.

두텁게 짠 물감 위에 나이프 자국을 남기는 임파스토 기법을 채색 작업에 써먹긴 처음이다. 나는 마치 반 고흐가 된 기분으로 손을 움직였다. 그것에 또 덧칠 작업을 하라는 이야긴데, 과욕은 늘 과장을 초래했다. 옐로우버스가 여행업계 1위 자리를 놓치지 않는 이유가 사장의 과욕 덕분이라는 것에는 이견이 없다. 사이트에 동영상이나 사진을 올려 관광객을 불러 모았던 시절에 황 사장은 과감하게 메타버스 플랫폼을 구축했다. '헝'에 bus가 아니라 universe를 소합안 옐로우버스는 세계적인 여행사로 키우겠다는 사장의 의지가 담겨 있었다. 세간의 관심을 모았으나 초창기에는 이익을 그다지 내지 못했다. 플랫폼 접속자들을 실제 구매로까지 이끄는 데는 오랜 시간이 걸렸는데, 선구자는 자존심이 강했다.

크리에이터들에게 입체감을 부각하라고 수시로 주문했고, 지속적으로 팝업 광고를 띄웠다. 컴퓨터를 켰다 하면 뜨는 광고를 지겹도록 봐야 했던 직원들은 몰래 팝업창을 제거하고서야 업무를 볼 수 있었다. 어쨌든 선배들의 지난한 수고와 그 광고 덕분으로 현재까지 정상을 달리고 있는 셈이다. 나는 어디를 손봐야 할지 생각하면서 피오르월드에 접속했다. 빠르게 다운로드가 진행되었고, 곧이어 42킬로미터에 달하는 뤼세피오르에 들어갔다.

U자 모양의 협만을 품은 절벽은 거대한 끌로 한 호흡에 내려친 것 같다. 빙하가 녹으면서 만들어진 골짜기들이 물결치며 이어진다. 흰눈을 인 골짜기 안으로 실타래처럼 바닷물이 밀려 들어간다. 물은 깊이를 알 수 없다. 가파른 절벽에는 바위취와 키 작은 나무들이 위태롭게 자라고 있다. 나는 유람선을 타고 호사스러운 여행길에 오른다. 여느 방문자들처럼 풍광이 잘 보이는 뱃머리에 앉아본다. 바람이 불어온다. 머리를 휘날리며 사진을 찍는다. 광활한 풍광을 작은 렌즈에 담기엔 역부족이다. 그런 아쉬움을 트레킹으로 달래보기로 한다. 협만을 거슬러 올라가다가 빨간 지붕 마을에 내렸다. 바이킹으로 분장한 NPC들이 방문자들에게 옐로우버스 캡을 나눠주며 안내하고 있다. 나는 방문자들과 인사를 나눈다.

안녕하세요, 어느 나라에서 오셨나요, 한국에서 왔어요, 행운을 빌어요…….

나는 그들에게 여행 후기를 남겨달라고 부탁한다. 좋은 후기를 쓴 방문자들에게는 아이템 선물이 있다는 말도 잊지 않는다. 이건 나이 40의 크리에이터가 이쪽 세계에서 살아남는 방법이었다.

방문자들과 어울려 트레킹을 시작한다. 시에라산의 울퉁불퉁한 계단식 바위를 밟고 절벽 위로 올라간다. 만년설원이 가까이 드러난다. 절벽 모퉁이를 돌자 폭포를 만난다. 1,000미터 아래로 폭포수가 떨어지면서 하얀 물보라가 일었다. 아뜩해서 잠시 넋을 잃는다. 폭포로 올라가는 좁은 절벽 길에는 가문비나무들이 자란다. 그 뾰족탑같이 생긴 가문비나무에 비밀 포털을 장치해놓았었다.

그 포털로 들어가 스페이스를 순간 이동해 시에라볼텐 앞에 선다. 양 절벽 사이에 작은 바위공이 끼어 있다. 허공에 뜬 바위는 사람들의 도전을 부추긴다. 멋진 사진을 찍으려면 강한 심장과 균형감각이 필요하다. 조금이라도 발을 삐끗하면? 상상만 해도 아찔하다. 절벽 가장자리로 다가가자 자갈돌이 후두둑 발아래로 떨어진다. 아련하게 풍덩실 빠지는 소리가 들린다. 바다에 잔물결이 인다.

이 지점을 보다 입체감 있게 살리기로 한다. 피오르의 바다 색은 성대리가 보낸 사진으로는 부드러운 하늘색이었다. 하지만 진청색을 뭉텅이로 찍어 절벽 아래로 가져갔다. 검푸른 잉크가 뭉게구름처럼 번져나갔다. 높고 가파른 절벽과 좁고 긴 현만이 날카롭게 충돌했나. 삽

자기 마음이 불편해졌다. 그냥 색의 변화일 뿐인데. 다시 심층까지 어루만질 다정다감한 색조를 만들기 위해 분주히 색을 찾아다녔다.

"노, 노! 서현아 씨, 아직도 색칠 작업인가요? 따분하구만. 그 좀 감각적인 아이디어 없어요?"

사장은 감각이 늙었다고 노골적으로 말하고 있었다. 50대 중반의 그는 나이 많은 직원의 능력을 무시했다. 정확히 말하면 계약직과 정규직에게 확실하게 차별적으로 행동하는 사람이었다.

"어디가 따분하죠?"

"옐로우버스는 평범한 걸 사양합니다. 여러분, 이 평범한 피오르 투어를 살릴 쌈박한 무언가가 없을까요?"

나의 따분하고 평범한 작업 때문에 번개 회의가 소집되었다. 젊은 피가 흐르는 반짝이는 머리에서 다양한 의견이 제시되었고, 최종적으로 하나의 의견에 집중되었다. 이름하여 익스트림 콘테스트. 시에라볼텐 바위 위에서 가장 아슬아슬한 자세를 취하는 방문자에게 피오르 여행권을 시상하겠다는 것이다. 그것이 여행자들에게 도전 의식을 자극할 것이며 폭풍 예매로 이어질 거라고 기대했다.

"절대 안전이 필요한 곳에서 위험한 동작을 부추길 수는 없어요. 여행은 게임이 아니에요."

"이건 아바타 콘테스트입니다."

"결국 사람이 따라 하게 돼 있어요. 말도 안 되는 포즈를 취하다가 사고라도 나면요? 전 할 수 없습니다."

"아 아 그렇지. 용기가 나이와 상관관계가 있다는 말뜻을 이제야 알

겠군."

"도전이 지나치면 만용이죠. 셀카 찍다가 죽은 인플루언서가 얼만지 아세요?"

"서현아 씨, 이번 일에서 그만 빠지세요."

❋

오전 늦도록 침대에서 뒹굴다가 일어났다. 휴식인지 휴직인지, 갑작스럽게 얻은 바람직하지 않은 휴가였다. 시간에서 놓여나면 갈 곳이야 많았다. 그동안 작업했던 월드만 돌아봐도 족히 1년은 걸릴 것이다. 오트밀 그릇에 우유를 가득 붓고, 붇기를 기다리며 서두를 필요는 없다고, 혼잣말로 중얼거렸다. 그러나 이내 자석처럼 몸이 컴퓨터 앞으로 이끌려갔다. 밥숟가락으로 오트밀을 떠먹으며 메일함을 확인했다. 여러 종류의 광고메일 사이에서 성 대리가 보낸 메일이 보였다. 짧은 안부 인사와 함께 알집 파일이 들어 있었다. 알집 속에는 장소와 날짜가 적힌 사진과 동영상 파일들이 빼곡히 들어앉아 있었다.

동영상 하나를 클릭하자 컴퓨터 화면 가득히 눈 덮인 피오르의 전경이 나타났다. 세계에서 가장 길다는 송네피오르다. 며칠 전 유람선 위에서 인증사진을 보내주더니 그새 일을 마친 건가? 그는 4대 피오르를 모두 담기 위해 노르웨이로 여러 번 출장을 갔다. 네 번째 출장을 떠나던 날 그에게 사랑놀이를 인제 그만 끝내자고 말했다. 그러자 이번 연말에는 함께 휴기를 길 수 있을 거라고 큰소리쳤다. 그리고 크리스마스 베이비를 만들자며 속삭였다. 선심 쓰듯. 나는 그때 피식 웃었다. 엄마의 소원이 생각나서. 그에게서 메신저가 들어왔다.

　－뭐 해? 작은깃털. 지금 X월드로 들어와

우리는 홀로렌즈를 쓰고 사랑을 나눈다. 잦은 출장이 장애가 되지는 않았다. 우리에게는 X월드가 있었으니까. 사랑을 증명받고 싶을 때는 그에게 초대장을 보냈다. 우리는 서로 연결되어 있었고, 채팅창에 '나 잡아봐라'를 남기면 그가 찾아왔다. 나는 우리의 월드에 매일 새로운 밀실을 만들었다. 그가 나를 쉽게 찾지 못하게, 안달 나게 만들고 싶었다.

　－지금은 안 돼.
　－왜?
　－아고라조가 나를 부르네.
　－무슨 일?
　－나 잘린 것 같어.
　－이런 ㅠㅠ

아고라조에서 다시 호객행위를 하게 될 줄이야! 메타버스 플랫폼 연합회인 아고라조는 크리에이터들이 모임방을 쉽게 제작할 수 있는 환경을 구축했고, 그 개수를 불려나갔다. 크리에이터들은 자신이 만든 방의 호스트가 되어 운영하거나 프리미엄을 붙여 판매하기도 했다. 공용 라운지로 들어가면 초입부터 화려한 광고가 떠다닌다. '돈 버는 월드!' '가자! 백만장자 클럽으로' 같은 욕망을 건드리는 매혹적인 문구로 방문자들을 유혹했다. 연합회는 돈 벌 수 있는 플랫폼을 만들겠다는 의지를 숨기지 않았다.

설립 초기에는 이름대로 꽤 이상적인 구석이 있었다. 그들은 가상 세계에서의 아고라를 만들겠다고 했다. 유저들이 자유롭게 모여 인생을 논하고 경제활동까지 하는 공간을 제공하겠다고. 그러면서 다양한 기업들과 연동해 세를 키웠고, 옐로우버스도 아고라조에 편입해 입지를 다졌다. 황 사장은 '아고라아아조'라고 혀를 굴리며 자신이 큰 지분을 갖고 있음을 자랑하고 다녔다. 아무튼 그들의 뜻대로 돈이 모이는 곳에 새로운 유행도 만들어졌다. 그래서 크리에이터들에게는 '트렌드를 알려면 아고라조로 가라!'가 상식으로 통했다.

유행을 좇아 새로운 방들이 생겨났지만 몇몇 고전적인 방들은 여전히 인기를 유지하고 있었다. 플라워가든, 랜선노래방, 두근두근데이트, 구찌하우스, 공룡어드벤처가 오랫동안 존재감을 유지하고 있는 이유는 호스트의 노력에 아고라조의 후원이 더해졌기 때문이다. 반면에 소리 소문 없이 사라진 방도 많았다. 드림랜드처럼. 우후죽순으로 생겨나는 모임방들 속에서 살아남기란 코끼리를 냉장고에 넣는 것만큼이나 힘든 일이다.

3년 전 효도 관광을 구상하고 드림랜드를 만들었을 때도 그걸 유지하려고 다양한 방법을 동원했었다. 방문자들에게 아이템 선물은 기본이고 화폐로 바꿀 수 있는 빈을 쏘기도 했다. 덕분에 잠시 개장 효과는 있었다. 자녀들과 들어온 어르신 방문자를 보면서 얼마나 감동했던지. 그러나 한 달 반짝인기에 그쳤고, 부모들이 가상여행에 재미를 못 느낀다는 후기가 올라오더니 두 달쯤 지나면서 방문자 수가 급격하게 줄어들었다. 어르신들의 재방문이 없으면 유지하기 힘든 콘셉트라는 걸 깨닫고 후회했다. 메타버스는 관심을 끌었다가도 금방 사라질 수 있는 치열한 경쟁의 세계였다. 얼마 안 가 생활고가 따라왔고, 결국 한 열성 방문자에게 호스트를 맡기고 직장인으로 돌아갔다.

오랜만에 찾아본 드림랜드는 523개 모임방 중에서 501위를 하고 있었다. 비슷한 시기에 나왔던 롤러코스터는 45위에 회원이 10만이나 되었다. 엄청나게 선방하고 있는 셈이다. 10만 회원이면 호스트가 벌어들이는 기본 수입이 한 달에 10만 핀 정도는 된다는 이야기다. 그러면 환급액이 도대체 얼마야? 슬쩍 남의 밥상이 궁금해졌다.

나는 롤러코스터로 들어가서 무료 의상으로 주는 꽃무늬 원피스를 얻어 입었다. 아이비 넝쿨이 건물 담벼락을 감싼 건물 앞 광장에서 버스킹이 열리고 있었다. 외국의 어느 대학교 같았다. 프레디 머큐리가 〈위 아 더 챔피언〉을 부르고 있었고, 화려하게 차려입은 방문자들이 광장 둘레를 돌며 춤을 추었다. 나는 광장 언저리에서 둠칫거리는 뚠뚠한개미에게 물었다.

—여기 어디?

뚠뚠한개미가 건물을 향해 고개를 까딱했다. 보면 모르냐는 투로.

—하버드.

—다들 뭐 해?

—아이비리그 투어 중.

—여기 재밌어?

뚠뚠한개미가 업다운 춤을 한바탕 추더니 핀을 요구했다.

—알고 싶어? 좀 던져줘.

그러고는 짝퉁으로 보이는 명품 아이템들을 쏟아내었다.

—이거 반값에 줄게. 네 아이한테는 필요할걸? 수준 맞추려면 말
이야.

나는 콧방귀 이모티콘을 뿡뿡뿡 날렸다. 최상위권 성적의 아이들이
간다는 아이비리그도 모르고 들어왔으니, 얼마나 멍청하게 보였을까.
피오르월드를 생각하면 씁쓸했다. 지금쯤 방문자들을 실은 유람선이
피오르를 돌고 있을 것이다. 선상에서 흘러나오는 노래를 흥얼거리며
몸을 흔들고 있을 테지. 시에라볼텐 바위 위에서는 셀카 찍느라 야단
법석일 테고.

나는 적당히 화풀이할 곳을 찾았고, 드림랜드를 넙죽 넘겨받은 초
록눈사람이 떠올랐다. 매일 방문해서 아이템 선물에 보너스 포인트까
지 꼬박꼬박 챙겨 가던 널성팬이었는데, 게으른 자식! 방문자들은 매

번 새로운 장소에서 특별한 흥밋거리를 요구했다. 호스트는 그걸 충족시키기 위해 계속 업그레이드를 시켜줘야 한다. 정상을 향해 바위를 굴리고 또 굴려야 하는 시시포스의 굴레에서 벗어날 수 없다. 지치는 일이지만 부지런한 호스트에게는 두둑한 보상이 따라왔다. 그러나 나태해지는 순간, 인기가 나락으로 떨어졌다. 투자는 인기를 낳고 인기는 부를 가져왔다. 이 세계에서도 부의 분극화 현상은 가속화되고 있었다. 나는 롤러코스터에서 빠져나와 곧장 드림랜드로 들어갔다.

라운지는 생각했던 대로였다. 어느 소도시를 연상해 제작한 라운지에는 휑한 바람만 지나갈 뿐, 방문자들로 붐벼야 할 여행사는 문이 닫혀있었다. 그 여행사 간판에 '추억의 수학여행'과 '줌줌5일장' '힐링로드10선'을 걸어두었는데, 그대로 걸려 있었다. 한숨이 나왔다. 당시 유행했던 복고 분위기에 안이하게 편승한 것이 실수였다. 황 사장 말대로 낡은 감각이 문제였다면 일찌감치 크리에이터를 그만뒀어야 했다. 간간이 방문자가 들어왔지만 금방 라운지를 빠져나가버렸다. 나는 여행사 문을 힘차게 밀고 들어갔다. 접수대에 리모델링을 알리는 안내문이 덩그러니 놓여 있었다.

개장 날짜를 명시하지 않은 건 일종의 눈속임이다. 놓기는 아깝고, 계속하자니 수고스럽고, 여차하면 다시 돌아올 여지를 남기고 싶을 때 쓰는 수법이 아니겠나. 부를 때까지 쉬고 있으라던 황 사장의 의중도 그럴 것이다. 나는 허공으로 zzz를 날렸다. 여행사를 나와 구름다리를 건너 느티나무 언덕으로 올라갔다. 로맨스 영화의 한 장면을 연상해 제작한 곳이었다. 마을이 내려다보이는 언덕 중턱에 청재킷을 걸친 방문자가 서 있었다. 반가워서 뛰어갔다.

　　−안녕!

마틸다가 물음표 이모티콘을 날렸다. 나는 느낌표를 날리며 물었다.

　　−뭐 재밌는 거라도 있어?
　　−으하하! 이런 데서 재미를? 난 재미없는 곳만 찾아다녀.
　　−그렇게 별론가.
　　−응, 지루해. 싹 뜯어 고쳐야 할 듯.
　　−그래도 은하수로드는 안 돼.

　　마틸다가 은하수길을 알 리가 없었다. 거긴 나의 열여섯까지의 기억과 추억의 공간이다. 엄마의 사랑을 먹고 자란 뽀얀 얼굴의 여자아이는 들과 산을 휘젓고 다녔다. 길은 미지의 세계였다. 아이의 놀이는 깊이를 알 수 없는 산길로 들어갔다가 밤하늘에 뜬 은하수를 따라 집까지 찾아오는 거였다. 새로운 길을 찾으면 색색의 리본으로 표식을 해두고 이름을 지었다.
　　비단뱀길, 흰여우길, 붉은햇살길……
　　에너지는 넘쳤으며 소진되면 거듭 채워줄 엄마의 사랑이 있었다. 아빠는 없어도 괜찮았다. 그 길을 쫓아다니며 나는 아주 잘 자랐다. 느티나무 잎 하나가 생각에 잠긴 작은깃털의 발아래로 떨어졌다. 나는 나뭇잎을 주워 훅 불었다. 나뭇잎은 곡선을 그리며 언덕 아래로 날아갔다. 마틸다가 말했다.

－네 월드구나.

크리에이터가 자신이 만든 월드에 애착을 느끼는 건 당연하다. 나는 그곳에 세상의 시간을 옮겨 넣었다. 해가 뜨고, 해가 지면 달과 별이 올라온다. 파란 하늘에 구름이 떠다니고, 비가 그치면 무지개가 뜬다. 파도가 밀려왔다 밀려가는 그런 시간의 움직임 속에 있으면 부러운 것이 하나도 없는 순간이 있다. 월드와 내가 완전히 하나가 되었을 때다. 자연의 재료와 인간의 노력이 결합해 만들어진, 인간이 만든 모든 물질에는 에너지가 있다고 생각한다. 내가 월드 속에서 살아 움직인다는 것이 그 증거다. 나는 월드 속에서 누군가와 생각을 주고받는다. 남자친구와 사랑을 나누기도 한다. 감정의 교류가 있는 곳이라면 거기도 생명이 있는 세상인 것이다. 어쩌면 나는 아고라를 가장 잘 실현해보려던 크리에이터였을지도 모른다. 나는 마틸다가 던져주고 간 명함을 물끄러미 내려다봤다.

재설계 컨설팅 전문가

망한 모임방을 찾아내어 컨설팅해주고 리모델링을 도와준다는, 새롭게 부상한 직업이었다. 나는 고개를 떨구었다.

꒰

휴가가 길어지고 있었다. 나는 간간이 방문자로 피오르월드에 들어갔다 나오곤 했다. 옐로우버스는 잘 돌아가고 있었다. 신종 바이러스가 종식되고 해외여행을 계획하는 사람이 많아지면서 사전답사 신청이 부쩍 늘었다. 게다가 익스트림 콘테스트는 화젯거리가 되기에 충분했다. 여행권에 상금까지, 큰 판이 되어 있었다. 역시 황 사장의 안목은 뛰어났다. 방문자로 북적대는 선착장을 보면 괜스레 가슴이 울렁거렸다. 새롭게 뭐든 시작할 수 있을 것 같았다.

나는 내처 창업을 결심하고 아고라조를 기웃거리며 정보를 수집했다. 그러면서 성 대리와의 관계는 소원해졌다. X월드에서의 만남을 거절한 이후 메신저 내용이 시큰둥해지더니 얼마 전부터는 아예 소식도 없었다. 그의 몸이 그리웠다. 그는 남자의 몸이 풍요롭고 다채롭다는 사실을 알게 해준 남자다. 낮고 무거운 목소리는 스산한 마음을 그 옆에 단단하게 묶어주었다. 까칠한 수염이 목덜미에 닿으면 온몸의 기운이 빠져나가며, 나는 아스라이 사라지곤 했다. 크리스마스 베이비를 만들자고 했으면서. 그동안 쌓아온 감정이 바람 한 점에 사라지는 비눗방울이었던가, 회의가 왔다. 비 오는 밤이면 괜히 싱숭생숭해져서 X월드에 들어갔다가 나오곤 했다. 그러다 며칠을 앓는데 황 사장의 전화로 정신이 돌아왔다.

"서현아 씨, 오늘 결선인 거 알죠? 가이드가 필요한데, NPC는 대응 능력이 빌어져서 말이야."

복귀하란 소리지만 자존심이 허락하지 않았다.

"글쎄요. 크리에이터가 가이드를 한다는 게 좀……, 그리고 새롭게 준비하는 일도 있어서요."

"가이드가 어때서요? 방문자들 목소리를 들을 기회인데, 얼마나 좋아."

그는 크리에이터에게 중요한 건 현장 감각이라고 목청을 높였다. 맞는 말이었는데, 씁쓰레했다. 사실 드림랜드 재건이냐 새 월드냐를 저울질해보지만 어느 것 하나 성공하리란 보장은 없었다. 이런저런 생각으로 머뭇거리자 재택근무를 제의했다. 이런 특혜를 제공하는 것은 창작자를 존중하기 때문이란다. 온라인으로 가능한 업무를, 생색은! 그러나 최종 우승자를 보고 싶지 않냐고 덧붙였을 때 덜커덕 걸려들었다. 그는 확실히 사람 다룰 줄을 알았다.

결선 시작 네 시간 전이었다. 금요일 저녁 시간을 택한 건 일주일 중 가장 여유 부릴 수 있는 시간이어서다. 나는 피오르월드가 다운로드 되는 동안 전에 없이 조바심이 났다. 피오르야 눈을 감고도 안내할 수 있지만, 재치 없고 재미없는 내가 과연 잘할 수 있을지 의문이었다. 라운지에 떨어지자 NPC들이 우르르 몰려들었다. 그들은 갖가지의 트레킹 아이템을 저장한 전자패드를 보여줬다. NPC 수도 많아지고 역할이 달라진 것 같았다.

여기 여기를 봐, 이쪽으로 와, 싸고 좋은 게 많아.

그들은 축제가 열리면 어김없이 몰려드는 장사치처럼 굴었다. 나는 전자패드를 손으로 밀쳐냈다. 한 NPC가 눈에 띄었다. 매부리코에 검은 뿔테 안경을 쓴, 코드 번호가 Y_V012였다. 그는 나를 훑어보더니 다가왔다.

　　―작은깃털, 난 네가 입은 옷이 피오르에 어울린다고 생각 안 해.
　　―나도 알아, 안다구.

　나는 그의 전자패드를 빼앗듯 넘겨받았다. 패드를 터치하자 트레킹에 필요한 상품들이 주르륵 넘어갔다. 나는 원피스를 벗어던지고 옐로우버스의 상징색인 노란 트레킹복을 터치했다. 이왕이면 제대로 하자, 싶었다. 거기에 트레킹화를 맞춰 신고 가이드 이름표가 붙은 빨간 조끼도 하나 골라 입었다. 스마트 폰에 즉각 결제 문자가 떴다. 나는 고개를 빳빳이 들고 Y_V012에게 말했다.

　　―잊지 마! 원래 네 역할은 여행 안내라고.
　　―이 세상에 고정불변은 없어.

　Y_V012가 어깨를 으쓱이며 말했다. 오호라, 제법이었다. 번뜩 이 녀석을 데려가면 그동안의 상황도 얻어듣고 쓰임이 많을 것 같았다. 그에게 원래의 임무를 수행하라는 명령을 받았다고 하자 나는 명령을 좋아해, 하고는 순순히 따라왔다. 선착장에는 유람선을 기다리는 방문자들로 발 디딜 틈이 없었다. 놀라운 광경이었다. 피오르 투어 인기

가 이 정도일 줄은 상상도 못 했다. 방문자들은 기대감으로 들떠 있었다. 에너지! 나는 그들에게서 넘쳐흐르는 에너지를 느낄 수 있었다.

나는 벌렁대는 가슴을 지그시 누르고 눈앞에 펼쳐지는 해안선을 바라보았다. 세월에 깎인 저 침식의 나이테를 얼마나 경외했던가! 아무리 큰 바닷물이 들고나더라도 부드럽게 흡수하는 모습을. 나는 그곳에서 설명할 수 없는 생명의 기운을 느끼곤 했다. 고래와 바다코끼리와 연어 그리고 더 작은 생명체들이, 내 눈에는 그런 것들이 보였다. 그래서 그토록 다정다감한 색을 찾으려 했을지도. 결국 검푸른 바닷물이 출렁이는 해안선이 되어버렸지만, 피오르는 여전히 아름다웠다.

유람선을 타고 갈 여유는 없었다. 나는 여러 스페이스를 뛰어넘을 작정으로 선착장 뒷문으로 빠져나갔다. 거대한 월드를 원활하게 관리하려면 비밀 쪽문 같은 것이 필요했다. 나는 Y_V012를 비밀 포털 안으로 들여보내고 뒤따라 들어갔다.

✿

헤비메탈이 터질 듯하게 흘러나왔다. 쿵쾅, 쿵쾅……

행사를 알리는 현수막이 요란하게 펄럭였고, 시에라볼텐 바위공 주위에는 붉은 줄이 쳐져 있었다. 접근 금지 안내문이 걸려 있었지만, 참가하는 쪽이나 구경하는 쪽이나 무신경하게 굴었다. 방송국에서도 나온 것 같았다. 동영상을 찍는 폼이, 기자들은 어디에서든 티가 났다. 결선에 오른 선수들이 주변 바위에서 텀블링하거나 한 손으로 물구나

무서기, 왜가리처럼 한 발로 서기 같은 희한한 자세를 취하며 연습에
열중하고 있었다. 와아, 탄성이 일어났고, 한쪽에서는 조금 더, 조금
더를 외쳤다. 현실에서라면 도저히 불가능한 자세였다. 아찔하고 무
질서했다. 그러나 흥분도 전염되는지 왁자지껄한 흥겨움이 있었다.

　－결선에 몇이나 올라왔지?
　－승자와 패자로 남을 둘이지.

　Y_V012가 손가락 두 개를 폈다 내렸다. 그는 눈을 감고 몸을 흔들
어대고 있었다. 정확하게 리듬을 탔다. 그게 너무 웃겨서 넌 NPC라고
말할 뻔했다. 그는 프로그래밍이 된 대로 움직일 뿐이다. 조작 감정일
텐데 분위기에 빠져드는 것이 자연스러웠다. 나는 괜한 경쟁심이 생
겨서 비아냥거렸다.

　－준결선까지 봤겠네. 어떻게, 훌륭하디?

　Y_V012가 거만하게 말했다.

　－그런대로. 나보단 아니지만.
　－흥, 아쉽겠어. 참가 못 해서.
　－작은깃털, 네 임무나 신경 써.

　이런, ㄱ가 내게 명령하고 있었다. 나는 움찔해서 Y_V012를 노려

봤다. 그는 나를 무시하고 셀카를 찍는 할리에게 다가갔다. 등판에 숫자 1이 큼지막하게 찍혀 있었다.

> —드론으로 촬영해드립니다. 오늘은 당신의 인생에서 특별한 날이니까요.
> —진짜? 서비스가 좋네.
> —요금은 50핀입니다.
> —으응, 우승만 하면 껌값이지.

와우, 내 입에서 감탄사가 흘러나왔다. Y_V012를 드림랜드에 데려가고 싶을 정도였다. 그때 2번 도치가 라인을 넘어 바위공 위로 올라갔다. 유연성을 뽐내며 허리를 엉덩이 뒤로 한껏 제쳤다. 몸이 폴더 폰처럼 반으로 접혔다. 관중들이 도치를 외치며 우르르 몰려갔다. 1번 할리도 가만히 있지 않았다. 지지 않겠다는 듯 바위공으로 뛰어 올라가려고 했다. 나는 할리를 잡은 채 소리쳤다.

> —도치 씨, 지금 올라가면 안 됩니다. 내려오세요.

그때 Y_V012가 나를 제지하며 나섰다.

> —그냥 둬. 라이브 광고가 돌아가고 있어.

나는 뜨악했다.

－이 세계에서도 규칙이라는 게 있다고. 사고라도 나면 어쩔 거야.

－죽기라도 할까 봐? 쟤네들은 아바타야. 멍청하긴.

－너 누구야? NPC 아니지.

－무슨 상관이지?

나는 주먹을 불끈 쥐었다. 다시 환호성이 터져 나오지 않았다면 그를 한 대 쳤을지도 모른다. 그러나 그는 나를 완전히 무시했다. 도치를 향해 카메라 드론을 날렸다. 동시에 정체 모를 몇 대의 드론이 나타났다. 모든 촬영 영상이 온라인으로 실시간 중계되고 있었다. 도치가 바위공 위에서 몸이 반 접힌 채로 한 발로 빙그르르 돌자 댓글 창에 별풍선이 와르르 쏟아졌다. 곧 들어가겠다는 참여 댓글이 순식간에 올라오더니 입장료가 10핀에서 단번에 30핀으로 급등했다. 도치는 관중들을 향해 일일이 손을 흔들어주었다. 별풍선이 또 올라왔다. 기선을 빼앗긴 할리가 내게 허리를 잡힌 채 식식거렸다. 경기 시작 20분 전이었다. 관중들을 밀치고 앞으로 나가는 Y_V012가 보였다. 그가 마이크를 잡자 장내가 조용해졌다.

－피오르월드에 오신 방문자 여러분 반갑습니다. 라이브 방송 시청자 여러분들도 반갑습니다. 경기 시작 20분 전입니다. 빠르게 들어오시면 생동감 넘치는 경연을 참관하실 수 있습니다.

그에게서 매부리코 황 사장의 얼굴이 겹쳐졌다. 그는 지폐 열두 장을 시샵에 넣어 다닌다고 했다. 12가 완전을 뜻한다고 했던가? 나는 몸서리쳤다. Y_V012가 말을 이어갔다.

─그동안 옐로우버스는 실감형 텔레포트가 가능한 공간을 만들기 위해 노력해왔습니다. 오늘의 익스트림 콘테스트는 인간의 상상력과 그 한계가 어디까지인지 실험하는 기회가 될 것입니다. 결선에 오른 두 선수는 그 의미 있는 일에 도전할 분들입니다. 그들은 홀로렌즈를 쓰고 피오르의 상공을 날아다닐 것이며, 계곡을 넘어 다닐 것이고, 뛰어내릴 것입니다. 가상과 현실을 오가는 짜릿한 경험을 맛보게 될 것입니다. 여러분들은 마음을 활짝 열고 즐기시면 됩니다. 여러분, 외치십시오. 너는 할 수 있다! 나도 할 수 있다아!

노이즈 마케팅에 미친 놈! 홀로렌즈를 쓰고 참여하라는 말은 현실 게임을 하겠다는 이야기였다. 만약 가상과 현실이 뒤섞여버린다면 실제로 사고가 날 수도 있었다. 이런 걸 계획하다니, 선구자 자리를 결코 놓치지 않겠다는 야망으로 보였다. 그는 결선에 오른 선수들에게 홀로렌즈를 쓰라고 한 뒤 마이크를 내려놓았다. 곧이어 경연 시작을 알리는 팡파르가 울렸고 일순간 환호성이 터졌다. 검정 테의 홀로렌즈를 쓴 1번 할리가 뛰어나왔다. 현실의 카메라가 체조장에 선 남자를 비췄다. 스카이 돔을 갖춘 체조장에는 갖가지 기구들을 갖추고 있었다. 그렇다면 남자는 체조선수일지도 몰랐다. 남자가 몸을 풀더니 두두두 달려서 도움닫기를 하다가 몸을 날렸다. 할리가 가볍게 바위 공 위로 뛰어올랐다. 별풍선이 쏟아졌다. 모니터를 지켜보던 Y_V012가 손을 치켜들고 박수를 유도했다. 할리가 우아하게 한 번의 텀블링으로 착지했고 우우, 야유가 터져 나왔다. 그러자 보란 듯이 두 번, 세 번, 네 번, 다섯 번의 연속 텀블링을 시도했다. 다시 별풍선이 쏟아졌다. 할리가 바위공을 뛰어넘어 건너편 바위에 착지했을 때 카메라가 족히 50미터는 돼 보이는 도마 위에 선 남자를 비췄다. 남자는 잠시 그 자리에서 건들거리며 균형을 잡았는데, 비틀하며 떨어지고 말았다. 할리는 계곡 밑으로 빛처럼 빠르게 낙하했다. 야유가 쏟아졌다. 나는 한 발짝 뒤로 물러났다.

　　―하아!

나는 손으로 얼굴을 가렸다. Y_V012가 내 귀에 대고 속닥거렸다.

　　―이게 대중이 원하는 바야.
　　―가이드를 맡긴 이유가 뭐죠? 안전요원 같은 건 필요 없어 보이는데.
　　―으으응, 앞으론 초실감형 콘텐츠가 대세가 될 거니까 잘 봐두라구. 공부해야지 않나.
　　―여긴 아름다운 여행지라고요.
　　―여행? 흥! 그런 기본 콘텐츠로는 살아남기 힘들지. 우린 좀 특별한 걸 제공해야 할 책임이 있어. 이 업계에서 살아남으려면 자극이 필요해. 아바타만으론 재미가 없어. 지가 아무리 난리 재주를 부려 봐야 시시하잖아?
　　―그런 게 당신이 생각하는 아고라조인가요?

나는 최대한 혀를 굴리며 강조했다. 그러나 그 물음은 철저히 무시당했다. Y_V012는 점수를 기다리며 박수를 유도하고 있었다. 나는 Y_V012가 내뱉은 자극이라는 단어를 되뇌었다. 그의 머릿속에는 새로운 게임 출시를 계획하고 있을 것이다. 라이브로 실시간 방송되고 있었으니 홍보 효과는 최고였다. 할리의 점수가 올라왔다. 100점 만점에 40점. AI 심사위원은 인정머리가 없었다. 장내는 환호와 야유로 뒤섞였다. 2번 도치가 등장했다. 그의 현실 세계가 위험한 곳이 아니길 바랄 뿐이었다. 그러나 현실 카메라가 비춘 곳은 소나무가 울창한 계곡이었다. 석양이 소나무를 물들이고 있었다. 피오르와 비교할 수는 없지만 높이가 꽤 있어 보이는, 계곡 아래로 불그레한 물이 출렁였다.

―안 돼, 멈춰야 해.

나는 소리쳤다. 그러나 내 소리는 환호성에 가맣게 묻혔다. Y_V012의 얼굴을 봤다. 분명 그의 눈도 흔들리고 있었다. 나는 꾹꾹 눌러 말했다.

―규정을 정했어야죠.
―정했지, 정했다고. 그런데 내가 사인을 받아놓았던가?

그는 분명 사고를 예감하고 있었다.

도치가 도움닫기를 하고 뛰어올랐을 때 나는 눈을 감았다. 그러고는 한참이나 이어지는 정적을 괴로워하며 참아내야 했다. 젠장! 새로운 꿈의 월드를 꿈꾸며 나는 어금니를 물었다.

카페드림

엄 현 주

창작집『투망』『불꽃선인장』, 장편소설『참 좋은 시간이었어요』,
공저『코로나19 기침소리』『코비드19의 봄』『카페인 랩소디』등 출간.
평사리 문학대상(단편소설 부문), 법계문학상(장편동화 부문) 수상.
한국문화예술위원회 창작지원금 수혜.

카페드림

규가 할머니의 '만복슈퍼'를 '카페드림'으로 바꾸는 데 걸린 시일이 불과 보름 남짓이었다. 보름 남짓이라는 것은 공사 기간을 말한다. 돌아가신 할머니에 대한 애도의 시간까지 합한다면 1년이 넘었다. 굳이 이렇게 말하는 이유는 50년 가까이, 그러니까 그가 이 세상에 나오기 전부터 마을 어귀에 자리 잡고 있었던 '만복슈퍼'를 자기 손으로 없애버렸다는 미안함이 마음 한구석에 남아 있기 때문이었다.

에게, 뭔 슈퍼가 저래? 어린 시절, 아주 가끔 아버지와 배를 타고서 할머니 집에 방문할 때면 그는 가게 간판을 가리키며 놀리듯 묻곤 했다. 카트를 밀고 한참을 돌아다녀야 하는 슈퍼를 떠올리며 그는 좁고 허름한 가게가 보잘것없이 여겨졌다. 할머니는 입을 약간 비죽거리면서도 자랑스럽게 말했다.

"인석아, 니 눈엔 하찮게 보여도 대단한 거여. 만 가지 복이 들어오디니께. 글게 니 애비딩 고모를 나 벡여살리고 대학 공부까지 시켜 시

집 장가보냈지. 물건도 없는 게 없으이 여태 사람들이 꾸준히 찾아주는 거라고.”

구멍가게 수준이면서 슈퍼라고 우기듯 달아놓은 간판이 더 이상 우스꽝스러워지지 않게 그에게 여겨진 것은 불과 몇 년밖에 되지 않았다. 마흔이 다 되어가는 나이에, 오갈 데 없고 취업도 못 한 그가 공무원 시험을 준비하기 위해 슈퍼 위층에 있는 할머니 집에 얹혀살면서부터였다. 고시원 생활을 청산하고서 외딴섬까지 내려가 시험 준비에 몰두해보리라는 야심찬 결심 끝에 내린 결정이었다. 하지만 시간이 조금씩 지나자 결심 또한 흔들리면서 시험에 붙을 자신이 점점 없어졌다. 그때 생각난 것이 아르바이트로 카페에서 일하면서 따놓은 바리스타 자격증이었다. 그것이면 여든이 훌쩍 넘은 할머니가 놓지 못하는 ‘만복슈퍼’를 멋지게 카페로 변신시킬 수 있을 것 같았다. 무엇보다도 바다가 보이는 카페는 그가 오랫동안 꿈꾸었던 로망이기도 했다.

아주 가끔 그는 바다가 보이는 카페를 일부러 찾아가곤 했다. 그런 데서 차를 마시며 시간을 보내고 나면 제대로 힐링했다는 생각이 들면서 호사를 부린 것 같아 며칠간 기분이 좋아졌다. 이제 그런 카페를 직접 차릴 수 있다는 생각이 뒤늦게 들자 공무원 시험 준비는 미련 없이 때려치웠다. 그러고서 그는 시간 나는 대로 할머니를 부추겼다. 하지만 대답은 한결같았다.

“정신 차려, 이 썩어빠질 놈아! 이 외딴섬 구석에 누가 시키면 구정물 같은 거 마시러 오겠냐?”

“할머니도 참, 이제 곧 여기 다리가 놓인다고 하잖아요. 그럼 달라질 거라고요."

"아무리 니가 뭐라 해싸도 안 된다. 만복슈퍼는 바로 김달자라고. 니 할미와 다를 바 없다, 이 말이여. 죽는 날까지 나는 여기를 지킬 거여."

할머니는 자신의 말대로 임종하는 날 아침까지 가게 문을 열었다. 그런 할머니를 위해 그는 첫 기일이 지날 후에야 비로소 공사를 시작했다.

보름에 걸쳐 실내 인테리어 공사까지 마쳤다. 과거의 추억과 현대의 새로움이 만나는, 뉴트로 콘셉트로 정한 데는 '만복슈퍼'가 마음의 빛으로 얼마간 작용한 탓도 없지 않았다.

규는 실내를 찬찬히 훑어보았다. 우드데코타일의 바닥재, 노출한 천장에 매달린 초록색 식물들, 칠이 벗겨진 듯한 빈티지풍의 초록색 벽, 앤티크한 오렌지색 계열의 조명, 노란색 출입문……. 그것들이 왠지 마법이라도 불러일으킬 듯한 분위기를 자아내면서 그의 마음을 사로잡았다.

"음, 이제 가구들이 들어오고 인터넷만 연결하면 되겠군."

그는 만족스러운 얼굴로 중얼거리고서 인터넷 설치 신청부터 했다. 섬이라 며칠 후에야 올 줄 알았던 기사가 다음 날 오전에 방문했다. 그런데 그 기사를 보자 규는 자기도 모르게 눈이 휘둥그레지면서 입이 벌어졌다. 벽지와 똑같은 초록색 점퍼와 바지를 입고 노란색 모자를 눈까지 눌러쓴 기사는 마치 카페의 일부처럼 여겨졌다. 설마 여기 벽을 뚫고 나온 사람은 아니겠지? 이런 황당한 생각이 규의 머릿속을 맴

돌고 있는데, 기사는 문 입구 위쪽에 '카페드림'이라고 손 글씨로 써놓은 보람판을 보고서 고개를 끄덕였다. 그러더니 재빨리 밖으로 나가서 작업을 시작했다. 30분쯤 지나자 들어와 아무 말 없이 인터넷 사용 설명서를 주고는 기사가 사라졌다. 대체 뭐야, 말을 할 줄 모르남, 이렇게 중얼거리다가 그는 눈을 몇 번이고 깜빡거려보았다. 마치 잠시 꿈을 꾼 기분이었다.

계획한 날짜에 카페를 시작해서 처음 며칠은 아무런 문제가 없었다. 그러더니 노트북을 들고 오는 사람들이 생기면서부터 문제가 발생하기 시작했다.

"접속이 안 되네. 사장님, 여기 와이파이 비번이 뭐죠? 으, 근데 대체 이게 뭐야?"

"어제 오전에는 분명 됐는데……. 이 느낌은……, 진짜 이상해지네."

"와우, 세상에나! 아무래도 여긴 섬이라……. 서버에 이상이 생겼나?"

열린 창으로 봄 햇살에 아른거리는 바다와 초록색 배처럼 떠 있는 섬들을 간간이 그는 바라보며 드립 커피를 내리던 중이었다. 그는 자기도 모르게 손님들을 향해 큰 소리로 물었다.

"왜요? 뭔 일인데요?"

그의 물음에 다들 아는 체조차 하지 않았다. 그들은 창가에 따로 앉아서 어딘가에 홀린 듯한 얼굴로 각자의 노트북 화면에만 열중해 있는 듯했다. 그는 약간 머쓱하기도 하고 궁금하기도 했지만 별문제가 없어 보여 하던 일을 계속했다. 그때는 기묘한 일이 일어나고 있다는 걸 그는 전혀 눈치채지 못했다. 다만 그들 사이에서 흐르는, 뭐라고 딱 집어낼 수 없는 미묘한 분위기가 느껴지긴 했다.

점차 시간이 지나가자 어떤 패턴이 있다는 걸 규는 알아차리기 시작했다. 일정 시간에 이를테면 오후 1시에서 4시 사이, 햇빛이 잘 드는 창가 자리를 차지해 노트북을 들여다보며 꿈꾸는 표정을 짓는 사람들이 정해져 있는 것이었다. 남자 둘, 여자 하나인데 그들은 그 자리를 놓칠세라 안간힘을 쓰는 광경을 그는 몇 번 목격했다. 누군가 그 자리를 먼저 차지하고 있으면 비굴할 정도로 사정사정해서 양보 받았고, 아예 한두 시간 정도 일찍 와서 대기하기도 했다. 하지만 4시가 넘으면 아무런 미련 없다는 듯, 노트북을 접고서 자리를 털고 일어났다. 그리고 흐리거나 비가 오는 날이면 아예 카페에 오지 않았다. 그들은 서로 아는 사이가 아닌 것 같은데 모두 그랬다.

대체 뭐지? 환한 햇빛이 노트북에 어떤 영향을 끼칠 리 없을 테고. 그의 궁금증과 호기심이 날이 갈수록 커져갔지만 알 수 있는 방법은 그들에게 직접 물어보는 것밖에 없었다. 그게 아니라면, 그가 직접 그 자리에 앉아 노트북을 펼쳐보면 알 수 있을 것 같은데 둘 다 쉽지 않았다. 그들은 언제나 일정 시간에 그 자리를 차지했다. 어느 날, 그들이 출입문을 나서려 하자 그는 다가가 조심스럽게 말을 꺼내보았다.

"저어, 혹시 저 창가 자리에……, 뭐 특별한……."

모두 애매한 표정을 짓자 규는 그만 입을 다물고 말았다. 그는 자신의 질문이 명확하지 않았다고 판단하고서 뭐라고 다시 물어볼까, 생각하는 사이 출입문 밖으로 모두 사라져버렸다. 그는 다시 용기를 내어 물어보는 대신 그들이 노트북 화면을 들여다보는 표정을 유심히 지켜보기로 했다. 그러느라 그는 때때로 다른 손님들에게 실수를 저지르기도 했다. 할머니 말대로 외딴섬 구석에 시커먼 구정물 같은 것을 고맙게도 마시러 와준 사람들에 대한 예의가 아니라 생각하고 그는 다시 일에만 집중하려 했지만 오후 1시만 되면 창가 쪽으로 온통 신경이 가는 건 어쩔 수 없었다.

30대로 보이는 여자와 5, 60대쯤 될 것 같은 남자 둘, 그들이 창가에 앉아 노트북을 들여다볼 때 공통된 표정과 행동이 있다는 걸 그는 알아차렸다. 몽롱한 얼굴에 때때로 기쁨과 슬픔의 감정이 드러나고, 자주 손을 쥐었다 놓기도 하고 손끝을 쓰다듬기도 했다. 대체 화면에 뭐가 보여 저러는 걸까, 그는 궁금증을 누르고 시선을 다른 사람들에게 주었다. 물론 그중에도 노트북을 들여다보는 사람이 있긴 했지만 창가에 앉은 사람들과는 다르게 특별한 점이 눈에 띄지 않았다. 그렇다면 유독 창가 쪽만 무선 데이터 전송 시스템에 문제가 생긴 건가? 물론 아니겠지만 너무 답답한 나머지 그는 통신사에 문의했다. 그의 질문에 직원은 말도 안 된다는 듯 일축하고서는 주소지를 물었다. 약간 주눅이 들어 그는 더듬거리며 주소와 인터넷 설치한 날짜를 말했더니 어이없는 대답만 돌아왔다.

"고객님이 말씀하신 주소지에 저희 직원이 나간 적이 없습니다. 혹시 다른 통신사와 착각하신 게 아닌지요."

절대로 그럴 리가 없다고 말했지만 다시 한번 더 확인 후 연락 달라는 말만 남기고 직원은 전화를 끊어버렸다. 처음부터 궁금증이 풀릴

답을 기대한 것은 아니지만 그러고 나니 그의 궁금증은 더욱 증폭되어 도무지 일이 손에 잡히지 않았다. 문을 닫는 저녁 9시 이후에 그는 매일 밤 카페 창가에 앉아 이런저런 사이트에 접속하여 노트북 화면을 들여다봐도 아무런 이상을 당연히 발견하지 못했다. 그가 관찰한 대로 이미 4시를 넘겼으니.

카페는 얼마 전에 육지와 연결된 다리 덕분인지 그럭저럭 현상 유지를 할 정도는 되었다. 게다가 그는 몇 달간 단 하루도 쉬지 않고 문을 열었다. 그랬더니 제법 자리를 잡은 모양이었다. 궁금증 또한 머릿속에서 단단히 자리를 잡아 그를 옭매고 있었다. 그 궁금증은 아침에 눈뜰 때 제일 먼저 떠올랐고 잠자리에 들 때도 쉽게 잠을 이루지 못하게 했다. 그러던 어느 날 밤, 달빛이 어스름한 방 안에 누워 간간이 들려오는 파도 소리를 들으며 이리저리 뒤척이다가 그는 마침내 다음 날은 가게 문을 열지 않기로 결심했다. 그중 한 자리에 앉아 자신이 직접 해보면 다 풀릴 것을……. 그는 자신의 결심에 정당성을 부여하기 위해 같은 말을 계속 반복했다.

"딱 하루야. 하루 문 닫았다고 설마 굶어죽겠어? 궁금해 죽는 것보다는 굶어죽는 편이 나을지 몰라."

가게 문을 여는 시간이 다가오자 저절로 일어나려는 몸을 붙들어 놓기 위해 이불을 도로 뒤집어썼다. 얼마간 시간이 지나면서 문을 두드리는 소리가 간간이 들렸지만 그는 모른 체하고 오후 1시가 되기만을 기다렸다.

다행히 날씨가 맑아 가을날답게 청명한 햇살이 창에 아른거리고 있었다. 규는 약간 떨리는 손끝으로 노트북을 열었다. 바탕화면에 낯선 아이콘이 보여 그는 무심코 마우스를 눌렀다. 그러자 무성한 푸른 잎들 사이로 노란색 반달문이 보였고, 그 위에 보라색 팻말이 매달려 있었다.

생각을 오감으로 생생하게 느껴보십시오.
당신의 생각이 펼치는 세상으로 당신을 초대합니다.

생각을 오감으로 느끼다니. 규는 머릿속으로 할머니가 담그던 모과차를 떠올리며 문 위에 재빨리 클릭했다. 그러자 화면 위로 갈색 머그컵에 노란색 액체가 김과 함께 피어오르는 영상이 펼쳐지면서 코에서 향긋한 향이 났고 약간 투박한 도자기 컵 손잡이의 재질과 무게까지 고스란히 감지되었다. 그는 차를 한 모금 마신다는 생각을 해보았다. 그 순간 입안으로 새콤달콤한 맛이 퍼지면서 목구멍에서 꿀꺽 소리가 났다. 가상현실을 경험할 때 사용하는 VR 헤드셋이나 VR 장갑을 착용한 것도 아닌데, 현실에서 차를 마실 때와 똑같지 않은가. 아, 이래서……. 그는 고개를 끄덕이다가 이내 갸우뚱했다. 어떻게 이럴 수가 있지? 그는 머릿속을 아무리 뒤적거려봐야 알 수 있는 일이 아니라는 걸 깨닫고 그동안 품었던 궁금증이 일단 해소된 데 만족하기로 했다. 그러고는 마우스를 쥔 손을 열심히 움직이며 화면에 빠져들었다. 계속 모니터 화면이 그의 생각을 그대로 담아내고 감각까지 생생하게 느끼게 했다. 아바타를 통해서가 아니라 자신의 실체가 움직이는 것 같아서 더욱 현실로 여겨졌다.

공무원 시험에 합격하고, 세상을 떠난 할머니와 아버지를 만나 이야기를 나누고, 몇 년 전에 헤어진 여자 친구와 다시 재회해서 데이트를 즐기고, 유럽 여기저기를 돌아다니고…… 그의 생각을 옮겨 담은 영상이 시간과 더불어 꿈결처럼 흘러갔다. 그러다 어느 순간 모든 게 정지되었다. 벽시계의 바늘이 정확하게 4와 12를 가리키고 있었다. 그는 아쉬움에 입맛을 다시면서 기지개를 켰다.

"음, 정말 대단해! 어떻게 이런 게 가능하지? 어쨌든 내가 원하는 세상이 눈앞에서 펼쳐지다니. 멋진 신세계야."

규는 마치 신세계의 조물주가 된 듯한 황홀경에 빠져 쉽게 나올 수가 없었다. 딱 하루만 문을 닫기로 마음먹었던 처음의 계획과 달리 그는 다음 날도, 그다음 날도, 계속 며칠 동안 문을 열지 않았다. 오후 1시에서 4시 사이에만 문을 닫아둘까 생각했지만 그 시간에 맞추어 손님들을 맞이하고 내보내는 게 용이하지가 않을 듯했다. 그런 핑계를 대며 그는 마치 굶어죽을 각오라도 한 듯 문을 끌어 닫고서 모니터를 들여다보며 삼매경에 빠져들었다.

프로방스다. 그토록 가보고 싶어 하던 곳에 가 있다. 아비뇽 거리는 맑고 환한 가을 햇빛으로 눈부시게 빛난다. 그는 눈을 가느스름하게 뜨고 팔에 와 닿는 뜨거운 햇살을 느끼며 손바닥으로 팔을 문질러본다. 거리 곳곳에서 풍기는 라벤더 향을 비롯한 각종 허브 향에 그는 코를 벌름거린다. 여기에서 얼마 떨어지지 않은 곳에 아를이 있다고 했지. 그 순간 그는 아를의 거리를 돌아다니고 있다. 고흐와 고갱이 살았다는 노란 집이 눈앞에 보인다. 그곳으로 발을 옮기다가 고흐가 〈밤의 카페, 테라스〉를 그렸다는 카페를 떠올린다. 그러자 그는 그곳으로 들어가 에스프레소를 주문한다. 뜨거운 커피 향이 코끝을 감싸면서 목젖을 살짝 적신다. 그 순간 갑자기 쾅쾅거리는 소리가 요란하게 들려오기 시작했다.

"제발⋯⋯, 이 문을⋯⋯ 부수기 전에⋯⋯."

그 소리와 함께 모니터 화면은 좀 전의 영상을 지우고 갖가지 색깔의 줄들이 마구 흔들리면서 그려진다. 규는 어지러워 눈을 감아버렸다. 문을 두드리는 소리가 더욱 거세지며 금방이라도 부수어버릴 것 같았다. 누구야, 대체? 그는 투덜거리며 어쩔 수 없이 일어나 문의 잠금 장치를 풀었다. 놀랍게도 그의 눈앞에 창가 자리를 차지하던 사람들이 버티고 있었다. 무슨 상황인지 그가 미처 파악하기 전에 여자가 입을 열었다.

"사장님, 죄송해요. 이렇게라도 하지 않으면⋯⋯ 죽을 것 같아서⋯⋯."

헝클어진 머리카락과 약간 풀린 듯한 눈동자, 홀쭉한 뺨⋯⋯. 여자의 말대로 정말 죽을 것 같은 얼굴이라 규는 당황해 문 옆으로 비켜섰다. 그러자 그들은 거의 그를 밀칠 듯한 기세로 안에 들어와 창가 자리를 차지했다.

"이보쇼! 이게 뭔 짓들이오?"

냅다 소리부터 치다가 규는 그만 입을 다물고 말았다. 모니터 화면으로 빨려 들어가고 있는 그들의 심리 상태를 그도 모르는 바가 아니니 더 이상 뭐라고 할 수 없었다. 그는 자신도 모르게 한숨을 내쉬고는 벽시계를 바라보았다. 4시가 되려면 20여 분쯤 남았다. 그들을 다그치는 대신 그는 며칠 동안 소홀히 했던 카페 주인의 임무를 떠올리며 커피를 내리기 시작했다. 창 너머 보이는 푸른 바다 수면 위로 반짝거리는 햇빛과 카페 건너편 도로 옆의 가로수들이 바람에 흔들리는 모습에 때때로 눈을 주며 그는 흥분했던 마음을 가라앉히려 했다. 정확하게 4시가 되자 그들은 노트북을 접고서 카운터 테이블 앞으로 오더니 그 앞에 놓인 의자를 하나씩 차지하고 앉았다. 규가, 커피가 담긴 머그잔을 하나씩 그들 앞에 놓았다. 그러자 그들은 답례라도 하듯 자신들을 소개하기 시작했다.

제일 나이가 지긋해 보이는 남자가 머그잔을 두 손바닥으로 감싸면서 입을 먼저 열었다.

"감사합니다. 제 이름은 김준우고, 교사인데 잠시 휴직해서 쉬고 있습니다."

"저는 최한식입니다. 나이는 올해 쉰여덟이고, 서울서 꽤 크게 피시방을 운영했는데 동업자한테 배신당하고, 이혼하고……. 그냥 세상이 싫어 이 섬으로 들어왔습죠. 근데 저 창가에서 놀라운 일이 벌어지더구만요. 그 덕분에 제가 잠시 사는 맛이 났었는데……. 어쨌든 무례하게 굴어 죄송합니다."

청색 피케셔츠와 청바지를 입은 최한식은 쉰여덟이라지만 나이보다 대여섯 살은 젊어 보였다. 그는 고개를 가볍게 숙이면서 사과했다. 그러자 그 옆에 앉은 여자가 헝클어진 머리카락 사이로 손가락을 쑤셔

넣다가 큐빅이 박힌 헤어핀을 바닥에 떨어뜨리고는 아무렇지도 않은 얼굴로 말했다.

"저는 백서영이라고 해요. 제 직업은, 음…… 연예인 지망생이죠. 연습생 생활을 오 년씩이나 했는데 데뷔도 못 하고, 나이는 서른이 다 되었는데……. 확 때려치우고 싶은 심정으로 여기 들어와서 하루하루 버티는 중이에요. 요즘 들어 낙이라고는…… 제 콘서트 표가 매진되고…… 앨범 판매 순위가 1위로…… CF 모델 제의가 들어오고…… 아, 정말 다 이루어졌단 말이에요, 바로 여기에서. 하루 몇 시간이지만……, 그런데, 근데 그게 하루아침에…… 이제 어떻게 살아야 하느냐구요."

발갛게 달아오른 얼굴로 그녀는 울먹거리다가 눈을 똑바로 뜨고서 규를 노려보았다. 단단히 미쳤군, 여자를 상대해서 대꾸할 말을 찾지 못해 난감한 얼굴을 하고 있자 규를 대신해 김준우가 나서주었다.

"그게 사장님 탓이오? 고마워하지는 못할망정……. 정신 차리시오. 몇 시간이나마 여기서 해보고 싶은 거 다 해볼 수 있어서 얼마나 좋습디까? 나는 죽은 아내를 만날 수 있어 정말 행복했소. 아직도 나는 애도 기간을 보내고 있는 터라……."

그러고 보니 그가 한결같이 입는 검정색 옷차림이 애도를 위한 복장이라는 걸 규는 그제야 알아차렸다. 멘 목을 잠시 가다듬고 그는 다시 말을 이었다.

"얼굴도 목소리도 그대롭디다. 아내 생시랑 똑같더라고. 어찌 그런 일이 가능한지 사장님은 짐작이라도 하시오?"

규가 고개를 절레절레 흔들며 전혀 아는 바가 없다고 하자 최한식이 나섰다.

"저도 잘 모르긴 마찬가지지만 그런 쪽에 관심은 가지고 있어요. 얼마 전 신문에서 봤는데 뇌에 임플란트를 심어 생각만으로 컴퓨터를 제어하게 한대요. 스텐트처럼 가느다란 그물망 곳곳에 뇌신경 신호를 기록할 수 있는 전극들이 붙어 있어 신경 신호를 가슴팍에 이식된 장치를 만드는 거예요. 그리고 이걸 통해 컴퓨터로 전송하는 기술이 개발된다고 하더라고요. 생각만으로 스마트 폰에 문자를 보내고 인터넷 검색도 하고. 물론 여기서는 그 경우하고도 다르지만요."

"아, 저는 이런 기사를 읽은 적이 있습니다. 아카이브 시스템이라던가? 죽은 사람의 의식을 일정 기간 저장해 마인드 업로딩 기술로 유족들이 영상 통화를 해서 소통할 수 있게 해주는 서비스라고 합디다. 보이스 폰트 기술이 개발되어서 목소리까지 똑같이 낼 수 있답디다. 그 기사를 보고서 이제 죽은 사람도 만나서 대화가 가능해지겠구나, 하는 생각이 들어 너무나 기뻤습니다. 그런데 여기서는 그런 기술도 없이 그게 되다니 정말 감사하고 신기한 일입니다. 아, 얼마나 행복했는지……."

다시 울먹거리는 김준우를 보면서 규는 죽은 할머니와 아버지를 만났던 영상을 떠올리고 있었다. 그제야 진정이 좀 되었는지 백서영이 끼어들었다.

"얼마 전에 티브이에서도 방영했었죠. 고글이랑 센서가 부착된 장갑을 착용하고 죽은 엄마와 가족들이 만나는 프로였는데, 아직 좀 미흡

한 부분이 있긴 했지만 놀라웠어요. 머잖아 죽은 영혼들과 진짜로 만날 수도 있겠구나. 흠, 죽는다고 끝이 아니구나, 하는…… 뭐 그런 생각이 들면서 함부로 죽으면 안 되겠다 싶었어요."

"암, 그렇문요. 자살은 절대로 안 되는 거예요. 근데 우리가 노트북 화면에서 경험했던 기이한 현상은 어떤 원리로 일어나는 걸까요? 저는 요즘 그걸 생각하느라 다른 일들이 손에 잡히지 않아요. 피시방 운영할 때 알던 것들을 총동원해봐야 어림도 없어요. 요즘 메타버스라는 단어를 안 들어본 사람이 거의 없겠지만……. 어쨌든 저 창가에서 우리는 놀랍게도 그걸 경험하고 있는 거예요."

규는 자리에서 일어나 뜨거운 커피를 그들의 잔에 각각 리필해주면서 문득 지금 자신이 가상 세계에서 움직이고 있는 게 아닐까, 하는 의구심이 들었다. 잔 가까이에 코를 갖다 대며 커피 향을 맡던 김준우가 의미심장한 어조로 입을 열었다.

"메타버스 덕분에 새로운 경험을 할 수 있었습니다. 그런데 이런 기술이 어디까지 발전할 수 있을까, 과연 좋기만 할까, 뭐 이런 것들이 궁금해지기도 합니다. 어쨌든 가상 세계를 경험해보니 다른 세상에 가 있는 것 같아 정말 신기하긴 했습니다."

"요즘 하루가 다르게 IT 기술이 발전하고 있지요. 근데 문제는 이러다 보면 가상공간에서 일어나는 범죄도 아주 심각해질 거라는 거지요. 그동안 상상도 못 해본 범죄가 일어날 게 뻔하니 대비를 잘 해야 될 거예요. 인간이란……."

최한식의 말이 채 끝나기도 전에 백서영이 대뜸 끼어들었다.

"그건 그렇고 사장님, 언제부터 문을 열 거냐고요."

나머지 둘도 카페에 침입하다시피 해서 들어온 본래의 목적을 그제야 떠올리는 얼굴이었다. 세 명이 일제히 규를 보자 말문이 막혀 쉽게 입을 열 수 없었다.

"저, 그게…… 아직 뭐라고 명확하게……."

"아니, 그럼 아예 카페 문을 닫으시겠다, 설마 그럴 생각은 아니시죠?"

조심스럽긴 하지만 어이가 없다는 표정을 짓고 묻는 최한식에게 규는 고개를 끄덕일 수밖에 없었다. 그렇지, 당장 먹고살아야 하는데……. 규의 속마음을 들여다보고 있는 듯, 김준우가 제안을 했다.

"무슨 고민을 하는지 알겠습니다. 한번 맛을 들이면 중독된 것처럼 접속을 안 할 수가 없다는 걸 이해합니다. 그렇다고 가게 문을 언제까지 닫고 있을 수도 없는 거고. 자, 그렇다면 이렇게 하시는 게 어떻겠습니까? 한 주에 한 번만 문을 닫는 거로. 그럼 저희도 사장님도 다 좋지 않겠습니까?"

백서영과 최한식도 합리적인 제안이라며 규에게 빨리 결정할 것을 종용했다. 결국 손님들이 나서야 가게 문이 다시 열리다니, 그제야 그는 자신이 한심한 주인이라는 걸 깨닫고서 정신을 차려야겠다고 다짐했다.

"그러지요. 일요일 하루만 문을 닫고 평소처럼 내일부터 문을 열겠습니다."

규는 자신에게 다짐하듯 또박또박 힘주어 말했다. 그러자 그들은 환호성을 지르고서 한시라도 더 이상 있을 필요가 없다는 듯, 급하게 일어나서 나갔다.

그들이 사라지고 나자 규는 세상에 혼자 남겨진 기분이 들었다. 창밖으로 보이는 바다는 낙조에 어리어 불그스름한 빛으로 물들어가고 실내는 어둠 속으로 가라앉고 있었다. 갑자기 그는 견딜 수 없는 기분이 되어 전등 스위치를 올렸다. 순간 환한 불빛이 그의 눈에 들어오면서 머릿속에서도 반짝 불이 켜지는 듯했다. 그는 당장 다음 날부터 가게 문을 열기 위해 준비해야 할 것들을 챙겨보기 시작했다. 커피콩, 로스팅 기계, 커피 머신, 그라인더, 휘핑기, 여과지, 컵과 홀더……. 그것들을 씻고 닦느라 그의 손이 분주하게 움직였다.

거의 열흘 만에 열린 카페에 손님들이 하나둘 찾아들면서 본래의 모습을 되찾아갔다. 오후 1시가 되자 그들은 평소처럼 지정석을 찾아가듯 창가 자리로 가 앉았다. 단지 규에게 목례로 약간의 친분을 표시하는 점만 예전과 달랐다. 이제 그도 모니터를 들여다보고 있는 그들 하나하나의 심중을 대충 헤아려보며 입가에 웃음을 띠곤 했다. 백서영이 환한 표정을 지으면 무사히 데뷔를 하고 콘서트도 대성공이구나, 최한식의 표정이 편안해 보이면 동업자를 용서한 건가, 김준우가 행복한 얼굴을 하고 있으면 아내를 만나서 회포를 풀고 있나 보다……. 그럴 때마다 규는 두근거리는 가슴을 달래며 다가올 일요일을 기대했다.

가을이 점점 깊어 겨울로 치달아갈 무렵, 규는 실내에 설치할 난방 기기들을 휴대폰을 들여다보며 고르는 중이었다.

"사장님, 저 이제 서울로 가요."

목까지 올라오는 짙은 분홍색 털 스웨터 위로 보이는 백서영의 얼굴이 활짝 피어난 꽃 같았다. 규가 대꾸를 빨리 하지 않자 그녀는 까르르 웃음을 터뜨렸다.

"뭔 말인가 못 알아들으시네. 오디션 보러 간단 말이에요. 이번엔 틀림없이 통과할 거예요. 저 자리에 앉아 만날 오디션 통과하는 상상을 했걸랑요. 짱이에요!"

그녀가 엄지손가락을 내밀어 보이고서 문을 나가자 규도 엄지손가락을 만지작거리며 중얼거렸다.

"암요, 꼭 통과해서 최고 스타가 되세요."

무슨 일인지 김준우도 며칠 만에 나타나 창가 자리가 아닌 자리에 앉아 따뜻한 아메리카노를 마시고 있었다. 창밖에 시선을 주고서 커피를 마시는 그가 낯설어 보였다. 평소와 달리, 베이지색 바지와 카키색 스웨터 차림 때문일까? 커피콩을 로스팅하면서 규는 그를 자주 훔쳐보았다. 그러다 규가 볶은 콩을 그라인더에 넣고서 요란한 소리를 내며 가는 중이었다. 그 소리 사이로 무슨 소리가 들리는 듯해 그는 동작을 멈추었다.

"저, 여기랑 작별 인사를 하려고 왔습니다. 이제 학교로 돌아가려고 합니다."

"잘 생각하셨네요, 그러셔야지요."

"네, 아내가 이제 애도 기간을 끝내라고 합디다. 그게 서로를 위하는 길이라고. 이 카페 덕분에 더 이상 미련도 회한도 없어졌습니다. 감사합니다."

고개를 숙이는 김준우에게 규도 정중하게 절하며 작별 인사를 나누었다. 그의 등 뒤로 창가에서 들어오는 겨울 햇빛이 사선을 그으며 빛났다. 규의 가슴 한구석에서도 한 줌의 햇살이 따스하게 비쳐드는 듯했다.

그 후, 가끔 창가 자리에서 인터넷 접속을 하다가 놀란 얼굴을 하는 손님을 볼 때면 규는 고개를 끄덕이며 입가에 슬며시 웃음을 짓곤 했다. 그러다 모니터 화면을 뚫어질 듯 들여다보고 있는 최한식을 보게 된다. 그의 어깨너머 보이는 푸른 바다 쪽으로 얼른 시선을 옮기면서 그의 분노나 회한이 철썩거리는 파도에 다 실려 가길 규는 바랐다. 언제부턴가 규도 일요일을 기다리는 것이 차츰 시들해졌다. 가상 세계와의 접속을 위해 굳이 가게 문까지 닫고 빠져들어야 하는 걸까? 게다가 영상은 그런 그의 마음을 그대로 드러내어 불편하게까지 느껴졌다. 급기야 지난주 일요일에는 할머니의 호통을 듣고 말았다.

"에끼, 이눔아! 문꺼지 끌어 잠그고 이 짓에 빠졌느냐. 이 짓거리 계속할라믄 내 만복슈퍼 내놓으라고. 나는 하루도 문 닫은 적 없어야. 니가 맨날 노래 부르던 찻집을 열었으믄 열심히 해야 될 거 아녀. 정신 차려!"

할머니는 붉으락푸르락 한 얼굴로 입술을 씰룩거렸다. 규는 놀라서 앞니가 빠진 입을 헤벌쭉 벌리고 웃던 얼굴을 떠올려보려 했지만 잘 되지 않았다. 화면에는 붉은색 줄과 푸른색 줄이 엉키며 눈앞을 어지럽혀 그는 로그아웃해버렸다. 그러고 나자 그는 또다시 접속하기가 두려워졌다.

규는 예전처럼 하루도 쉬지 않고 가게 문을 열었다. 다시 일요일에 가게 문을 열어 좋다던 최한식마저 오는 횟수가 점차 줄어들었다. 그러면서부터 모니터를 들여다보는 그의 얼굴이 조금씩 편안하게 느껴지기 시작했다. 머잖아 발길을 끊을 것이라고 규가 예상한 대로 겨울 막바지에는 더 이상 그를 볼 수 없었다.

겨울이라 그런지 카페를 찾는 손님이 줄어들면서 분위기도 썰렁해졌다. 규는 황량한 바다 풍경이 펼쳐진 창을 바라보며 김준우와 최한식, 백서영을 아주 오래전부터 알아온 친밀한 관계의 사람들인 것처럼 가끔씩 떠올려보는 자신을 발견하곤 했다. 그럴 때면 그는 피식 웃음을 짓고는 입속말을 했다.

"나도 참. 벌써 늙은 건가, 아니면 외로운 건가? 다들 잘 지내고 있겠지? 근데 손님이 이렇게 없어서야, 원. 봄이 올 때까진 버티어야 할 텐데……."

규는 손님들을 끌기 위해 다양한 쿠키를 무상으로 제공하고 커피를 두 번까지 리필할 수 있게 했다. 이익을 남기기보다 폐업을 막는 것이 더 시급하다고 판단했기 때문이었다. 그 덕분인지 손님들이 다시 조금씩 늘어나기 시작하더니, 봄이 시작될 무렵에는 자리가 꽉 차는 날이 많아졌다. 그는 바쁘게 손을 움직이면서 자신의 판단이 옳았다는 생각에 내심 쾌재를 불렀다. 드디어 개업 일 주년이 되었을 즈음, 그는 굳은 허리와 어깨를 펴면서 회심의 미소를 짓고 창밖을 바라보았다.

어느새 가로수의 가지에는 흰 눈 대신 푸릇푸릇한 잎들이 돋아나고, 멀리 보이는 바다는 눈부신 햇살에 반짝거리며 푸른 손을 흔들어대는 듯했다.

"와우, 드디어 봄이 왔군."

이렇게 중얼거리다가 규의 시선이 문득 창가 자리에 가닿았다. 아, 그는 자기도 모르게 낮은 탄성을 질렀다. 언제부턴가 새로운 '그들'이 거기를 지정석처럼 차지하고서 모니터 화면 속으로 빠져들고 있다는 걸 그는 순간 알아차렸다. 그러자 그들 위로 그동안 잊고 있었던, 인터넷 설치기사의 모습이 아른거리면서 겹쳐졌다. 초록색 점퍼와 바지에 노란색 모자를 눌러쓰고서 '카페드림'이란 보람판을 보고 고개를 끄덕이던 사람. '틀림없이 그가 했겠지? 대체 뭔 장치를 해놓은 걸까? 저 창가 자리에서 가상현실을 경험할 수 있게 하려면……. 음, 햇빛과 청정한 바닷가의 특이한 자연조건? 그렇다면 정해진 시간대는?' 아무리 생각해봐도 여전히 알 수 없는 일이라 규는 고개를 절레절레 흔들다가 속엣말을 했다. 하기야 세상에는 설명될 수 없는 일들이 많긴 하지. 다만 나는 우리 '카페드림'에서 가상현실을 경험하는 손님들이 잠시라도 행복해지기를 바랄 뿐이야.

그 후, 규는 커피를 끓이다 가끔씩 창가 자리와 밖으로 보이는 바다에 눈을 주며 아주 낯선, 새로운 세상에서 자신을 만나는 영상을 그려보곤 했다.

그가 나에게로 왔다

이 덕 화

저서 『김남천 연구』 『박경리와 최명희, 두 여성적 글쓰기』 『한말숙 연구』
『아시아 정체성과 혼종성』 『일제하 작가들 간의 관계를 통해서 본 문학적 대응』 등 다수.
소설집 『은밀한 테러』 『블랙 레인』 『하늘 아래 첫 서점』
『흔늘리며 피는 꽃』 『아웃사이더』 능 다수.
혼불학술상, 노근리문학상, 자랑스런 이화인상 수상.
현 『문학수첩』 주간 및 기획위원장, 작가포럼 대표.

그가 나에게로 왔다

거의 손님이 끊어진 시각이었다. 24시간 편의점 불빛을 밝음에서 희미한 새벽의 여명으로 바꾸어둘 시각이었다. 전기를 아끼기 위해서 편의점 주인이 고안한 장치였다. 바꾸기 전에 할 일이 있다. 종수는 그동안 손님들이 이리저리 흩어놓은 물건들을 우선 가지런하게 제 위치에 놓는다. 또 우유, 도시락, 상추, 요구르트 등 신선식품이 진열되어 있는 냉장고로 간다. 일일이 날짜를 확인하고 폐기될 물건은 바코드를 찍었다.

좀 전에 학과 여자 친구 지혜가 왔다 간 여운이 머릿속을 떠나지 않는다. 손질하지 않은 머리와 윤기가 빠진 푸석한 얼굴로 저녁으로 내놓은 김밥도 한 입을 겨우 먹었다. 그 친구는 졸업하자 전공과는 거리가 먼, 그림을 그리겠다고 선언했었다. 저녁 먹으면서 던진 말은 2년 동안 죽자고 그려온 그림을 한류미술대전에 응모했는데 연락이 없어 그림을 포기할까 생각하고 있다고 했다.

"거기서 입상이나 특선을 하면 화가가 돼?"

"인정받는 미술 단체에서 입상이나 대상을 받으면 경력이 쌓여 활동하기가 편하지."

"어떤 활동?"

"아트페어 같은 데 신청해서 전시도 할 수 있고, 작품을 판매해주겠다는 갤러리 섭외를 받을 수도 있지. 전시할 때도 좀 더 여건이 좋은 전시장을 찾을 수 있고."

"너 혼자만의 독창적 화법을 개발하면?"

"독창적 화법 개발이라는 게 쉽지 않지만, 그게 마스터베이션으로 끝나는 경우가 많거든, 방법은 메타버스 갤러리를 열어 플랫폼을 만드는 거야. 거기서 대박이 나면 꽤 유명한 갤러리에서도 찾아오기도 한다네. 이것 좀 볼래? 일단 내 그림을 모아서 영상으로 선배가 메타버스 플랫폼에 넣어줬어. "

지혜가 핸드폰을 내밀었다. 어둠이 내려앉은 마을에 손 아래 잡힐 듯한 수많은 별들이 도란도란 이야기하듯 빛을 반짝이고 있었다. 그림이 영상으로 비치니 움직이는 현장 같았다. 특히 지혜 그림은 빛과 어둠의 대비로 이루어진 그림이라 영상 효과가 뛰어났다. 한밤중 교교한 달빛만이 가득한 마당에서의 들고양이들이 뒹구는 달빛 샤워는 영상의 극적인 효과를 보여주었다.

종수가 이런저런 생각에 젖어 바코드에 찍혀 폐기될 것들을 플라스틱 바구니에 담을 때였다. 차말은 그날따라 축 처진 어깨로 얼굴도 들지 않고 들어왔다. '안녕' 하고는 플라스틱 바구니에서 자신이 먹고 싶은 것을 골랐다. 그날도 도시락과 우유를 들고 여느 때처럼 냉장고 앞 바닥에 퍼져 앉았다. 손님이 들어올까 봐 초조했다. 종수의 표정을 살피며 '잠시' 하면서 손가락으로 하트 모양을 한다. 그럴 때면 종수는 가슴이 찡하다. 틈만 있으면 종수 옆에 있으려고 한다. 차말과 같이 살지만 편의점에서 잠시 보는 것뿐이다.

아침 아르바이트생과 교대하고 원룸에 들어가면 제일 먼저 눈에 띄는 것은 바닥에 온통 널려 있는 휴지 조각과 스케치북이다. 그때까지 차말은 밤새 그림을 그린 것이다. 스케치북을 주워 넘기다 차말을 껴안았다. 너 속에 스리랑카가 있어! 정말? 두 번씩이나 정말이냐고 물었다. 차말을 보고 있으면 자기 자신의 안쓰러운 모습이 보인다. 꼭 유학에 목숨을 건 것처럼, 악착같이 일을 하는 모습이 자신의 몸에 맞지 않는 옷을 입으려고 안간힘을 쓰는 것 같다. 고향을 떠나온 이후, 돈과 출세에 목을 맨 친구들, 비트코인을 안 하면 마치 세상 끝날 것처럼 비트코인 이야기만 하던 몇몇 손님들, 그들을 통해 자신이 끊임없이 흔들리고 있음을.

차말을 만난 이후 자신의 모습이 보였다. 차말은 스리랑카에서 경험했던 맑고 편안한 느낌을 상기시켜주었다. 끊임없이 흔들리는 자신 속에 자신은 어디에도 없었다. 기상의 다양한 변수를 깊이 이해하고 연구하기 위해 유학을 꿈꾸는 것인지 박사학위가 필요한 것인지조차 알 수 없었다. 대학에 온 이후 자신을 채찍질하는 것은 정체 모르는 불안이었다. 정체불명의 불안을 면밀히 들여다보아야겠다. 실제 기상의 변화가 어디에서 오는지 과학적인 근거를 구체적으로 알기 위해서 유학만이 길인지 다시 생각해보기로 했다.

아침 원룸에서 만났을 때 대화는 한결같다. 잠은 좀 잤어? 자면 자꾸 꿈을 꿔! 아버지를 따라 깊은 숲을 한없이 걷는 거야. 갈수록 깊어지는 밀림 속으로 발밑에는 물소리가 저벅저벅! 자꾸 빠져들어가는 꿈을! 종수는 차말을 가볍게 안았다. 몸이 왜소해서 아기를 안는 것 같다. 불안해하지 마. 마음 편히 먹어! 억지로라도 자야 해, 그렇지 않으면 깁스가 붙지 않아! 그러고 나면 피가 빠져나가는 것 같애. 그래서 밤새 그림만 그리고 싶어. 그림을 그리면? 부처님을 만나는 것 같애! 부처님? 그림 속에서는 편안한 내가 보이거든. 그럼 넌 지금 무언가 마음이 고착되어 있는 거야? 그것 때문에 불안한 거야, 잠도 못 자고. 차말은 휴지를 꺼내어 코를 풀며, 내 마음은 아닌데, 자꾸 악몽을 꾸는 것 보면 그런 것 같아. 차말의 불안에 종수까지 흔들렸다. 모래 속으로 빠져들어가는 꿈을 계속 꾸었다. 자신의 매일매일 쌓아 올리는 일상이 모래성에 지나지 않나? 저 멀리 허우적대며 모래를 헤치며 빠져나오려는 자신이 보인다.

차말이 먹는 모습을 물끄러미 쳐다보며 차말이 한 말들이 생각난다. 냄새난다고 편의점 안에서 못 먹게 했다. 그러자 손님이 없는 늦은 시간에 온다. 떼쓰는 동생 같다. 종수는 차말을 그대로 두고 제자리로 돌아왔다. 다시 한번 매장을 눈으로 훑어본다. 각자 자리에서 손님들이 찾아주기를 기다리는 물건들이 반짝반짝 빛나는 것 같다. 반면 플라스틱 바구니에 담겨 있는 폐기 물건이 축 처져 있는 것 같다. 정리를 끝내고 나면 큰일을 한 것 같다. 큰 하품이 몰려온다. 자주색 불빛에 잠겨 자고 싶다.

언제 잠이 들었는지 모른다.

말보로 레드 있어요? 종수는 화들짝 일어났다. 그사이 잠이, 죄송합니다. 머리를 긁적이며 담배 진열장으로 갔다. 담배 한 갑을 카운터 위에 올려놓았다. 자주 담배를 사러 오는 손님이다. 가끔 직장 생활 하소연을 한다. 한 상자 주셔요! 잠까지 깨웠으니 한 상자는 사야겠네요. 미안해서요. 아니요. 괜찮습니다. 농담이에요. 제가 필요해서 그러니 한 상자 주셔요. 그때서야 종수는 손님을 쳐다보았다. 술을 꽤 많이 마셨는지 옷의 모양새가 엉망이다. 혀 꼬부라진 채 중얼거리듯, 불안해서요! 담배가 떨어질까 무서워요. 집에 가도 잠은 안 오고 별생각 다 나거든요. 불안하니까 자연 담배에 손이 가더라고요. 멀쩡한 직장이 있는데 뭐가 불안해요? 종수가 한마디 한다. 여덟 시간 이상 고슴도치처럼 가시를 세우고 싸워봐요. 매일 전쟁터에서 겨우 하루를 버텨가는 하루살이 같은 직장, 아무 소용 없어요. 형씨처럼 꿈이 있을 때가 좋죠. 그렇죠. 꿈이 있을 때가. 저도 그때는 뭐가 될 것 같았는데, 갈수록 불안해지는 이유를……. 종수는 피곤이 덜 풀렸는지 하품이 나온다. 입을 손으로 막으며 계산 다 되었는데요, 비닐봉지 50원인데 필요하셔요? 아니요, 형씨 제 이야기가 재미없어요? 죄송합니다. 제가 오늘 좀 피곤해서. 종수는 맞은편 벽에 걸려 있는 벽시계를 보았다. 벌써 새벽 2시 20분이 넘었다.

순간 키말이 생각났나. 냉상고 놀아가는 소리가 윙 하고 지나갔다.

종수는 식료품 코너가 있는 칸으로 갔다. 목발은 냉장고 옆에 세워져 있다. 신발을 신은 채로 깁스한 오른쪽은 뻗정다리를 하고 그 위에 왼쪽 다리를 올려놓고 무르팍에 얼굴을 대고 동그랗게 자고 있다. 잠을 못 잔다며 가끔 저렇게 소나기잠을 잔다. 휴지가 여기저기 흩어져 있다. 한국의 나쁜 공기 때문에 비염으로 고생하고 있다. 한국 공기 정말 정말 나빠요. 콧물과 기침이 반복해서 나오면 변명하듯 한마디 한다. 차말은 사람 가까이 있고 싶어 하는 강아지 같다. 어떡하든 종수와 같이 있으려고 한다. 종수는 차말의 가슴에 귀를 대어보았다. 차말을 깨우려고 손을 뻗다 망설인다. 노동하기에는 차말은 몸도 마음도 너무 여리다. 휴지를 줍고 물품 담았던 빈 상자를 펴서 두 겹으로 깔고 그 위에 눕혔다. 그동안 못 잤던 잠을 몰아 자는지, 몸을 몇 번 뒤집어도 그대로 잔다.

차말이 오른쪽 다리에 깁스를 하고 편의점에 처음 나타난 것은 몇 달 전이었다. 올 때마다 인스턴트 라면에 정수기에서 나오는 뜨거운 물을 부어 편의점 앞에 있는 테이블에서 먹었다. 오고 가는 사람들을 쳐다보고 몇 시간을 머물렀다. 한 달 이상 아침저녁으로 왔다. 갈수록 왜소한 몸이 더 말라갔다. 종수는 저러다 몸이 사라져버리는 게 아닌가 이상한 상상을 했다. 어느 날 저녁 폐기하기 바로 전, 김밥 도시락을 하나 주었다. 김밥은 몇 시간 지나면 상품으로의 가치가 없다. 먹는 것은 당일만은 괜찮았다. 종수는 주로 저녁을 폐기된 김밥으로 때우는 경우가 많다.

"그렇게 라면만 먹으면 몸 망가져요. 이것 하나 드셔요!"

차말은 말을 더듬으며

"나 돈 없 없 어 요!" 했다.

"이것 돈 안 받아요. 걱정 말고 먹어요."

종수를 빤히 쳐다보았다. 종수는 김밥을 두고 안으로 들어가버렸다. 그 이후 저녁마다 김밥을 주었다. 한 달쯤 지난 다음 물었다.

"어디에서 왔어요?"

"쓰 스 리랑카!"

"아, 스리랑카!!"

종수의 머릿속이 순간 환하게 불이 켜졌다. 대학 3학년 마지막 학기였다. 아르바이트에 학점 관리까지 해야 하는 숨 가쁜 학기를 끝내고, 돼지 감자탕으로 식사 겸 술을 같이하는 자리였다. 돼지 감자탕이 순식간에 바닥이 났다. 다들 일어서려는 순간, 한 명이 남인도와 스리랑카를 간다는 것이다. 멍한 채 모두 그를 쳐다보았다. 엉거주춤한 상태에서 다시 자리에 앉았다. 우리 다 같이 목적도 모르는 골을 향해 달려가는 것 같애. 출세가 목적인 것처럼, 왜 돈을 벌어야 하고 출세를 해야 돼? 그 길 외에는 방법이 없어? 우선 난 나에게 일어나기 시작하는 질문을 해결해야 하는 것이 우선인 것 같애. 무조건 달리지만 말고. 한 학기 꿇더라도 이번 방학에는 여행을 가려고 해. 잠시 멈추고 어떻게 살아야 할 것인가를 처음부터 생각해보려고. 결국 한 친구만 못 가고 세 명이 떠났다. 대학 입학 후 첫 여행이었다.

스리랑카라는 말이 귀에 박히자, 스리랑카의 소박한 전원적인 풍경들이 종수의 머릿속을 파노라마처럼 훑고 지나갔다. 스리랑카는 시간이 서울과 반대 방향으로 흐르는 것 같았다. 숲에 이는 바람 소리, 지절대는 물 흐르는 소리까지 몸의 세포 속으로 스며드는 것 같았다. 하얀 솜사탕처럼 낮게 드리워져 있는 뭉게구름 사이로 보이는 실론티 밭과 고무나무들. 어스름 저녁, 캔디 근처 호수 길 위에서 만났던 반딧불이 행렬! 특히 리조트 방까지 생수를 가져다준 소녀의 겁먹은 듯한 유난히도 까맣고 깊은 눈동자는 평생 잊을 수가 없을 것 같았다. 그 이후 지나가는 모든 소녀를 보면 그 소녀가 떠오른다. 종수는 차말이 자신에게 온 것은 우연이지만 어떤 필연적인 운명이 개입되지 않았나 하는 생각이 들었다.

스리랑카 다녀온 사람을 처음 만났다고 했다. 차말의 기뻐하는 눈동자가 그때 리조트에서 만났던 소녀의 눈망울을 보는 듯했다. 스리랑카의 기억과 함께 차말을 볼 때마다 가슴에 벅찬 감동의 물결이 일었다. 그와 함께 있을 때마다 자신이 사는 모습을 돌아보게 되었다. 오지 않은 날은 하루 종일 기다려졌다. 매일 그를 기다리는 기대가 새로운 일과처럼 되었다.

차말은 2년 노동 허가 비자로 와서 건설 현장에서 노무자로 일했었다. 차말이 약골인 줄 안 작업반장이 거의 완성된 건물 바닥의 도기다시를 시켰다. 어느 날 계단 쪽인 줄 모르고 열성적으로 도기다시 작업을 하다 계단으로 굴러떨어져 오른쪽 다리가 골절되었다. 산재 처리를 요청했지만 자신의 부주의로 인한 것이라며 보상도 못 받았다. 월급을 못 받으니 월세가 밀렸다. 살던 고시원에서도 쫓겨나, 같이 일하던 인도네시아 친구 고시원에 기숙하고 있다는 것이다. 종수는 당장 차말의 짐을 자신의 원룸으로 옮겼다. 짐이라고 해봐야 옷 몇 점과 스케치북 두 권이었다. 종수는 편의점 아르바이트가 끝나면 샤워만 하고 바로 도서관으로 간다. 방은 거의 비어 있었다. 차말이 와도 불편한 것이 없었다. 차말은 구름 한 점 없는 하늘을 볼 때마다 자기 고향의 바다 같다고 했다. 차말이 넋 없이 하늘을 쳐다보고 있을 때는 고향 생각이 날 때였다. 그럴 때마다 종수도 고향 바다가 생각났다.

지혜가 도서관으로 찾아왔다. 점심을 먹으러 근처 잔치국수 집으로 갔다. 종수는 잔치국수를, 지혜는 비빔국수를 먹었다. 소고기 뼈 국물로 만든 국수에 야채가 듬뿍 들어가 있어서 구수하고 영양가가 높다. 종수가 자주 오는 집이다. 지혜는 비빔국수가 매운지 호호 입맛을 다셔가면서도 맛있다고 했다. 지난번 만날 때보다 얼굴이 밝아졌다. 오늘은 얼굴에 반짝반짝 윤이 나네. 종수가 김치를 젓가락으로 집으며 말했다. 고등학교 선배가 멋진 제안을 했어. 좀 알려진 화가인데 이번 자신이 메타버스 갤러리 작품전을 하는데 내 작품도 몇 점 같이 내보내주겠다고 해. 지혜의 눈빛이 순간 빛이 났다. 축하한다! 너 그림을 인정했으니 제의한 것이겠지. 후배라고 함부로 추천하겠어? 하긴 마음속에 꿈이 없으면 그릴 수 없는 그림이라고 몇 번씩 칭찬했어! 그건 계속 내가 하고 싶은 일을 할 수 있고, 내 꿈을 이룰 수 있는 계기가 된 것이라 다행이야. 지혜의 표정 속에 어떤 긍지가 보였다.

지혜는 강원도 평창 어느 마을에서 태어났다. 날씨 맑을 때면 밤 12시 넘어 집 마당에서 보이는 별들이 휘황찬란해 꿈속에서도 별 꿈을 꾸며 자랐다고 한다. 겨울이면 눈 속에 갇히는 마을이라고 한다. 별을 좀 더 공부하고 싶은 마음으로 천문기상학과를 택했다. 우주에는 은하계가 수억 개 있고 또 각각의 은하계 안에는 수억 개만큼의 태양계가 있다는 등의 학문적인 접근은 별에 대한 환상을 깨뜨린다고 했다. 별자리 신화와 관련된 스토리텔링이 재미있다고 그것을 바탕으로 차츰 별을 소재로 한 환상 세계를 그림으로 그리겠다며 회화로 돌렸다.

그런 과정은 종수와 정반대였다. 아버지는 배 한 척으로 조업을 했다. 아버지는 바다를 읽을 줄 알았다. 낮과 밤에 따라 달라지는 고기압과 저기압, 그에 따른 바람의 세기와 방향을 판단했다. 어느 시각 어느 정도 가면 조기 떼를 만날 수 있고 갈치 떼를 만날 수 있는지 알았다. 어떤 땐 새벽 3, 4시에 나가 아침이면 돌아오기도 했다. 아무리 쾌청해도 바람 세기와 멀리서 몰려오는 구름 떼를 보고 조업을 쉬었다. 항상 아버지는 천기를 제대로 읽을 수 있어야 훌륭한 어부가 될 수 있다고 말했다. 아버지는 어부에 대한 직업의식이 강했다. 아버지를 따라 바다를 나갈 때마다 종수는 당연히 어부가 되는 것으로 생각했다. 시간이 지남에 따라 자신도 바람이 어느 쪽에서 부는지, 구름이 어느 방향으로 흘러가는지를 보게 되었다. 언젠가는 자신도 날씨를 척척 읽을 수 있을 것이라 생각했다. 아버지가 감으로 척척 읽어내는 날씨를 자신도 전문성을 갖추고 거기에 대해 더 깊은 이해를 하고 싶었다.

차말이 집으로 온 이후, 종수는 하루 종일 바깥에 나가 있을 때도 어딘가 훈훈한 바람이 불어오듯 마음이 따뜻했다. 그동안 동생이 있었으면 하는 바람은 있었지만, 마음뿐이었다. 그런데 막상 차말을 자신의 집에 받아들였을 때 자신이 얼마나 동생을 절실히 바랐는지를 알게 되었다. 자신에게보다 차말에게 더 집중하는 모습에 놀라고 있었다. 차말에게로 흐르는 마음을 멈출 수가 없다.

집에 한 사람이 있다는 것이 이렇게 가슴이 벅찬 일이었구나. 집에 와보면 고무통에 따뜻한 물이 채워져 있곤 했다. 차말이 불편한 몸으로 옥상에서 통을 가져다가 채워놓은 것이다. 밤새 잠을 못 자고 일했으니 따뜻한 물에 몸을 담그고 잠시라도 눈을 붙이라는 차말의 마음 씀씀이였다. 종수는 어쩔 수 없이 고무통에 들어가 따뜻한 물에 반쯤 몸을 담그고 눈을 감는다. 몸이 서서히 풀어지면서 의식이 혼몽해진다. 한 시간가량을 그러고 있다 나오면 마치 잠을 자고 일어난 것처럼 개운했다. 욕탕에서 나오면 스리랑카식 양파, 양배추, 고추, 당근 등을 넣은 카레를 걸쭉하게 만들어 밥과 함께 내어놓는다. 그것을 김치와 먹으면 환상적이다. 차말이 온 이후 종수는 스리랑카 요리에 푹 빠졌다. 도서관에 앉아 있으면 충일한 마음에 아무것도 하지 않고 있어도 마음이 푸근하다. 차말로 인해 가끔 우울하다. 차말은 골다공증까지 겹쳐 깁스를 6개월이 지나도 풀 수 있을지 모르겠다고 의사는 말했다. 차말의 말대로 피가 빠져나가는지 몸이 휘청할 정도로 말라갔다. 쨍하니 눈만 보였다. 밤에는 제대로 안 자고 고양이 잠처럼 잠시 눈을 붙일 뿐이다.

야, 나 왔어! 넋 놓고 무슨 생각을 하고 있어? 지혜가 요즘 자신의 작품이 끝나 여유가 있는지 자주 종수 쪽으로 온다. 차말이 깁스 때문에 일을 못 하고 있거든, 엄마 입원비와 할머니, 할아버지 생활비. 왜 소한 몸에 심이 너무 부거워, 불쌍해! 잠자면 악몽이 반복되고 피도 빠져나가는 것 같다나. 그림을 그리면 마음이 좀 안정되나 봐. 종수는 식품 코너로 가며 말했다. 너 새로운 도시락 나온 것 먹어볼래? 좋지. 지혜는 음식에 까다롭지 않아 좋다. 도시락을 들고 밖으로 나갔다. 차말이 그런 몸으로 그림을 그린다는 건 몸의 소리에 귀를 기울이는 것이네. 뭐? 몸의 소리! 악몽이 반복되니까 불안이 가중되고 그 불안감을 야기하는 몸의 소리에 젖어들고 그것을 해소하기 위해 그림을 그리는 것 같은데. 지혜가 도시락 뚜껑을 열면서 말했다. 종수는 입으로 '몸의 소리' 하고 반복해보았다. 지혜도 그림을 그리니까 차말을 더 잘 이해하는 것인가.

지혜는 당분간 언니의 부탁으로 감성 아줌마 마켓 기획을 도와주게 되었다고 했다. 지난번 선배 메타버스 갤러리 전시에 찬조 출연한다더니 어떻게 되었어? 아, 그것, 다섯 작품 중에서 두 작품을 어떤 갤러리에서 계약해줬어. 그림 그리면 그쪽 갤러리로 가져와보라고 하더라고. 이제 좀 쉬면서 새로운 생각이 날 때까지 이것저것 해보려고. 종수는 자신의 장래를 위해 한 발 한 발 걸어가고 있는 지혜가 부러웠다.

감성 아줌마 마켓 기획은 뭐냐? 응, 그것, 언니는 패션 디자이너로 있다 출산으로 몇 년 쉬고 다시 일을 시작하려니 경력 단절로 복직이 쉽지 않았어. 몇 년의 고심 끝에 임신, 출산, 육아로 인해 경력 단절된 주부 친구들 몇 명을 모아 초등학교 운동장에서 일요일에 플리마켓을 열었어. 자신들이 만든 그림, 어린이 옷, 아토피 어린이를 위한 천연 비누 등, 또 더 이상 자녀들이 안 보는 동화책을 가지고 나와 시작한 플리마켓이었어. 준비한 물품의 3분의 1 정도 팔리고 서로서로 필요한 것 사주는 것으로 끝났대. 시간이 갈수록 입소문이 나서 합류하겠다는 젊은 주부가 늘어나면서 물품의 종류도 다양해지고 물건이 모자라 못 팔 정도가 되었대. 보조 기획자가 필요하자, 언니가 나에게 좀 도와줄 수 없냐고 제안했어.

종수가 인스턴트 라면에 붓을 붓고 자신의 도시락 뚜껑을 열었다. 지혜가 밥 한 젓갈 입에 넣으면서 다시 말을 시작했다.

근데 의외로 재미있어, 이제는 아줌마들이 자신들이 만드는 제품뿐만 아니라 자신들에게 필요한 제품을 개척하고 있어. 어린이들한테 해로운 색소가 없는 원목을 깎아서 어린이 장난감을 만들어 제품화하고 그것이 인기를 얻고, 요즈음은 어린이 책상, 의자, 침대까지도 전문가 도움을 받아 만들고 있어! 그것 때문에 일부러 신체 공학을 공부한 엄마도 있어.

아 참 이야기하다 보니 생각났다. 주부들 중에 그림을 그리다 그만둔 사람들이 모여서 전시회를 열고 그것을 이야기와 함께 메타버스 갤러리와 연결하기로 했어, 선배 작가들은, 신인 작가들의 작품 활동을 어렵게 하는 대표적인 장벽으로 공간 비용을 꼽고 있어, 직접 고객과 만날 수 있는 플랫폼을 만들어 중간 평론가를 거치지 않은 새로운 혁신 작업을 시도해서 성공했대. 감성 아줌마 마켓 그룹은 모두 아마추어 작가로, 직접 메타버스 갤러리로 영상을 제작해 고객과 직접 부딪치게 하려고 해. 평론가들이나 기존 대가들의 입김에 의해서 좌우되지 않게 작업할 거야. 회원들의 남편 중에 IT 회사에서 메타버스에 관한 일을 하는 분이 있는데 플랫폼을 만드는 것을 도와주기로 했어. 그때 차말도 함께하면 어때? 그림이 팔리면 후원금을 조금씩 내기로 했는데, 의논해봐야겠지만 사정을 이야기해서 차말의 그림이 팔리면 이익금을 그에게 전부 다 주는 것으로. 차말의 그림을? 그런 방법이 있구나. 생각지도 못한 일이네! 그런데 구매자는 누가 돼? 도시락을 먹으며 종수가 물었다. 갤러리에서도 구매하고 이 단체의 다른 주부들도 관심이 있으면 메타버스 갤러리로 들어오면 되니까. 의외로 아마추어 그림이 잘 팔려. 가격이 전문 화가보다 월등히 싸고 투자 목적이 아니라면 구태여 비싼 작품을 살 필요가 없다고. 그 남편분하고 만나서 플랫폼을 만들기로 했으니 다 되면 연락할게. 그때까지 차말한테 메타버스 갤러리로 내보낼 그림을 선택해놓으라고 해. 지혜는 메타버스 갤러리 이야기하느라 밥도 제대로 먹지 못하고 서둘러서 나갔다.

지혜가 가고 나자 차말 생각이 뭉게구름 피어나듯 뭉게뭉게 솟아올랐다. 얼마 전에 차말에게 하고 싶은 것이 있으면 말하라고 했다. 느닷없이 낚시를 하고 싶다고 했다. 스케치북을 들고 나오면서 그린 그림을 보여주었다. 펼친 그림에는 파란색과 오렌지색, 붉은색이 혼합된 지평선에서 막 모습을 보이기 시작한 눈썹처럼 떠오르는 태양, 거기 붉은 기운을 뒤로하고 떠 있는 배 바깥으로 드리워진 빈 낚싯대였다. 빈 낚싯대? 종수는 의아해서 차말을 쳐다보았다. 차말이 그림 제일 위쪽의 부처 그림을 손가락으로 가리켰다. 부처님이야? 우리 아버지. 아버지가 부처님이야? 아버지는 항상 바다로 나가 배에 빈 낚싯대를 던져놓고 부처님을 만나고 싶어 했어. 어떻게 바다에서 부처를 만나? 종수가 물었다. 빈 낚싯대를 드리우고 몇 시간씩 가만히 있으면 세상 고민과 불안이 없어지고 부처를 만난다고. 어느 날은 바다에서 밤을 새우기도 한다고. 가끔 차말을 데리고 가기도 했다고 한다. 차말은 꼼짝없이 한 자리에 앉아 있어야 하는 낚시가 지루하기만 했다고. 나이가 들면서 낚싯대를 드리우고 물의 흐름을 보고 있으면 마음을 읽을 수 있다는 것을 알게 되었다. 어느 날 친구랑 싸운 후 아버지랑 가서 친구 마음과 자신의 마음을 차례대로 읽으면서 물이 흐르는 대로 그대로 있었더니 마음이 잔잔해지며 싸운 기억도 사라지더라고요. 차말이 그 말을 할 때 깊고 그윽한 눈동자가 빛을 품는 듯 형형하게 빛났다. 짙은 그리움의 눈동자였다. 종수도 함께 심장이 뛰었다. 차말을 데리고 고향 바다에서 낚시를 할 기쁨에 가슴이 벅차올랐다.

차말은 그날 편의점에 저녁을 먹으러 오지 않았다. 전화도 받지 않았다. 새벽에 들어갔을 때 차말은 쓰러져 있었다. 종수가 들어가 흔들어도 기척이 없다. 종수는 귀를 가슴에 대보기도, 입에 손을 대보기도 했다. 자는 것인지 의식이 없는지 알 수가 없다. 스케치북이 바닥에 떨어져 있고 휴지가 여기저기 널려 있었다. 작업하다 잠이 들었나. 샤워를 하고 나왔다. 또다시 차말을 흔들었다. 무슨 소리인지 모르는 헛소리를 한다. 다시 흐느낀다. 악몽에 시달리는 차말이 안쓰럽다. 지혜가 말한 몸의 소리라는 말이 생각났다. 종수는 도서관에 갈 시간을 미루고 차말의 의식이 돌아오기를 기다린다.

유학의 길에 회의가 들기 시작하면서 가지 않는 쪽으로 마음이 자꾸 기울어졌다. 꼭 유학을 가지 않더라도 세계 굴지의 학자들 강의를 인터넷으로 청강할 수 있었다. 좀 더 그런 강의를 들으면서 기회가 되면 국립기상연구소에서 근무도 하고 싶었다. 차말이 마치 물에 빠진 사람처럼 허우적거린다. 또다시 차말을 흔들었다. 그제서야 눈을 번쩍 뜬다. 그렇지만 여전히 정신을 차리지 못하고 두리번거린다. 종수를 빤히 쳐다본다. 낯선 사람처럼. 한참 동안 의식이 돌아오지 않았다. 물컵을 입에 대도 손으로 뿌리쳤다. 불면과 소나기처럼 쏟아지는 졸음이 반복되고 있다. 잠에서 깨어났어도 한동안 의식이 없다.

차말은 점심때가 되어서야 의식이 돌아왔다. 채소 볶음밥을 해주었으나 차말은 몇 숟갈 뜨지도 않았다. 메타버스 갤러리 영상 이야기를 해줬다. 처음에 종수의 이야기를 듣고도 멍하게 앉아 있었다. 한참 후에야 자신이 화가도 아닌데, 그게 가능하냐고 몇 번씩 되물었다. 전문 미술대전에 나가는 것이 아니기 때문에 상관없다. 관객이 그림을 좋아해서 사주면 되는 거라고 걱정할 것 없다고 했다. 아무래도 차말의 정신을 안정시키는 게 우선이다는 생각에 그 주 주말에 종수는 차말을 데리고 고향, 포항으로 갔다.

기차 속에서 아버지 이야기를 털어놓았다. 차말 어머니가 폐암으로 입원한 지 한 달도 되지 않아, 아버지가 심장마비로 돌아가신 것이다. 차말은 그런 아버지가 너무나 원망스러웠다고. 그때 차말은 대학 입시 준비생이었다고 한다. 대학도 포기해야 했다. 자신에게 맡기고 간 짐이 너무 무거워 매순간 피가 마르는 것 같았다고 한다.

종수는 오랜만에 집에 왔다. 자신의 집 근처 동네에 들어서자 마치 그동안 숨을 못 쉰 것처럼 크게 숨을 쉬었다. 집에는 아무도 없었다.

아버지는 여전히 간조시간에 맞춰 배를 타러 나갔을 것이다. 가방을 내려놓고 해변가로 갔다. 어머니는 동네 아줌마들과 생선을 건조시키고 있었다. 둑 위에 자리를 깔아 생선을 죽 늘어놓고 있었다. 종수와 차말을 보자 달려온 엄마가 종수를 끌어안으며 "마 하나밖에 없는 아들 서울놈 다 된 줄 알았다 아이가. 어찌 그리 안 내려왔노." 했다.

엄마 옷에서 생선 비린내가 확 풍겼다. 엄마는 한참을 끌어안고 놓지 않았다. 종수가 억지로 엄마에게서 떨어졌다.

"스리랑카에서 온 친구다, 엄마."

"야야, 잘 왔다. 스리랑 친구라고, 어찌나 니 얘기를 자주 하는지, 마 동생 한 명 없이 외롭게 컸는데, 잘됐다 마, 종수 동생 해라이."

그러면서 차말의 머리를 쓰다듬는다.

"스리랑이 아니고 스리랑카, 나 여행 갔다 온 곳."

"아, 거기서 어찌 친구도 사귀었노?"

차말은 고개만 약간 숙이고 종수 손을 잡았다. 차말은 얼굴을 가렸다.

옆에는 할머니들이 멍게, 해삼, 굴 등 조개류를 조금조금씩 담아 손님들을 호객하고 있었다. 인사할 때의 수줍어하던 모습과는 달리 차말의 호기심 찬 눈빛이 여기저기 바쁘게 움직였다. 깁스한 발을 절룩거리면서도 지팡이를 겨드랑이에 끼고 계속 핸드폰으로 사진 찍느라 여념이 없었다.

차말이 자기 아버지와 낚시를 즐겼던 경험을 되살려보기 위해 밤에 바닷가로 나갔다. 낚싯대만 가지고 작은 통통배를 빌려 먼 곳으로 나갔다. 그날따라 보름이 가까웠는지 낚싯대가 은물결 달빛 속에 잔잔

히 흔들렸다. 배를 멈추었다. 흐르는 빛의 잔상을 바라보며 몇 시간씩
그대로 있었다. 물결을 바라보며 침잠해 있자니 지난 일들이 솟았다
가 사라지다 의식이 몽롱해졌다.

종수와 차말은 스리랑카 차말의 집에 있었다. 차말 아버지의 장례
식이었다. 향으로 자욱한 방에 가족들은 모두 근엄한 표정으로 영정
사진 앞에 있었다. 멀리서 들려오는 듯한 염불 소리가 아득하게 울려
온다. 차말의 어머니가 흐느끼고 있었다. 차말도 옆에서 흐느끼고 있
었다. 종수는 그 가족들이 흐느끼며 속삭이는 소리도 다 들렸다. 스리
랑카 말을 다 알아들었다. 이럴 때 너네 형이 있었으면, 어머니가 차말
에게 속삭였다. 차말은 더 소리 높여 흐느꼈다. 차말의 흐느낌이 마치
종수 자신이 우는 것처럼 느껴졌다.

물고기가 낚싯대 위로 금방 솟아오르는 퍼덕거리는 소리에 눈을 떴
다. 종수는 의식이 돌아와도 그게 꿈인지 생시인지 혼몽 속에 있었다.
그런 꿈을! 차말의 아픔이 자신에게도 전이된 것인가. 의식이 돌아오
다 다시 사라지고 또 다른 의식이 새롭게 떠오르는 것이 반복되었다.
그러나 차말의 집 풍경은 뚜렷이 머릿속에서 지워지지 않았다. 종수
는 차말을 쳐다보았다. 꼼짝하지 않고 몰입해 있다. 두 시간이 지난 시
각이었다. 순간적으로 고래가 튀어 오르는 것 같았다. 바닷물 솟구치
는 소리가 났다. 종수가 머리를 흔들었다. 차말은 정말 꼼짝하지 않았
다. 새벽 어슴푸레 해가 바다 위로 떠오르는지 수평선 부근이 색의 파
노라마를 펼치고 있었다. 긴 하품을 내뿜으며 둘은 빛 화살을 거느리
고 휘황하게 떠오르는 태양을 맞이했다.

다음 날 아침, 종수와 차말이 서울로 향하려 기차역으로 가려는 순간이었다. 차말의 엄마가 입원한 스리랑카의 병원에서 전화가 왔다. 어머님이 돌아가셨다고. 차말의 몸이 스르르 땅으로 가라앉듯 내려앉았다. 목발은 길거리에 그대로 나뒹굴었다. 종수가 흔들었으나 의식이 없었다. 그 길로 차말을 병원 응급실로 옮겼다. 만성 불면증과 영양 부족으로 몸의 균형이 깨져 공황장애 상태라고 했다. 전날까지 괜찮았는데요. 종수가 말했다. 정신적 쇼크가 오면 잠재되어 있다 드러난다고 했다. 의사가 비행기는 당분간 못 탄다고 했다. 결국 차말은 스리랑카로 돌아가지 못했다. 어머니에게 당분간 차말을 돌봐달라고 맡기고 올라오는 기차에서 종수는 차말의 어깨 위에 내려앉은 끝없는 슬픔을 생각하며 가슴의 통증이 사라지지 않았다.

메타버스 갤러리 플랫폼이 만들어지고 이미 영상이 다 완성되었다. 한 장씩 화면이 바뀌면서 다양한 배경 속에 배치된 차말의 그림이 펼쳐진다. 차말의 그림들은 시간을 반대 방향으로 돌리고 있는 것 같았다. 따뜻한 햇살이 드리운 푸른 언덕에 책으로 얼굴을 가리고 누워 있는 모습, 물안개가 피어 오르는 바다, 금모래를 뿌려놓은 듯한 흔들리는 물결, 어둠이 내린 차밭에 나란히 대열을 이루어 나르고 있는 반딧불이, 바닷가 모래밭에 떼 지어 놀고 있는 물오리, 모래사장 황혼 속에 빛을 받으며 수평선을 바라보고 앉아 있는 한 쌍의 커플. 그림 속에는 위 혹은 아래, 꼭 작은 부처가 그려져 있었다. 관객들은 그림 앞에 서면 떠나지 않았다. 스리랑카의 국가 파산 상태가 뉴스로 한창 방영되는 시점 덕분인지 차말의 그림은 시너지 효과로 거의 매진되었다.

차말을 데려오기 위해 종수는 포항으로 갔다. 도착한 날 밤에 배를 타고 나갔다. 버스나 다른 탈것은 공황장애 증세로 힘들었다. 혹 배에서 증세가 나타나지 않을까 가까운 곳으로 나갔다. 배의 흔들림에도 증세는 나타나지 않았다. 종수는 가지고 온 바구니에서 와인잔과 와인을 꺼냈다. 오징어를 찢었다. 몇 가지 과일도 깎았다. 통통배 데크 위에 가지고 온 보자기를 씌우고 그 위에 차렸다. 와인 한 잔씩을 따라 들었다.

차말의 화려한 부활을 위해! 브라보! 종수가 잔을 들었다. 차말이 어설프게 잔을 들면서, 뭐 부왈? 그게 무슨 말이야? 물었다. 이제 너가 다시 태어났다고 화가로. 무무슨 화가? 차말이 말을 더듬었다. 이젠 너는 명실공히 화가야. 명시공이? 그게 뭐야? 진짜 화가가 됐다고. 조금 기다려봐!

종수가 핸드폰을 꺼냈다. 핸드폰 열고 바닷가를 배경으로 한 어떤 앱이 열리자 바다 위를 기러기 몇 마리가 부유한다. 제법 큰 배가 서서히 바다 중심을 향한다. 뱃머리에서 어린 꼬마가 양팔을 벌리고 기러기를 쫓아갈 듯 나르는 흉내를 내고 있다. 핸드폰 화면을 보다 "나잖아?" 차말이 놀란다.

아이는 하늘을 향해 날아갈 것 같다. 배 안에서 여자의 날카로운 소리가 바다 위로 흩어진다. 아이는 흘깃 돌아보다 다시 똑같은 몸짓을 한다. 그때 한 마리 큰 독수리가 날아와 아이를 등에 태운다. 아이는 독수리를 타고 바다 위를 나른다. 배 속에서 남자와 여자가 뛰어 나와 '차말 차말' 부르짖는다. 엄마, 아빠 잘 다녀올게요. 마치 외출하듯 떠난다. 기러기 떼와 함께 하늘과 바다를 선회한다. 구름 속으로 사라졌다, 다시 하늘을 선회한다. 산을 넘기도 한다. 배에서 여전히 날카로운 차말을 부르는 소리가 울린다.

다음 장면은 차말의 집 안방이다. 한쪽 벽에 기대어 차말 아버지는 텔레비전 뉴스를 보고 있다. 어린 차말이 바닥에 여기저기 종이를 흩어놓고 그림을 그리고 있다. 엄마가 부엌에서 방으로 들어온다. 방에 흩어진 그림 중에 한 장을 집는다. 텔레비전을 보는 아버지에게 그림을 가져간다.

여보, 차말 그림을 좀 보셔요. 다람쥐가 뱅글뱅글 도는 모습을 그린 그림을. 아버지가 한참 들여다본다. 어린아이들은 움직이는 모습을 잘 못 그리는데 잘 그렸네. 기특하게, 흐뭇한 웃음이 입가에 퍼진다. 이것도 봐요, 나뭇잎이 팽그르르 떨어지는 모습을, 어쩌면 이렇게 표현을!

차말은 흥분한다.

"이 이것 어떻게 된 거야?"

너의 어머님이 돌아가셨다고 했더니 메타버스 갤러리 팀에서 애도의 선물로 엄마, 아빠의 사진을 복원해서 너의 행복했던 시절을 영상으로 재구성한 거야. 영상은 그림을 소개할 때까지 이어졌다. 영상이 끝나자 차말은 엄마, 아버지를 생각하는지 와인은 입에만 조금 대고 조용해졌다.

눌은 낚시를 드리우고 침묵 속에서 거의 밤을 지새웠다. 옅은 분홍색이 겹겹이 쌓여 다시 붉은 기운이 온 천지를 삼킬 것 같은 새벽, 둘은 동시에 눈이 부신 듯 눈을 비볐다. 바다와 하늘의 경계가 사라졌다. 망망대해에 둘만 오롯이 존재한다는 실존의 고독과 으스스한 찬 기운에 시선을 교환했다. 비실비실 차말이 종수에게로 왔다. 이제 잘 살 수 있을 것 같아, 너가 있기 때문에. 차말의 눈시울이 붉어지며 말했다. 마음속에 네가 흐르고 있어. 넌 나의 죽은 형이야. 종수가 깜짝 놀랐다. 그럼 정말 형이 있었구나. 차말은 손으로 사랑 표시를 했다. 둘은 서로의 몸을 의지했다. 영원히 떨어지지 않을 것처럼 몇 시간을 그러고 있었다.

알레 마지끄

이 연 숙

소설집『인연의 새로운 마디』, 단편소설「네모얼굴의 여자」「고슴도치」,
미니픽션「거울 속 학장님」,「두 여자의 남자」.
『문예연구』신인상 수상, 홍조근조훈장 수훈.
현 고려대학교 명예교수 및 평의원, 작가포럼 운영이사,
작가교수회 회원, 한국소설가협회 회원.

알레 마지끄

인천공항이다. 굉음을 내며 활주로를 달리던 비행기가 멈추자, 가희는 벗어놓았던 재킷을 걸쳤다. 입국수속을 하고 짐을 찾아 서둘러 나왔다. 엄마가 빨리 보고 싶었다. 가희는 미국 서부 명문대학에서 컴퓨터사이언스박사학위를 받자마자, 실리콘 밸리에 있는 메타버스 분야 글로벌 기업인 G사에 특채되었다. 가희는 G사가 한국 기업과 함께 개발하는 휴먼카페플랫폼 프로젝트에 참여했다. 성공적으로 런칭까지 끝내고 휴가차 귀국해 엄마와 2주일 정도 지낼 수 있게 되었다.

박사 논문 마무리하는 상황에서 아빠가 세상을 떠났다. 그때 잠깐 장례식만 참석하고 엄마 위로할 시간도 없이 급하게 미국으로 돌아갔다. 휴먼카페플랫폼 개발에 매달렸던 회사 생활은 공부할 때보다 더 정신없이 바빴다. 혼자 된 엄마를 챙길 틈이 없었다. 최신 컴퓨터를 사는 데 드는 돈과 맛난 밑반찬을 진공 포장해 수시로 부쳐주며 헌신적으로 뒷바라지한 엄마를 생각하면 가희는 늘 마음이 무거웠다. 아빠가 저세상 사람이 된 후, 친구가 거의 없는 엄마는 가희가 유일한 소통 창구였다. 가희한테 톡을 자주 보내고 통화도 수시로 했다. 그런 엄마가 최근 몇 달 동안 톡도 뜸하게 할뿐더러 전화를 해도 받지 않을 때가 많았다. 어쩌나 받아도 바쁘다며 바로 끊어버리기 일쑤였다. 가희는 엄마한테 무슨 일이 생긴 것 같아 한국에 다녀와야겠다고 생각하던 참에 휴가를 얻게 되었다.

마중 나온 사람들 틈으로 엄마를 찾았으나 보이지 않았다. 가희가 휴가 받아 집에 간다고 했을 때, 엄마는 너무 좋아하며 귀국하는 날만 손꼽아 기다린다 했다. 샌프란시스코 공항에서 비행기 타기 전 통화 했을 때도, "드디어 오는구나. 차 가지고 공항 나갈게." 했었다. 한참을 기다려도 엄마가 나타나지 않아 여러 차례 전화했지만, "전화를 받을 수 없습니다."라는 기계음만 흘러나올 뿐이었다. 가희는 답답하고 걱정되어 서둘러 공항버스를 탔다.

엄마가 이사 온 아파트 근처 정류장에서 내렸다. 가희가 살았던 동네가 신도시로 개발된다 해 이사 온 아파트였다. 전에 살았던 집 모습과 주변 풍경이 너무 달랐다. 이곳에 이사 왔을 때, 엄마가 "평생 의지했던 아빠가 하늘나라로 가셨는데 너조차 미국에 있으니 기댈 데가 없구나. 아빠 보낸 슬픔도 감당하기 버거운데 우리 가족 추억이 오롯이 남아 있는 집까지 떠나오니 더 힘들어. 마음 붙일 친구 하나 없는 아파트에서 나 홀로 지내자니 외딴섬에 혼자 버려진 것 같아."라며 전화기 너머로 울먹였던 것이 생각났다. 회색빛 아파트의 삭막함에 압도되다 보니 엄마가 했던 말이 이해되었다.

가희는 초등학교 시절부터 아빠가 설계해 지은 집에 살았다. 터가 좀 넓은 앞마당 양 편에 벽오동나무와 단감나무가 있었다. 벽오동나무의 푸른 줄기와 널따란 잎은 그늘을 만들어 한여름 무더위를 식혀주었다. 단감나무는 늦가을이 되면 흐드러진 열매를 맺어 달콤하고 아삭한 과육을 내주었다. 나무 사이로 자리한 화단은 철따라 피어나는 각종 꽃들로 가득했다. 뒷마당에는 상추, 아욱, 쑥갓, 부추 등이 자라고 있어 싱싱한 야채를 늘 먹을 수 있었다. 마당 한구석에는 탁구대가 있었다. 엄마와 아빠가 탁구 시합을 하면 가희는 카운트를 불렀다. 엄마가 이기면 아빠는 맛난 음식을 사주었다. 가희도 가끔 엄마나 아빠와 탁구를 쳤는데 가희가 이기면 평소 공부하고 싶었던 컴퓨터 코딩 책을 사달라 했다.

집 뒤에는 야트막한 야산이 있었다. 오솔길을 따라 엄마와 아빠는 가희 손을 잡고 산책을 자주 다녔다. 개나리, 벚꽃, 진달래 피는 봄날, 붉은 단풍나무와 노란 은행잎이 고운 가을날, 엄마와 아빠 손잡고 같이 갔던 산책길의 추억은 가희가 늘 꿈속에서도 그리워하는 장면이다. 엄마는 어려운 일이 있을 때, 아빠와 산책하며 얘기를 주고받다 보면 마법처럼 해결책이 나온다며 이 길을 '알레 마지끄(allée magique)'라 했다. '마법의 산책길'이란 의미의 불어인데 이 산책길을 무척이나 애정했던 불문학 전공한 엄마가 붙인 이름이었다. 옛집과 산책길에 대한 행복한 추억은 너무 소중해 엄마와 가희의 대화 중에 자주 등장하곤 했다. 가희는 이번 휴먼카페플랫폼 배경 중 하나로 옛집과 '알레 마지끄'늘 재현했다. 외로움을 많이 타고 우울증이 있는 엄마도 휴먼카

페에 들어와 즐기게 하려는 의도였다,

집에 도착할 때까지도 엄마와 연락이 되지 않자, 안 좋은 일이라도 생겼나 하는 걱정으로 가슴이 타들어갔다. 간신히 마음을 진정하고 엄마가 알려준 현관 비밀번호를 눌렀다. "엄마, 나 왔어." 하며 문을 밀쳤다. 엄마는 집에도 없었다. 집안은 너절하고 뒤죽박죽되어 있었다. 소파와 거실 탁자에는 벗어놓은 옷들이 여기저기 널브러져 있고, 부엌 싱크대에는 설거지 그릇이 쌓여 있었다. 엄마는 청소를 자주 해 언제나 집안과 가구들이 반짝반짝했다. 모든 물건이 제자리에 정돈되어 있어야 직성이 풀릴 만큼 성격이 깔끔했다. 끼니때는 뒷마당에서 기른 싱싱한 야채와 맛깔스러운 반찬으로 아빠와 가희에게 늘 입 호강을 시켰다. 이랬던 엄마가 집안을 엉망으로 해놓고 어디 간 것일까? 가희는 엄마에게 무슨 일이 생긴 것이라 직감적으로 깨달았다. 가희가 서성거리고 있는데 현관문 열리는 소리가 났다. 엄마였다. 후줄근한 모습으로 넋이 나간 듯 했다. 무사한 엄마를 보니 반갑기도 했지만 섭섭한 마음이 앞선 가희가 소리쳤다.

"엄마! 대체 무슨 일이야! 공항에도 안 나오고, 전화조차 안 받으면 어떻게 해!"

"미안해. 우리 딸이 1년 만에 왔는데……." 하며 엄마는 옷도 갈아입지 않은 채, 고등어를 굽고 김치찌개를 끓여 저녁상을 차렸다.

"엄마표 김치찌개 정말 맛있다. 이 맛을 얼마나 그리워했는지 모를 거야. 근데 오늘 어디를 그리 정신없이 다녀온 거야? 학수고대한다던 딸보다 더 중요한 일이 대체 뭐야?"

대꾸도 없이 고등어 살을 발라 가희 밥에 올려주던 엄마가 한참 후에 겨우 "강 선배가……." 라며 간신히 입을 떼었다. 그 말을 듣자, 몇 달 전 쯤 엄마가 통화하며 강 선배 만났다고 했던 얘기가 생각났다. 메일박스가 위아래 붙어 있어 잘못 넣은 동창회 신문을 강 선배가 가져와 알게 되었다고 들었다. 인문대 나온 엄마보다 선배였는데 미대 출신이며, 대학 동창회장과 아파트 동대표를 맡고 있다 했다. 엄마는 낯선 곳에서 외로웠는데 잘나가고 자신만만한 강 선배를 만나게 되어 너무 좋다 했었다.

"그 선배가 어쨌다는 거야? 오랜만에 귀국하는 딸 맞으러 공항에 못 나올 만큼 그렇게 대단해? 못 나오면 전화라도 해야 걱정을 안 하지."

가희가 툴툴거리며 다그치듯 물어도 엄마는 입을 꾹 다문 채 말이 없었다. 식사 후, 소파에서 차를 마시다 보니 탁자 위에 작은 종이가 떨어져 있었다. 엄마 재킷 주머니에서 흘러나온 고속도로 톨게이트 영수증이었다. 날짜와 행선지가 보였다.

"엄마, 오늘 대전에 다녀왔어? 나 온다는 걸 알면서 어떻게 거기까지 갔다 올 수 있어?"

계속되는 가희의 추궁에 어쩔 수 없었는지 엄마가 더듬더듬 얘기를 시작했다.

"사실은 강 선배 태워주느라고 공항에 못 나갔던 거야. 오늘 아침 일찍 일어나 청소하고 너 좋아하는 음식 준비하려 했어. 근데 강 선배가 친정아버지가 쓰러지셨다며 대전 근처 시골까지 차를 태워달라 하더라. 딸이 미국에서 오랜만에 오는 날이라 공항에 나가봐야 된다 했더니, 나보고 유난 떠는 딸 바보라며 특이한 별종 취급 하더라고. 딸은 다 커서 공항버스 타고 혼자 오면 되지만, 쓰러진 친정아버지가 영영 못 일어나시면 그 죄책감을 어떻게 하냐며 울먹이더라고."

엄마는 병원에 좀 늦게 가 외할아버지 임종을 못 지켜 후회했던 게 기억나 차를 태워주기로 했다. 강 선배 데려다주고 서둘러오면 가희를 마중 나갈 수 있으리라고 생각했는데, 급한 마음에 오다가 접촉사고가 나 처리하느라 늦어진 것이었다.

다음 날 아침을 먹고 있는데 엄마 휴대폰이 울렸다. 엄마는 밥 먹다 벌떡 일어나, "강 선배님……." 하며 전화를 받더니 수저를 던지고 급하게 현관을 나서는 것이었다. 그런 엄마를 가희는 두 팔로 막아섰다. 참고 있던 서운함이 불쑥 올라오자 볼멘소리가 튀어 나왔다.

"엄마! 못 나가! 오랜만에 만난 딸은 거들떠보지도 않고 또 어디를 급히 나가는 거야. 전화 받으면서 강 선배라고 하던데 그 사람이 뭐길래 딸 제쳐놓고 챙기려는 거야. 어제도 강 선배 일로 공항에 못 나왔다고 했잖아. 안 보는 사이 엄마가 변한 것 같아 정말 속상해!"

"강 선배가 나한테 어떻게 해줬는지 알면 그런 말 못 할 거야. 아빠도 돌아가시고 너도 미국에 있어 연락도 제때 안 되는데, 강 선배 아니었으면 내가 어찌 되었을지도 모른다니까."

"엄마가 어찌 되긴 했네! 딸은 안중에도 없고 허둥대며 강 선배만 챙기고 있는 것을 보니."

"말 함부로 하지 마! 여기 이사와 외롭고 힘든 나에게 강 선배는 구세주였어. 이곳 생활에 필요한 온갖 정보 알려주지, 남편이 없을수록 더 잘 가꾸어야 된다며 손수 만든 로션도 주고 옷차림 코디까지 해준다니까. 심지어 내가 우울증이 있는 것을 알고 병원도 같이 가주었다고. 세상에 이런 사람이 어디 있니? 천사 같은 강 선배가 너무 고마워 업고라도 다녀야 할 판이야. 그런 강 선배 부탁인데 딸이 왔다고 모른 척하면 그게 사람이니!"라며 평소답지 않게 격앙된 목소리로 말했다.

"아무리 그래도 그렇지, 강 선배 일로 미국에서 오랜만에 온 딸까지 내팽개치는 걸 보니 엄마가 완전 딴사람이 된 것 같아!"

가희는 강 선배를 두둔하는 엄마를 보니 화가 목까지 차올라 소리치며 옷깃을 잡아끌었다. 엄마는 가희 손을 매정하게 뿌리치더니, 강 선배가 기다린다며 황망하게 나가버렸다. 덩그러니 남겨진 가희는 찬바람이 휑하고 지나간 듯 가슴이 서늘해졌다.

엄마와 다투어 기분이 울적해진 가희가 무심히 벽을 보니 낯선 그림들이 여기저기 걸려 있었다. '미대 나왔다는 강 선배가 엄마한테 그림을 주었나?' 생각하고 자세히 보았다. 그림에 있는 작가 사인을 꼼꼼히 보니 강 선배라고 생각되는 사인은 없었다. 창고 방을 열어보니 벽에 걸린 그림보다 더 많은 그림이 있었는데 모두 다른 화가들 그림이었다. '이 많은 그림이 어디서 났을까? 엄마가 그림에 조예가 깊은 것도 아닌데 무엇 때문에 이리 많이 모았을까? 아무리 생각해도 감을 잡을 수 없어 머리에서 쥐가 날 지경이었다. 아침에 실랑이하다 두고 간 엄마 휴대폰이 생각났다. 실마리라도 찾기 위해 열어보지 않을 수 없었다. 휴대폰에는 놀랍게도 '강 선배' 이름만 눈에 띄었다. 주고받은 톡 내용이 들어왔다.

—10시에 만나 장 보자고 해놓고 11시도 넘어 나타나면 어떻게 해! 바빠 죽겠는데 제시간에 나와 1시간이나 기다렸잖아. 남편이 없으니 나사가 빠졌나 봐. 제발 정신 좀 차려!

—전 11시인 줄 알고……. 화 많이 나셨지요. 너무 죄송해요. 제 기억에 문제가 생겼나 봐요. 그래서 그런지 모든 일들이 뒤죽박죽 꼬이네요. 큰일 저지를 것 같아 겁나니 선배라도 절 잡아주세요.

—층간소음 문제로 위층 여자와 다툴 때 선배는 왜 그 여자 편을 들어주셨어요? 제가 남편이 없어서 성격이 예민하고 까다로워 그렇다고 하셔서 섭섭했어요.

—뭘 그런 걸 가지고 삐지려고 그래. 더 큰 싸움 날 것을 막아줬으면 고맙다고는 못 하고.

—제가 남편이 없어 저도 모르게 자주 상식에 어긋난 말과 행동을 하나 본데, 선배라도 충고해주니 정말 고마워요. 제 행동이 이상하긴 한지 주변 사람들이 저만 보면 피하는 느낌이 들어요. 점점 외톨이가 돼가는 것 같아요. 편하게 말 섞을 사람도 없다 보니 선배 아니면 종일 말 한마디도 못 하고 지내요. 세상에 믿을 사람은 제 곁을 변함없이 지켜주고 있는 선배뿐이에요.

—토지 보상금 받은 목돈을 정기예금 하려는데 어느 은행이 좋을까요?

—요새같이 이자도 쌀 때 누가 은행에 예금을 해. 좋은 투자처가 있는데 나한테 맡기면 불려줄게.

—지난달에 선배한테 맡긴 돈 이자가 은행과는 비교도 안 돼요. 어떻게 재테크도 이렇게 잘하세요.

―뭘 그깟 걸 가지고 그래. 아트테크에 비하면 껌 값인데.

―아트테크가 뭐예요?

―예술품을 구입해 매매 차익을 얻을 수 있는 투자야. 내가 미대 나와 화가들 인맥이 빵빵하고 그림 보는 안목도 있잖아. 나도 미술품 좀 사놓아 재미 좀 봤어. 혹시 여윳돈 있으면 뜰 만한 화가들 그림만 사줄 테니 나한테 맡겨봐. 그림 값이 오르면 돈 방석에 앉는다니까.

―오늘 선배님 덕분에 그림 몇 점을 아주 싸게 산 것 같아요. 덕분에 횡재했네요. 유명 화가들 그림이 걸려 있으니 집 안의 품격도 달라 보이네요.

이를 보고 나니, 엄마가 믿고 있는 강 선배는 친절함이 전부가 아닌 것 같았다. 그것은 단지 엄마를 무장해제시키기 위한 가면이었을 뿐이다. 강 선배 본모습은 엄마가 실수할 때 나타났다. 엄마의 사소한 실수라도 그냥 넘어가지 않고, 아빠의 부재로 인한 엄마의 열패감을 지속적으로 확대 재생산하는 데 교묘하게 이용했다. 엄마의 기억을 스스로 의심하게 하며, 상황을 왜곡해 엄마를 고립시켜 조종하다가 결국 돈까지도 좌지우지한 것 같다. 이대로 두면 강 선배한테 휘둘려 그림 사는 데 있는 돈을 다 털어 넣을 수도 있을 듯했다. 가희는 낯선 곳에서 홀로 지내다 강 선배한테 가스라이팅까지 당한 엄마가 너무 가여워 가슴이 에어지듯 아팠다. 엄마의 상황도 모르고 투정 부리며 화냈던 자신의 무신경을 자책했다.

몸이 약한 엄마는 결혼 후 잔병치레가 잦아 타고난 의존적 성향이 더욱 심해졌다. 직장일로 바쁜 아빠였지만 자상한 성격으로 의존적인 엄마를 일일이 챙겨주었다. 아빠의 손길이 미처 못 미칠 때는 가희가 대신했다. 엄마가 아빠도 돌아가시고 가희도 없는 낯선 곳에 와서 얼마나 막막했을지 불 보듯 뻔했다. 이럴 때 친절을 베풀며 다가오는 강 선배는 더 없이 좋은 의지처였을 것이다. 강 선배는 엄마의 이런 취약한 면을 놓치지 않았을 터였다.

의존적인 엄마가 공감 능력까지 높아 때로는 위험한 상황을 초래했다. 엄마의 남다른 공감 능력은 아빠나 가희에게는 더없이 따뜻한 안식처가 되었지만, 나쁜 마음으로 접근하는 사람까지 받아주다 보면 문제가 심각해진다. 이런 사람들 말도 쉽게 공감하고 믿게 되어 곤경에 처할 수도 있기 때문이다. 몇 년 전, 보이스피싱으로 이천만 원을 날려버린 것도 엄마의 이런 성향들과 무관하지 않았다. 보이스피싱 당한 후, 자신의 바보 같은 행동을 가족이 알까 봐 전전긍긍하던 엄마는 자괴감으로 우울증에 빠졌다. 뒤늦게 이 사실을 안 아빠는 '알레 마지끄'를 산책하며 엄마의 자존감 회복을 위해 정성을 쏟았다. 그러나 가희는 이 사실을 모른 척할 수밖에 없었다. 딸한테까지 자신의 멍청한 모습이 알려지는 것이 참담했는지, 가희가 알면 절대 안 된다 했다고 아빠가 귀띔해주었기 때문이다.

아빠 돌아가신 후, 다시 우울증이 나타나 무력해지고 판단력이 흐려진 엄마가 혼자 힘으로는 강 선배 손아귀에서 벗어나기 어려울 것 같았다. 자신이 직접 나서면 딸한테 한심한 모습을 들킨 엄마가 자존감이 무너져 우울증이 더 악화될 수도 있을 것 같아 고민되었다. '오직 아빠만이 도와줄 수 있는 상황인데 돌아가셨으니……'라는 생각이 밀려오자 안타까웠다. 골똘히 생각하다 아빠를 불러낼 수 있는 방법이 떠올랐다. 자신이 참여해 개발한 메타버스 휴먼카페였다. 이 카페에서 아빠 아바타를 만들고 엄마를 초대하면 될 것 같았다. 가희는 스마트렌즈를 끼고 휴먼카페에 접속해 자신이 재현한 옛집과 '알레 마지끄'를 점검하고, 휴대폰에 있는 사진을 이용해 아빠와 엄마 아바타 작업을 했다. 가스라이팅 대응 전략을 세우고 미술품 거래 사이트도 찾아놓았다.

"아침에 너와 옥신각신하다 나가 마음이 불편했는데 화 좀 풀렸어?"라고 말하며 엄마가 점심때가 조금 지나 들어왔다. 괜찮아졌다고 하는 가희에게 "네가 미국 갈 때까지 강 선배 태워다 줄 일은 없을 거야. 강 선배가 당분간 친정아버지 곁에서 돌봐드린다며 딸과 함께 시간을 보내라 하더라. 마음 씀씀이가 너무 고맙지 않니?" 라고 했다. 강 선배한테 휘둘려 무엇이든 좋게 보고 있는 엄마가 안쓰러웠지만 표시 내지 않고 고개를 끄덕였다.

"강 선배 얘기 그만하고 아빠 얘기 좀 하고 싶은데……. 아빠 많이 보고 싶지?" 가희는 아빠에 대한 그리움을 소환해 휴먼카페로 유도해야겠다 생각하고 엄마한테 슬쩍 물었다.

"그걸 말이라고 하니. 아빠 돌아가시고 한 번도 잊은 적이 없어. 잠시라도 볼 수 있다면 무슨 일이든지 할 수 있을 것 같아. 뭐 그리 급하다고 나 혼자 두고 하늘나라로 먼저 가셨는지……." 엄마는 금방 눈시울이 붉어졌다.

"메타버스라는 것에 들어가면 아빠를 만날 수 있어. 메타버스는 가상세계를 의미하는데 여기에서 자신의 분신인 아바타를 만들어 소통하는 거야. 내가 미국에서 일하는 곳이 이런 메타버스 개발하는 회사야. 이번에 나도 참여해 휴먼카페라는 메타버스를 개발했어. 이 카페는 세계 곳곳이 배경이라 가고 싶은 장소로 들어가 다양한 친구들과 사귀면서 즐길 수 있어. 이 스마트렌즈 끼고 휴먼카페 들어가면 아빠도 만날 수 있고, 우리 옛집과 '알레 마지끄'도 갈 수 있어."

가희는 휴먼카페플랫폼 서버에 접속하고 활동하는 방법들을 세심하게 알려주었다. "송연이 여사님! 이제 진경재 국장님 만나러 갈까요?"라고 활기차게 말한 후, 가희는 다른 방으로 갔다. 가희는 스마트렌즈를 끼고 플랫폼에 접속해 겉모습, 말투, 제스처 등이 최대한 닮은 아빠 아바타가 되었다.

❖

연이가 휴먼카페에 접속하니 예전에 살던 동네와 집이 나타났다. 대문을 열고 들어가니 벽오동나무, 단감나무와 꽃들이 곱게 핀 낯익은 앞마당이 나타났다. 거실로 들어서니 오매불망 그리웠던 경재가 환히 웃으며 다가와 연이를 포용했다. 연이는 감정이 북받쳤는지 눈가에 눈물이 그렁그렁 맺혔다. 경재는 눈물을 닦아주며 당신이 무척 보고 싶었다고 속삭였다.

처음에는 겁먹고 서툴렀던 엄마는 자상하게 모든 것을 가르쳐주고 칭찬해주는 아빠 덕분에 휴먼카페에서 활동하는 것에 흥미를 느끼고 즐기기까지 하는 것 같았다. 가희는 엄마가 강 선배의 심리적 지배에서 벗어나려면 우선 엄마의 자존감을 되찾게 해줘야 된다고 생각했다. 자존감이 회복되면 온전히 엄마 본인의 생각으로 행동하고 그 행동의 옳고 그름을 정확하게 판단 할 수 있어 가스라이팅 덫에 쉽게 빠지지 않을 수 있기 때문이다. 가희는 엄마가 잘 할 수 있는 일들을 곰곰이 생각하며 실행했다.

휴먼카페에 있는 시장에서 장을 봐 연이와 요리하면서 경재는 좀 과하다 싶을 정도로 엄지척을 세웠다. 연이가 휴먼카페에서 입고 있는 의상을 보며 "이쁜 당신한테 정말 잘 어울리는 옷이야. 센스가 짱이네!" 하며 감탄했다. 경재 칭찬에 연이는 어린아이처럼 좋아했다.

며칠 동안, 휴먼카페에서 엄마는 아빠와 추억이 깃든 여러 일을 해보며 행복해했다. 엄마는 그동안 쌓였던 애기도 봇물 터지듯 쏟아냈다. 애기 곳곳에는 강 선배가 등장했다. 휴먼카페에서 아빠와 함께 지낸 덕분에 엄마는 밝아지며 우울증 늪으로부터 서서히 발걸음을 떼고 있는 듯했다.

휴먼카페에 익숙해질 즈음, 경재는 연이가 그렇게도 사랑했던 '알레 마시끄'에 가보자고 했다. 이 말을 듣자마자 연이는 얼굴이 환해지며 기쁨을 감추지 못했다. 옛 모습 그대로 재현된 아름다운 '알레 마지끄'로 들어섰다. 연둣빛 새순들이 돋아나고 봄꽃들이 화사한 산책길은 따뜻한 봄으로 가득 차 있었다. 연이는 마법같이 펼쳐진 만개한 벚꽃 터널을 보며 달콤했던 경재와의 추억에 젖어든 듯했다.

경재는 강 선배 본모습을 알게 하는 것이 연이가 잠시 빠져 있는 행복한 추억에 찬물을 끼얹는 것 같아 망설여졌다. 그러나 무작정 미룰 수만 없어서 강 선배 얘기를 조심스럽게 꺼냈다. 언제나 그랬듯이 '알레 마지끄'에서 풀어내면 마법처럼 어려움을 해소할 실마리를 찾을 것 같았기 때문이다.

"얘기 중에 강 선배가 많이 등장하는데, 당신한테 아주 중요한 사람인가 봐."

"응. 아파트로 이사 와 말할 수 없이 외로웠었는데 강 선배 만나 도움 많이 받았어. 정말 고맙더라고. 당신과 가희가 옆에 없으니 강 선배만 믿고 의지하게 되더라고."

"그랬겠네. 당신이 너무 외로워 그럴 수도 있었겠네. 그렇다고 강 선배를 무턱대고 믿는 것은 좀 생각해볼 일이야. 강 선배가 어떤 사람인지 잘 알고 있어?"

"……."

처음 접하는 강 선배에 대한 회의적 시선에 연이는 고개를 갸우뚱하며 대꾸하지 않았다. 무슨 얘기를 꺼내야 강 선배의 실체를 제대로 파악할 수 있을까 경재는 잠시 고민하다, 문득 강 선배가 돈 불려주었다고 했던 말이 떠올랐다.

"강 선배가 가져간 돈 아직도 높은 이자 주고 있어?"

"아…… 그, 그거, 그냥 그림 값으로 벌써 퉁쳤는데."

당황한 연이는 말을 더듬었다. 어이없을 때 경재가 자주 했던 제스처인 오른쪽 검지손가락을 좌우로 흔들며 목소리 톤을 높여 말했다.

"그림 값으로 퉁쳤다고? 그럼 집에 있는 그림들이 누가 그냥 준 게 아니고 모두 샀다는 거야? 그림에 문외한인 당신이 그 많은 그림을 샀다니 어떻게 된 거야?"

"내가 그림에 대해 잘 몰라도 미대 나온 강 선배가 있는데 무슨 걱정이야. 선배는 미술계의 마당발인지 유명 화가들과 친분도 두텁고 그림 가치도 빠삭하다니까. 선배 소개로 앞으로 오를 만한 화가 그림들만 아주 싸게 샀어."

"글쎄……. 거실에 걸린 그림은 얼마 주고 산 거야?"

"삼천만 원인데 반값인 천오백만 원에 강 선배가 사주었어, 지금 당장 팔아도 이천만 원은 받을 수 있는 그림이라던데. 덕분에 아트테크를 제대로 하고 있다니까."

이 말을 듣고 경재는 검색해놓았던 미술품거래사이트를 보여주었다. 거실에 걸린 그림과 사이즈, 화풍, 제작년도가 비슷한 해당 화가 그림이 천만 원이었다. 연이는 사이트에 있는 그림 값을 보더니 오백만 원이나 비싸게 산 걸 알고 충격을 받은 듯했다. "세상에 이럴 수가 있나. 그림 값이 오를 거라는 강 선배 말만 믿고 무턱대고 샀나 봐. 한번도 직접 알아볼 생각조차 안 했다니."라고 자책하며 경재가 잡을 사이도 없이 급하게 휴먼카페를 나가버렸다.

휴먼카페에서 갑자기 나온 엄마는 그림을 놓아둔 창고방으로 갔다. 가희가 열린 문틈으로 보니, 휴먼카페에서 알려준 여러 사이트를 검색해서 사놓았던 그림과 일일이 대조하느라 정신없어 보였다. 한참 지난 후, 어깨가 축 처져 방을 나온 엄마에게 가희가 무슨 일이 있냐고 물어도 대답이 없었다. 믿었던 강 선배를 통해 터무니없이 비싸게 그림을 샀다는 사실을 차마 딸한테 말할 수 없는 것 같았다. 엄마는 믿어왔던 강 선배의 숨겨진 본모습에 밀려오는 배신감을 삭이느라 그런지 며칠 동안 힘겨워하는 듯했다. 그 모습을 본 가희는 많이 안타까웠지만, 엄마가 앞으로 강 선배 말을 무조건 믿게 되지는 않을 것이라고 생각했다.

며칠 후, 경재는 연이를 휴먼카페로 초대해 마당에서 탁구시합을 했다. 강 선배에게 사기당한 것을 알고 괴로워하는 연이를 위로해주기 위해서였다. 게임에서 진 경재는 "와! 당신 탁구 실력 언제 그렇게 늘었어? 나는 이제 상대가 안 되네."라고 연이를 치켜세웠다.

"그러면 뭐해. 강 선배가 등쳐먹는 줄도 모르고 그림 많이 사서 엄청 손해 봤는데. 너무 바보 같은 짓을 한 것 같아 창피해 가희한테도 차마 말 못 하겠더라고."

"바보 같기는. 당신 같은 선량한 사람을 이용한 강 선배가 나쁜 거지. 그 여자처럼 작정하고 들이대면 나도 어쩔 수 없이 당했을 거야."

경재는 자책하는 연이를 꼭 안아주며 연이 잘못이 아니라 했다. 연이를 진정시킨 후 경재는 강 선배가 연이한테 했던 행동을 되돌아보게 했다. 자신의 실수를 감싸주는 경재의 진심 어린 말을 듣고 연이는 그동안 강 선배의 행동을 한참 동안 곰곰이 되짚어보는 듯했다.

"생각해보니 강 선배 하는 말을 무조건 믿고, 시키는 대로만 했던 것 같아. 당신이 말 안 해줬으면 모르고 계속 당했을 거야. 근데 앞으로 그 선배를 어떻게 대해야 할지 고민되네."

이런 연이를 본 경재는 강 선배에게 벗어날 수 있는 구체적인 대응 방법을 알려주는 것이 필요하다 생각했다. 연이 마음을 다치지 않게 배려하며 힘주어 말했다.

"앞으로 강 선배와는 정면으로 부딪히지 말고 자리를 피하는 것이 좋을 거야. 그냥 '생각해볼게요.' 정도의 표현으로 어물쩍 한 귀로 듣고 한 귀로 흘리는 식으로 넘기는 것이 좋겠어. 그 여자 말 무조건 믿지 말고 항상 한 발짝 물러서서 말하는 근거가 무엇인지 잘 따져봐야 한다니까. 층간소음 때문에 다퉜을 때, 강 선배가 남편이 없어 예민하다며 몰아간 것은 아무 근거도 없이 당신만 이상한 사람 만든 경우야."

"당신 말이 맞네. 당신이 없어 주눅이 많이 들었었나 봐. 강 선배가 '남편이 없어서'라는 말만 하면 내가 하는 일이 모두 잘못 된 것 같은 거야. 앞으로는 무슨 말이든 근거를 따져보고 논리적으로 생각해봐야 겠어."

경재는 연이의 '남편이 없어서'라는 말에 가슴이 아팠다. 그러나 강 선배를 객관적으로 보고자 하는 자세가 점차 자리 잡고 있는 것 같아 다행이라 생각됐다.

"강 선배가 뭔가 주장하며 당신을 다그치면 빠져나갈 구멍을 찾아봐야 돼. 그 구멍이 막히게 되면 당신은 그 여자의 노예가 되는 거야. 겁먹지 말고 아니다 싶은 건 '아니다'라고 말할 수 있어야 해. 당신이 거부의 뜻을 밝힐 때, 서운해하며 인간관계를 끊겠다고 해도 기꺼이 끊어버리는 용단을 내려야 돼. 또 제삼자들이 오히려 상황을 객관적으로 볼 수도 있으니, 그들의 얘기도 들어보는 것이 필요해."

연이는 끄덕이며 경재 말을 진지하게 곱씹는 듯했다.

휴먼카페를 자주 방문하다 보니 옛 동네가 생각난다며 엄마가 가보자고 했다. 가희는 이미 흔적조차 없이 사라졌을 동네를 보고 느낄 상실감이 두려워 주저하다, 간곡한 엄마의 청을 거절할 수 없어 동네를 찾았다. 집과 건물들이 철거되고 뒷산마저 허물어져 황량한 벌판이 된 옛 동네 모습은 참담했다. 여기저기서 포크레인이 땅을 파헤치고 있는 삭막한 소리만 들렸다. 어디서도 다정한 옛집과 '알레 마지끄'는 찾아볼 수 없었다. 폐허만 남은 옛 동네를 망연자실 바라보던 엄마는 그 자리에 풀썩 주저앉더니 고개를 묻어버렸다. 들썩거리는 엄마 어깨를 가희가 감싸 안아 일으켜 세웠다. 겨우 몸을 가누던 엄마가 한참 만에 "휴먼카페에 우리 옛집과 '알레 마지끄'가 있는데……. 폐허에 충격 받아 그 신비한 마법을 순간 깜빡했었네!"라고 웅얼거렸다. 그제야 눈물 자국이 역력한 엄마 얼굴에 여릿한 미소가 번졌다.

❊

휴가가 끝날 즈음, 가희는 엄마가 보내줬던 사진으로 강 선배 아바타가 되어 휴먼카페에서 연이를 만났다. 강 선배를 보자 이내 냉랭한 태도를 취하는 연이에게 약통을 내밀며, "탈모를 방지하고 머리카락을 굵게 해준다는 약이야. 먹어보니 효과가 있는 것 같아 소개하는데 아는 약국을 통하면 반값에 살 수 있어."라고 했다. 그동안 강 선배 말을 그대로 믿고 샀던 연이는 다른 반응을 보였다. 무슨 성분이 들어 있는지 본다며 약병을 달라 했다. 연이는 레이블을 꼼꼼히 읽더니 "약 성분을 보니 탈모 방지와는 상관없는 단순 영양제 같은데 아무래도 선배가 속은 것 같네요."라며 콕 집어 말하는 것이었다.

휴가 마지막 날, 가희는 엄마와 저녁을 먹으며 말했다. "미국 가기 전 엄마한테 고백할 일이 있어. 귀국한 다음 날도 강 선배 일로 말려도 뿌리치며 나가는 엄마가 야속했고, 집에 있는 그림들도 수상했어. 엄마 휴대폰을 허락 없이 보는 것이 마음에 걸렸지만 안 볼 수가 없었어. 강 선배와 주고받은 내용을 보고 나니 그 선배가 엄마를 조종하고 있다는 느낌이 들더라고. 분노가 치밀었어. 근데 철석같이 믿고 있는 강 선배를 무턱대고 경계해야 된다 하면 엄마가 이해 못 할 것 같아 휴먼카페에 초대했던 거야. 사랑하는 아빠를 통해 매사 엄마를 조종하고 있는 강 선배 행동을 깨닫게 하려고."

"휴먼카페에서 아빠를 만나게 되니 놀랍고 신기했어. 옛집과 '알레 마지끄'에서 아빠와 꿈같은 시간도 보내고 강 선배 행동도 돌아보게 됐어. 아빠 도움으로 강 선배가 나를 조종해왔다는 것을 깨닫게 되니,

선배에 대한 고마웠던 마음과 뒤엉켜 많이 혼란스럽고 괴로웠어."

"그랬겠지. 근데 내가 강 선배 아바타가 되어 약 사라 했더니 칼같이 따지던데. 그렇게 논리로 무장해 당차게 대응한다는 것은 혼란한 마음이 정리되고 있다는 신호야."

가희는 엄마가 잘 대처했고 앞으로 나아질 거라고 힘주어 말한 후, "내가 아빠 아바타였던 것 혹시 눈치챘어?" 하고 물었다.

"겉모습뿐 아니라 말투와 제스처도 너무 비슷해 처음에는 진짜 아빠로 착각했어. 나중에서야 아빠 아바타가 너일지도 모른다는 생각이 언뜻 들었는데, 내 자존심을 지켜주기 위한 노력이 너무 가상해 모른 척했어." 라며 손가락 하트를 보냈다.

"호호호. 역시 엄마 촉은 알아줘야 돼. 근데 앞으로 강 선배와는 거리를 두는 게 좋겠어. 대신 휴먼카페 접속해 나도 만나고 친구도 만들며 이곳저곳 여행도 다녀."

"우리 옛집과 '알레 마지끄'를 배경으로 휴먼카페 개발하고, 날 일깨우려고 아빠 아바타로 활약한 넌 나의 구원투수나 마찬가지야. 우리 딸의 갸륵한 마음 생각해서라도, 강 선배 무조건 믿지 말고 차차 멀리하면서 휴먼카페 자주 방문해야겠네." 그동안 자신을 위해 애써온 딸의 사랑에 가슴이 뭉클해졌는지 엄마는 가희 손을 꼭 잡으며 다짐하듯 말했다.

엄마의 다짐에도 불구하고, 자신이 출국한 후 가스라이팅 상황이 지속될까 염려되어, 가희는 강 선배를 만나 항의하고 엄중히 경고라도 해야 될 것 같았다. 벼르고 있었지만 강 선배가 쓰러진 친정아버지

돌보러 시골에 가 있어 쉽지 않았다. 그런 가희의 염원이 통했는지 출국 날 기회가 왔다, 엄마가 은행에 볼일이 있다며 잠깐 나간 사이 초인종이 울려 월패드를 보니 사진에서 봤던 강 선배였다. 가희는 마음 단단히 먹고 현관문을 열며 엄마가 외출 중이라고 했다. 가희가 출국한 줄 알고 찾아왔던 강 선배는 당황하며 "네…… 네가 가희구나. 오늘 출국한다고 들었는데 아직 안 갔네. 엄마 들어오시면 강 선배가 좋은 그림이 나와 알려주러 왔다 갔다고 전해줘."라고 했다. 그림이란 말을 듣는 순간 분노가 폭발한 가희는 자신도 모르게 강 선배를 세차게 몰아세웠다.

"좋은 그림이라고요? 또 바가지 씌우실 작정이세요! 미술품 거래 사이트와 비교해보니 아줌마가 그 많은 그림을 터무니없이 비싸게 사주셨더라고요. 선배라는 사람이 어떻게 우리 엄마한테 그렇게까지 사기 칠 수 있어요! 엄마한테 사과하고 빼돌린 돈 모두 돌려주세요!"

가희의 예상치 못한 거센 기세에 강 선배는 무척 당혹스러워하는 듯했다. 그러나 곧 날선 목소리로 가희를 꾸짖었다.

"미국에서 오래 공부하다 온 니가 그림 가치에 대해 뭘 안다고 말도 안 되는 소리를 하고 있어! 우울증에 빠져 친구 하나 없이 지내는 엄마를 거둔 게 누군데 고맙다고는 못 하고. 어린것이 엄마 선배한테 버르장머리 없이 두 눈 부릅뜨고 대들다니!"

"엄마를 왕따 만들어 마음대로 조종하며 노후자금 축내시고도 그런 말이 나오세요? 계속 우리 엄마 꼬드겨 바가지 씌우시면 사기죄로 고소할 거예요! 제가 곧 한국 회사로 옮겨 엄마를 지켜드릴 거예요."

강 선배의 으름장에도 아랑곳하지 않고 가희는 대차게 받아쳤다. 고소한다는 가희 말에 겁났는지 강 선배는 얼굴이 하얗게 질려 돌아섰다. 비로소 아빠 대타로 등판해 강 선배 가스라이팅으로부터 엄마를 구해낸 구원투수가 된 기분이 들었다.

조금 있으려니 은행 갔던 엄마가 들어오더니 환전한 달러가 들어 있는 봉투를 가희 손에 쥐여주었다.

"나 돈 많이 벌고 있어. 용돈 안 줘도 돼. 엄마가 손수 만들어 챙겨준 맛난 밑반찬만으로도 황송한데…" 하며 엄마의 따뜻한 품을 파고 드니 익숙한 냄새가 불쑥 코끝에 스쳤다. 이에 울컥해진 가희는 "아빠도 돌아가시고 옛집과 '알레 마지끄'도 사라졌지만, 휴가 기간 동안 엄마와 함께 통과한 '알레 마지끄'는 엄마와 나를 잇는 통로로 늘 가슴 깊이 남아 있을 거야."라고 입술을 달싹거리며 눈가가 젖어들었다.

무한의 오로라

이 하 언

『평화신문』신춘문예에 소설 당선으로 등단.
소설집『검은 호수』발간. 평사리문학대상 수상.
한국미니픽션작가회 회장 여인.

무한의 오로라

혜진은 흑갈색 머리카락에 발레복을 입고 무대에서 춤을 추고 있었다. 대부분의 다른 아바타들처럼 비정상적일 만큼 긴 다리와 긴 팔, 가는 허리를 가진 혜진의 몸짓은 깃털처럼 가볍고 물고기처럼 유연했다.

아이디는 오로라. 내가 지어준 이름이다.

나는 침대에 누운 혜진을 보았다. 혜진은 디즈니 만화에 나오는 잠자는 공주 오로라처럼 잠들어 있었다. 잠든 혜진의 양쪽 귀에는 기석이 만든 헤드셋이 씌워져 있다.

초등학교 친구인 기석은 어릴 때부터 손재주도 좋았고 기발한 아이디어가 많았다. 무언가가 필요한 게 있을 때 나는 살 수 있는 곳이 어디인지를 알아보았지만 기석은 어떻게 만들까를 먼저 생각했다. 기석 집에 놀러 가보면 다른 데서는 보지 못한 온갖 장난감들이 많았다, 산 것은 극소수이고 대부분 직접 만든 것들이었다.

멘사 회원이었지만 기석은 대학에 진학하지 않았다. 자신이 하고 싶은 것은 학교에 있지 않다고 했다. 기석은 자신의 상상을 현실로 만드는 데 전념했고 실제 여러 가지들을 발명하기도 했다.

기석이 오감을 느끼는 아바타를 만들겠다고 했을 때 나는 조금 시큰둥했다. 새로울 것도 없는 이야기였다. 지금도 많은 가상공간에서 아바타라는 이름의 분신들이 활동하고 있었다. 기석은 그런 아바타와는 다르다고 하며 물었다.

"넌 지금 네가 살아 있다는 사실을 어떻게 알아?"

꽤 철학적인 질문이었다. 먹는 거? 숨 쉬는 거? 이런 질문에 대한 적절한 답을 생각하는 거? 하지만 기석은 그런 단순한 대답도, 그렇다고 엄청나게 심오한 대답을 기대한 건 아니었다.

"그건 네게 오감이 있어서야. 시각, 청각, 미각, 후각, 촉각 같은. 그게 없다면 살아 있다 해도 자신이 살아 있다는 사실을 알 수가 없어. 네가 보고 있는 내가, 네가 듣고 있는 내 목소리가 왜 기석이라고 생각해? 그건 네 시각과 청각이 나를 네 친구 기석이라고 알려주었기에 그런 줄 아는 거잖아. 내가 만들고자 하는 게 그런 거야. 존재하지 않는 것을 존재하는 것과 똑같이 느끼게 뇌파를 조작하는 거지."

그리고 그것을 현실화시켰다고 전화를 해 온 건 얼마 전이었다.

퇴근 후 나는 기석의 오피스텔을 찾았다.

기석의 오피스텔은 다른 때처럼 발 디딜 곳 없이 온갖 잡동사니로 빼곡했다. 그 잡동사니 틈에서 꺼내온 것은 하얀색 헤드셋이었다. 어디서나 볼 수 있는 평범한 외관이었다. 실망하는 내 표정을 본 기석이 열심히 설명했다.

"이건 뇌를 활성화시켜서 뇌파만으로 사물의 조작이 가능하게 해주는 거야. 쉽게 말하자면 생각만으로 모든 걸 느끼고 움직일 수 있다는 거지."

뇌 임플란트와 비슷한 기술이라고 했다. 하지만 뇌 임플란트는 실현이 어려웠다. 복잡한 뇌를 조금도 건드리지 않고 칩을 심는다는 건 불가능에 가까웠기 때문이었다. 그렇게 심어졌다 쳐도 다음에는 뇌가 해킹을 당할 위험을 걱정해야 했다. 뇌가 해킹당하다니. 생각만 해도 끔찍스러운 일이 아닌가.

기석은 자기 것은 헤드셋 모양이므로 뇌를 건드리지 않는다고 자랑했다. 필요할 때만 쓰고 언제든 벗어버릴 수 있다고 하며 덧붙였다.

"때로는 가장 고전적인 게 가장 첨단일 수가 있다고."

그래서 우리는 가장 고전적인 게임 테트리스를 이용하여 헤드셋 성능을 시험하기로 했다.

만들어진 헤드셋은 하나뿐이었기에 노트북을 헤드셋과 동기화시켜 놓고 둘이 번갈아가면서 했다. 도형은 쉬지 않고 떨어져 내렸고 순식간에 게임은 끝이 났다. 손가락은 까닥하지 않고 떨어지는 도형만 노려보고 있자니 바보가 된 기분이었다.

한 번만 더 해보고 진짜 그만둬야지, 하는 그때 나는 미세하게 움직이는 도형을 보았다. 도형은 순식간에 다 쌓이고 게임은 다시 끝이 났다. 하지만 분명히 도형 하나가 왼쪽으로 움직여져 있었다.

"와우~"

성공이라며 기석이 환호성을 질렀다. 그게 전부였다. 그 이후 나는 물론 기석도 단 하나도 움직이지 못했다.

오피스텔을 나서기 전 기석은 내게 헤드셋을 주었다.

"계속 시도해봐. 넌 한 번 성공해봤잖아. 그동안 난 뇌파를 더 강력하게 잡을 수 있는 헤드셋을 만들 거야."

집에 온 후 헤드셋은 뒤로 밀려버렸다. 그럴 시간이 없었다. 기석은 자기 하고 싶은 일에만 전념할 수 있지만 나는 엄연한 직장인이었다. 나는 게임 개발자라는 나의 일을 아주 사랑하고 있었다. 신제품을 개발하느라 밤을 새우고, 신제품이 출시되면 소비자 반응을 보고 스트레스도 받고, 동료들과 밤새워 게임을 같이 하며 문제점이나 보완점을 확인해보다가 코피가 터지기도 하지만 내가 하고 싶은 일을 하기에 불만은 없었다.

출근 후 한창 바쁘게 일하는데 핸드폰이 울렸다. 낯선 번호였다. 통화를 누르자 휴대폰 안에서 낯선 여자의 목소리가 들려왔다.

"실례지만 공지환 씨이신가요?"

"누구신지요?"

"혹시 주혜진이라고 아나요."

준비 안 된 상태에 어퍼컷이라도 맞은 것 같았다. 주혜진, 한시도 잊은 적 없던, 그 이름을 생각하는 것만으로도 가슴이 아픈, 하지만 억지로 의식에서 밀어내던 이름이었다.

"전 주혜진의 동생 혜령이에요."

만난 적은 없지만 알고 있는 이름이었다. 혜진의 부모는 교통사고로 동시에 죽었다. 갑자기 고아가 되어버린 혜진은 오직 하나밖에 없는 자신의 혈육 혜령에 대해 종종 이야기했다.

"죄송하지만 언니를 보러 와주실 수 없을까요? 언니는 지금 입원해 있어요."

수년 만에 처음 들은 소식이 너무 아팠다. 당장 달려가보고 싶었다. 그동안 어떻게 살았는지 묻고 얼마나 아픈 건지 확인하고 싶었다. 하지만 내 이성이, 옛 연인이었던 내가 다른 남자 아내의 병문안을 가서는 안 된다고 말렸다. 혜진은 나와 헤어진 후 얼마 있지 않아 결혼을 했다. 아이도 낳았다고 들었다.

"언니가 있는 곳은 요양원이에요. 그리고……."

혜령은 틈을 두더니 매우 힘들게 다음 말을 이었다.

"언니는 지금, 식물인간 상태예요."

연이어 후려치는 어퍼컷에 나는 비틀댔다.

"전화하기 전에 한참 망설였어요. 하지만 아무리 생각해도 언니를 도와줄 사람은 공지환 씨밖에 없을 거 같았어요."

"하지만 남편 분이……."

혜령이 당황했다.

"아, 죄송해요. 아시는 줄 알았어요. 이혼한 지 오래됐어요."

"아이도…… 있다고 들었는데."

"죽었어요. 형부의 음주운전 때문에. 언니는 그 아이를 정말 사랑했어요."

혜령은 요양원 마당의 벤치에 앉아 나를 기다리고 있었다. 나를 보자 일어서는 혜령의 모습은 마치 혜진을 보는 듯 닮아 있었다. 혜령도 나를 금방 알아보았다.

"두 분 사귀실 때 언니가 사진을 많이 보여주었어요."

그 사진들. 내게는 한 장도 남아 있지 않았다. 혜진이 결혼했다는 소식을 듣던 날 나는 술에 만취하여 밤새 울었다. 그리고 내게 있던 혜진의 흔적들을 모두 없앴다.

혜령은 내게 핸드폰을 내밀었다.

"언니 거예요. 며칠 전에야 겨우 암호 패턴을 풀었어요. 핸드폰 안에 연락처를 보세요."

연락처에는 딱 두 사람의 번호만 있었다. 혜령과 나. 내 핸드폰에는 혜진의 번호가 없다. 나는 혜진의 다른 모든 것과 함께 번호도 지웠다.

"언니는 강에 몸을 던졌어요. 낚시하던 낚시꾼이 발견하는 바람에 생명은 구할 수 있었지만 의식까지 구하지는 못했어요. 유서는 없었어요. 언니의 휴대폰에는 모든 게 삭제되고 남아 있는 건 그게 전부예요."

혜진이 마지막 순간 이 세상에서 기억하고 싶었던 사람은 혜령과 나 둘뿐이었던가.

병실에는 네 개의 침대가 있었고 혜진은 제일 안쪽 침대에 누워 있었다. 각 침대마다 커튼으로 독립성을 유지할 수 있게 되어 있었다. 수년 만에 만난 혜진은 잠자고 있었다.

"안녕, 혜진아. 나야."

그다음 말이 나오지 않았다. 할 말이 너무 많아서 할 말이 없었다.

왜 나를 믿어주지 않았느냐 원망도 하고 싶고 미안하다 사과도 하고 싶었다. 날 떠났으면 행복하게 살 일이지 왜 이런 모습으로 다시 나타났냐고 따지고도 싶었다.

귀는 열려 있을 거라 믿고 싶다고 혜령은 말했다. 그래서 여기 오면 늘 책을 읽어주거나 이야기를 건다고 했다. 별일 없으면 매주 월요일 혜진을 찾아온다고 하기에 나는 일요일에 오겠다고 했다.

늘 같았다. 혜진은 자고 있었고 나는 그런 혜진 옆에서 한 시간을 앉아 있다가 돌아오곤 했다. 하지만 혜진의 숨소리를 옆에서 듣는 것만으로도 마음이 편했다. 혜진이 말을 할 수 있다면 내게서 무슨 이야기를 듣고 싶어 할까? 그래서 그 대답을 해주기도 했다.

"난 게임 개발 회사를 다니고 있어."

회사 일은 재미있냐고 물을 거 같다.

"가끔 힘들 때도 있지만 그런대로 재미있어. 내 적성에는 잘 맞아."

한참 후 다시 말했다.

"참, 난 아직 결혼하지 않았어."

또 덧붙였다.

"너 때문은 아니야. 미안해하지 마. 그냥 그렇게 됐을 뿐이야."

어쩌면 너 때문이었어, 라고 진실을 말해주는 게 더 위로가 되었을지 모른다 생각하는데 문득 손가락이 꿈틀하는 거 같았다. 잘못 봤나? 유심히 보는데 혜진이 다시 손가락을 움직였다. 나는 흥분하여 혜령에게 전화를 했다.

"혜진이 손가락을 움직였어요. 깨어나려는가 봐요."

"아, 그거요."

같이 환호성을 지를 줄 알았는데 의외로 혜령은 시큰둥했다.

"저도 처음엔 깜짝 놀랐어요. 근데 아니래요. 뇌는 살아 있기 때문에 하는 무의식적인 의미 없는 행동이래요. 어떨 땐 눈을 뜨기도 해요."

전화를 끊은 후에도 혜진은 한참 손가락을 꼼지락댔다.

그다음 주에 병실로 들어가 혜진 옆에 앉다가 나는 깜짝 놀랐다. 혜진이 눈을 뜨고 나를 보고 있었다. 오래전 이별을 통고할 때 같은 쓸쓸한 눈이었다.

혜진은 결혼을 반대하는 내 부모를 견뎌내지 못했다. 고아라는 게 가장 큰 반대 이유였다. 난 설득할 자신이 있다고, 날 믿고 기다리라고 했지만 혜진은 고개를 저었다.

"견뎌낼 수가 없어. 죽을 것만큼 고통스러워."

그리고 얼마 있지 않아 혜진은 만난 지 한 달밖에 되지 않은 남자와 결혼했다. 나에게서 완전히 떠나가기 위해서였다.

"나야, 알아보겠어?"

대답은 없었고 잠시 후 혜진은 다시 눈을 감았다. 가슴이 미어지는 듯 아파왔다.

다음 주에 갔을 때 나는 헤드셋을 꺼냈다.

"너 기석이 알지? 이거 기석이가 만든 건데 시험 작동 해달라고 하네."

기석은 그동안 수시로 전화나 문자를 보내 어떻게 되어가느냐고 물었다. 혜진이 나타났고 식물인간 상태라는 소식에 놀라워하긴 했지만 잠깐뿐이었다. 기석의 관심은 헤드셋 성공 여부밖에 없었다.

"여기서 해봐도 되겠지? 기석이 하도 졸라대서 말이야."

나는 혜진에게 테트리스를 작동시키려 한다고 설명하고 내가 단 한 번밖에 성공하지 못했다고도 이야기해주었다. 헤드셋을 끼고 열심히 테트리스 도형들을 노려보았다. 도형은 순식간에 쌓이고 게임은 끝이 났다.

다시 시작하는데 문득 도형이 움직였다. 분명히 옆으로 이동한 도형을 확인하자 성취감으로 짜릿했다. 돌아보니 혜진이 눈을 뜨고 있었다.

"혜진아 봤어? 분명 움직였지?"

혜진은 여전히 대답이 없었다. 눈뜬 혜진을 보면 이제는 처음만큼 흥분하지는 않았다. 그동안 혜진은 몇 차례 손가락을 까닥댔고 눈도 뜨곤 했다. 본능적인 행동일 뿐이라는 혜령의 말을 나도 조금씩 받아들이고 있었다.

연이어 또 하나의 도형을 움직였다.

어쩌면 외부와의 자극이 차단된 혜진과 함께 있어서인지 모른다. 나는 헤드셋을 혜진의 귀에 씌워주었다.

"너도 한번 해봐. 손은 사용하지 않고 생각만으로 움직이는 거니 너도 할 수 있을 거야."

가만히 나를 보더니 혜진이 스르르 눈을 감았다. 헤드셋을 쓴 혜진을 보니 먹먹해졌다. 혜진의 의식은 어디에서 서성대고 있는 걸까.

시계를 보니 면회 시간이 끝나가고 있었다.

핸드폰을 닫으려던 나는 멈칫 손을 멈추었다. 테트리스 도형이 옆으로 움직여져 있었다. 아까 내가 움직였던 거였나? 아무리 기억을 더듬어도 아니었다. 혜진의 머리에 헤드셋을 씌울 때 분명 새로 시작한 게임이었다.

"이거 정말 네가 움직인 거야?"

물었지만 혜진은 눈을 감고 있었고 여전히 아무 말이 없었다. 나는 고개를 내저었다. 혜진이 했을 리가 있나. 내가 착각했겠지.

병원을 나오면서 기석에게 전화를 했다. 두 번이나 도형을 움직였다고 보고하자 기석이 환호성을 질렀다.

"와우~ 굿 잡!"

"어쩌면 세 번일지도 몰라. 혜진에게도 헤드셋을 씌웠는데 도형이 움직여져 있었거든. 혜진이 했을 리는 없고 기계의 오류이든지 내가 했던 걸 착각한 걸 거야."

"혜진 씨에게 헤드셋을 씌웠다고? 그거 좋은 생각인데. 아, 당장 혜진 씨를 만나러 가봐야겠어."

기석이 지나치게 흥분하는 거 같아 나는 현실을 인식시켜주었다.

"아무나 들어갈 수 없어. 면회 시간도 정해져 있고 사전에 등록된 면회자만 들어갈 수 있어."

집에 도착하니 기석이 문 앞에서 기다리고 있었다. 내 뒤를 따라 집 안으로 들어오며 들뜬 목소리로 말했다.

"좀이 쑤셔 그냥 있을 수가 있어야지.

괜히 혜진까지 거론했다고 후회했지만 이미 늦었다.

"혜진 씨, 식물인간 상태라고 했지?"

기석의 귀에는 이미 다른 말이 들어가주질 않았다.

"네 전화 받고서야 생각났어. 혜진 씨야말로 내 헤드셋을 시험해볼 가장 적당한 대상이라는 걸."

"무슨 소리 하려는 거야."

"생각해봐. 식물인간은 일상생활은 못 하지만 뇌는 살아 있다는 거잖아. 그러면 뇌파도 살아 있다는 거 아냐. 어쩌면 우리들보다 더 강한 집중된 뇌파를 가졌을지 몰라. 외부와의 자극에 완전히 보호되었으니 말이야. 그러니 혜진 씨에게 헤드셋을 씌운 뒤 테트리스가 움직여진 거야."

"내 착각이었다니까!"

"아냐, 네 착각이 아니야. 기계 오류는 더더욱 아니고. 분명 혜진 씨가 움직인 거야."

하! 한숨을 내뱉었다.

"혜진이를 괴롭히고 싶지 않아."

기석은 물러서지 않았다.

"괴롭히다니. 그 반대야. 이게 혜진 씨가 그 속에서 빠져나올 수 있는 문이 되어줄지 몰라. 혜진 씨는 의식이 어딘가에 갇혀서 나가는 곳을 찾지 못하고 있는 거잖아. 이 헤드셋은 뇌파가 외부의 간섭이 완벽히 차단되었을 때 더욱더 잘 작동될 거고."

기석은 그 후에도 계속 열변을 토했고 어느새 나는 기석에게 설득되어가고 있었다.

다시 일요일이 되자 헤드셋을 가지고 혜진을 찾아갔다. 나는 혜진의 머리에 헤드셋을 씌워주었다.

"내 핸드폰을 헤드셋과 동기화시켜 가상공간으로 연결시켰어. 네 아이디는 오로라야. 비밀번호는 네 생일이고. 이게 네 의식이 현실로 돌아오는 길을 찾아줄 수 있었으면 좋겠어."

내가 연결시켜준 가상공간은 우리 회사가 새로 개발한 '무한한'이었다. 근래 여러 IT 회사들이 메타버스 가상세계를 만들고 있었고 우리 회사도 뒤늦게 뛰어들었다. 가입한 회원들이 여러 쇼핑몰에서 여러 가지 아이템들을 사고 각자의 커뮤니티나 각자의 공간을 가지고 게임을 즐기는 등 다른 가상공간과 크게 다르지는 않지만 무한한의 아바타는 사람들의 실사에 가장 근접한 모습을 하고 있다는 점이 특색이었다. 대부분 구등신이고 균형 잡힌 체격들만 빼면 모두 어디선가 보았을 거 같은 친근한 모습의 아바타들이 유저가 불러주기만 기다리고 있었다. 그리고 무한한 속에선 자신이 만들고 싶은 세상도 만들 수 있었다. 나는 그중 혜진을 가장 닮은 아바타를 골랐다. 그리고 혜진에게 사주고 싶었던 화려한 원피스를 구매해서 입혔다.

그런 후 나도 핸드폰을 터치해서 무한한에 들어갔다.

무한한 안에서는 말 그대로 무한한 세상이 펼쳐져 있다. 그 안에서는 불가능은 없었다. 원하는 세상을 만들기 위한 아이템들이 무수하게 구비되어 있어 돈만 지불하면 사지 못할 것이 없었다. 따라서 가장 자본주의적인 사회이기도 했다.

혜진의 머리에 헤드셋을 씌웠다. 기석이 열변을 토했던 것과 같이 특별한 기대를 한 건 아니었다. 헤드셋이 주는 자극들이 혜진의 뇌를 활성화시키는 데 도움이 될 수도 있겠다는 생각이 들어서였다.

나는 개발자의 아이디로 무한한에 접속했다. 개발자는 유령인간 같은 존재들이었다. 무한한의 보완과 활동하는 아바타들에게 발생하는 문제점을 파악하기 위해 어디든 제약 없이 돌아다닐 수 있지만 아바타는 없으므로 무한한의 세계를 즐길 수는 없었다.

자주 들어가지는 않지만 한 번씩 무한한을 둘러보며 점검하는 것도 나의 업무 중 하나였다. 이곳저곳을 다니며 유저들이 가지는 커뮤니티와 대화, 그들이 만들어가는 또 다른 세상을 둘러보다가 나는 오로라를 찾아갔다.

순간 내 눈을 의심했다. 오로라가 움직이고 있었다. 혜진처럼 오로라도 내가 만든 그 모습 그대로 그 자리에 서 있을 거라고 생각했는데 어찌 된 걸까?

나는 혜진을 보았다. 헤드셋을 쓴 혜진은 여전히 자고 있었다.

"정말 네가 움직이고 있는 거니?"

혜진은 대답 없고 무한한 속의 오로라는 어디론가 가고 있었다. 오로라의 뒤를 따라가니 예쁜 집이 나왔다. 오로라는 그 집으로 들어갔다. 어딘가 익숙한 느낌의 집이었다. 기억났다.

오래전, 혜진이 지방 소도시에서 살았던 어린 시절 사진을 보여준 적 있었다. 부모와 혜령과 함께 살았을 때 무척 행복했다고 혜진이 말했던 바로 그 집이었다.

나는 오로라를 따라 집 안으로 들어갔다. 세 살 정도 되는 아기가

아장아장 걸어 나와 오로라에게 안겼다. 아이의 방울 같은 웃음소리
가 귀에 들리는 거 같았다. 아이를 꼭 안은 오로라는 행복해 보였다.
거실에 나이 지긋한 남자가 앉아 있었다. 남자는 오로라와 아기를 보
며 미소를 짓고 있었다. 부엌에도 사람이 보였다. 들어가 보니 중년 부
인이 음식을 하고 있었다. 사진으로 본 적 있는 혜진의 부모들이었다.
이들은 아바타가 아니라 내가 사진에서 본 실제 혜진 부모 모습들 그
대로였다. 그들은 식탁에 마주 앉아 도란도란 이야기를 나누며 식사
를 시작했다. 아기는 오로라의 품에서 떨어지지 않았고 오로라도 아
기를 품에서 떼어낼 생각이 없는 거 같았다. 음식 냄새가 내 코에도 맡
아지는 듯했다. 그들의 정다운 이야기 소리가 귀에 들리는 듯했다.

　현실에는 존재하지 않았던, 그러나 혜진이 그토록 갈구하던 것들이
무한한 속에서 펼쳐지고 있었다. 강에 몸을 던지기 전 핸드폰에 마지
막으로 남겼던 이름, 혜령과 나는 그 공간에 없었다.

　면회 시간이 끝나고 병실을 나서기 전 헤드셋을 벗겼다. 혜진의 행
복한 꿈을 빼앗는 듯했다.

　한 주가 그토록 길 수가 없었다. 일요일이 되자 나는 다시 혜진을
만나러 갔다. 혜진이 내가 병실을 들어서는 순간 눈을 번쩍 떴다. 날
기다렸던 걸까? 나는 혜진의 귀에 헤드셋을 씌워주었다. 혜진은 다시
눈을 감았다. 혜진이 기다린 건 내가 아니라 헤드셋이었던 거 같다.

　이번에는 나도 설계자가 아닌 내 아바타 '어론'의 아이디로 접속했
다. 아바타로라도 혜진을 만나기 위해서였다. 하지만 수많은 아바타
중 한 명이 되니 오로라가 있는 곳을 찾을 수가 없었다. 나는 아바타

찾기에 오로라 아이디를 입력했다. 아무것도 나오지 않았다. 오로라가 내 부름에 응해주지 않은 것이다. 무한한은 상대가 부름에 응해주지 않으면 알 수가 없게 되어 있다. '어론'을 혜진이 알 리가 없다는 생각이 뒤늦게 들었다. 나는 비밀 채팅으로 설정해서 다시 오로라를 불렀다.

"난 지환이야. 혜진아, 대답해줘."

기다렸지만 여전히 대답은 없었다. 나는 다시 설계자 아이디로 바꾸고 오로라를 찾아보았다. 어느 공연장이었다. 오로라가 무대에 서서 춤추고 있었다. 한때 발레리나를 꿈꾸었다던 혜진이었다. 부모가 일찍 죽지 않았다면 아마 발레리나가 되었을 거라고 했다. 오로라는 내가 사준 분홍색 원피스 대신 화려한 발레복을 입고 있었다.

공연장은 크고 화려했다. 현실에서는 몇 년이 걸릴 공사지만 무한한 속에서는 한 시간도 걸리지 않는다. 생각만으로 접속하는 오로라는 몇 분도 걸리지 않고 만들 수 있을 것이다.

관람객은 많지 않았지만 공연은 무대장치나 모든 게 일반 공연에 뒤지지 않았다.

우아한 춤사위가 끝났다. 나는 힘껏 박수를 쳤다. 하지만 무한한 안에서 나는 투명인간일 뿐이었다. 관객들의 반응도 나쁘지 않아 보였다.

나는 고개 돌려 혜진을 보았다. 혜진의 손가락이 꼬물댔다. 나는 무심히 손가락을 바라보았다. 한참 후 조용해졌다.

병원에서 나오는 즉시 기석의 오피스텔을 찾아갔다.

"새로 만든다는 헤드셋 당장 사용했으면 좋겠어."

"왜?"

"혜진이 무한한 속에 있어. 현실과 가상공간을 오고 가는 다른 아바타들과 달리 혜진은 오직 그곳에서만 존재하는 거 같아."

"야홋!"

기석이 소리쳤다.

"내 헤드셋이 성공했구나! 그렇지?"

"그런데 접촉할 수가 없어. 나는 터치로 들어가는데 혜진은 뇌파로만 들어가니 길이 다른 거 같아. 마치 다른 차원에 존재하는 거처럼. 나도 헤드셋으로 들어가봐야 할 거 같아."

기석이 작업실에 들어가더니 헤드셋을 들고 나왔다. 검은색이었다.

"뇌파 활성도를 좀 더 높이긴 했는데 아직 성공 여부는 모르겠어."

헤드셋을 받고 나오려는데 기석이 말했다.

"네가 면회 가는 시간이 일요일 다섯 시지?"

"왜?"

"나도 들어가볼 거야. 외부 자극과 완벽하게 차단된 사람의 뇌파는 어느 정도 활성화되는지 알고 싶어."

다음 일요일, 나는 두 개의 헤드셋을 가지고 갔다. 하얀색은 혜진의 귀에 씌워주고 나는 검은색 헤드셋을 썼다. 하지만 버퍼링만 계속 났다. 새 헤드셋 역시 뇌파를 잡기에는 아직 약했다. 결국 헤드셋으로 들어가는 건 포기하고 예전처럼 터치로 무한한 안으로 들어갔다.

오로라는 자신의 집으로 가고 있었다. 문을 열자 아기가 뛰어와 오로라의 품에 안겼다. 오로라의 부모가 웃으며 오로라를 반겼다. 그들은 오로라가 있어야 존재할 수 있는지, 오로라와 별개로 무한한 속에서 계속 존재하고 있는 건지 궁금해졌다.

오로라를 기다린 듯 식탁에는 밥이 차려져 있었다. 식사를 하며 오손도손 이야기 나누는 가족들을 보자 그들은 오로라와 별개로 무한한 속에서 존재하고 있었고 오로라가 오는 시간을 기다리고 있다는 느낌이 들었다. 오로라는 그들과 무언가 대화를 하고 간간이 웃기도 했다. 기석의 말대로라면 오로라는 저 음식들의 맛을 느끼고 냄새도 즐기고 있을 것이다.

오로라가 아이와 부모와 함께 차를 탔다. 오로라가 운전대를 잡았다. 여행을 하려는지 차 트렁크에는 갖가지 여행 물품들이 가득했다. 무한한에서 시공간 이동에는 비용이 들지 않는다. 하지만 소모품 아이템은 구입해야 한다. 오로라의 옷은 또 바뀌어 청바지에 캐주얼한 티셔츠였다.

기기를 통해 입장하는 일반 아바타와 달리 뇌파로 활동하는 오로라는 무한한의 자본주의적 개념에서도 자유로운 게 틀림없었다. 오로라는 유럽을 여행하고 있었다. 그 또한 혜진이 꿈꾸던 것이었다. 혜진은 내게 유럽 배낭여행을 제안한 적 있었다.

나는 잠든 혜진을 보았다.

그토록 사랑했다던 아이가 품안에 있고 그리워했던 부모도 곁에 있고 꿈꾸던 발레리나로 살며 여행을 즐기는 오로라. 혜진은 무한한 안에서 완벽한 삶을 누리고 있었다.

꿈을 꿀 때 자신이 꿈속에 있다는 걸 알지 못한다. 내게도 행복한 꿈에서 깨어났을 때 실망했던 기억들이 있다.

나는 오로라를 만나려는 내 욕심을 내려놓기로 했다. 혜진에게 왜 나를 믿지 못했냐고, 왜 그렇게 떠나버렸는지 따지고, 그동안 내가 얼마나 그리워했는지 말하고, 끊어졌던 사랑을 다시 이어보고 싶었던 간절한 마음을, 혜진의 행복한 꿈을 지켜주기 위해 접기로 했다.

잠자는 혜진이 내 옆에 있다. 그것이면 됐다.

"오로라를 만났어?"

스톤이라는 아이디가 음성으로 말을 걸어왔다. 기석이었다.

"헤드셋으로 들어왔어?"

"뇌파로 잡으려니 머리가 빠개질 거 같아서 예전 방식으로 입장했어. 그런데 아이디로는 찾을 수가 없네. 오로라를 만나려면 어떻게 해야 하는 거야?"

"오로라는 자신의 세계에 아무도 들여놓을 생각이 없는 거 같아. 나는 개발자 아이디로 들어와서 따라다니고 있어. 스토커인 거지."

"그래? 그렇다면 또 다른 방법이 있지."

섬뜩한 생각이 들었다.

"설마 해킹하려는 건 아니겠지?"

기석의 대답이 없었다. 나는 소리쳤다.

"하지 마! 혜진을 내버려둬!"

"가상세계 안에서라도 혜진 씨를 만나고 싶다며. 그걸 내가 도와주겠다는데 왜 이래."

"혜진은 자기가 만든 세상이 우리들 때문에 침해되기를 바라지 않는 거 같아. 난 혜진의 세상을 지켜주고 싶어."

"낭만적 발언이네. 하지만 세상을 발전시키는 건 낭만이 아니라 이성과 과학이야."

"그만두라면 그만둬! 남의 세계를 비집고 들어가는 건 바이러스일 뿐이야. 그리고 바이러스의 끝은 그 세계의 파괴이고."

"이 일이 어떻게 시작된 건지 잊은 거 같네. 혜진 씨가 쓰고 있는 혜드셋은 내 거야. 내겐 헤드셋이 어떻게 작동되고 있는지 확인해볼 권리가 있고."

제 말만 하고 기석은 나가버렸다.

오로라의 자동차는 영국으로 가는 배 안에 있었다. 오로라는 아기를 안고 머리카락 흩날리며 대서양의 바닷바람을 맞고 있었다. 갑자기 오로라의 얼굴이 굳었다. 오로라 앞에 스톤이 서 있었다. 나는 놀라 벌떡 일어났다.

기석이 기어코 해킹해서 들어갔다. 기석에게 접속해서 소리쳤다.

"뭐 하는 거냐! 당장 거기서 나와!"

"기다려봐. 네가 원하는 대로 혜진 씨를 만나게 해줄 테니."

"원하지 않는다고 했잖아!"

"그럼 구경만 해."

"누구세요? 왜 앞을 막는 거예요?"

기석의 스피커를 통해 오로라의 목소리가 들렸다. 처음으로 들은 혜진의 목소리. 뭉클했다. 나는 반사적으로 고개를 돌렸다. 혜진은 새근새근 잠자고 있었다.

"공지환 알죠? 난 그 친구 기석이에요. 여기선 스톤이지만."

오로라가 멈칫했다.

"지환인 혜진 씨를 만나고 싶어 해요. 하지만 이 속으로 들어오질 못하고 있어요. 혜진 씨가 초대를 해줘야 들어올 수가 있어요."

"초대라니요?"

오로라가 혼란스러운 얼굴이 되었다.

"지환이 혜진 씨를 만나려면 아바타의 모습으로 여기를 들어올 수밖에 없어요. 왜냐하면 현실의 혜진 씨는 지금 식물인간 상태이니까요."

"말하지 마!"

소리쳤지만 이미 늦었다.

"여긴 가상세계거든요. 여기에 있는 모든 사람들은 실제가 아니라 아바타일 뿐이고요."

오로라가 품안의 아기를 꼭 안았다.

"내 부모, 내 아기들은 아바타가 아니에요! 난 달콤한 아기의 냄새도, 체온도 느끼고 있어요."

기석이 자랑스레 말했다.

"모두 내가 만든 것들이에요. 기억 안 나요? 저들은 이미 죽었고 현실 세계에는 존재하지 않는다는 걸. 혜진 씨가 여기에 불러 만든 허상인 것을."

"안 돼!"

나는 소리쳤다.

"기석아, 제발 그만둬."

"하지만 걱정 마세요. 내가 이곳에 새로운 세상을 창조해줄 수 있으니까요. 날 이곳에 불러주기만 하면 돼요."

오로라의 얼굴이 파랗게 질려가고 있었다.

으음……. 신음 소리가 들렸다. 반사적으로 돌아보니 혜진이 신음을 하고 있었다. 혜진의 얼굴이 오로라처럼 공포에 질려 있었다. 혜진의 머리에 씌워진 헤드셋이 비로소 눈에 들어왔다. 나는 얼른 헤드셋을 벗겼다. 순식간에 무한한 안에서 오로라가 사라졌다. 오로라가 타고 있던 유람선도 사라지고 아무것도 없는 흰 공간만 남았다. 그 속에서 스톤이 두리번대고 있었다.

혜진이 갑자기 눈을 번쩍 떴다. 나와 눈이 마주쳤다. 혜진은 금방이라도 비명을 지를 듯한 표정으로 나를 보았다.

"혜진아, 미안하다."

나의 사과를 들은 혜진이 다시 눈을 감았다.

"이젠 널 행복하게 해줄 수 있어. 나를 믿고 이제는 그 속에서 나와줘. 너의 목소리를 듣고 네 체온을 느껴보고 싶어."

혜진의 눈꼬리를 타고 눈물이 흘러내리고 있었다. 나는 손으로 혜진의 눈꼬리에 흐르는 눈물을 닦아주었다.

다음 날, 회사에 막 출근하여 자리에 앉는데 핸드폰이 울렸다. 혜령의 이름이 찍혀 있었다. 까닭을 알 수 없는 불길함이 온몸을 휩쌌다. 벨이 수차례 울리고 난 뒤 전화를 들었다. 핸드폰 너머 혜령의 목소리가 들려왔다.

"언니가 죽었어요."

숨이 막혀왔다. 혜령의 목소리가 머릿속에서 윙윙댔다.

"마지막 인사를 하려고 저를 기다렸던 거 같아요. 제가 들어가자 눈을 뜨고 저를 보더니 조용히 눈을 감았어요, 마치 촛불이 꺼지듯 그렇게 떠나갔어요."

혜령은 내게 고마웠다고도 했고 무언가 더 말했지만 들리지 않았다. 수천 마리의 벌 떼가 머릿속에서 윙윙대고 있었다. 온몸에서 피가 빠져나가는 거 같았다.

혜진이 또 나를 떠나갔다. 이번에는 영원히 떠나갔다. 혜진은 끝내 나를 믿어주지 않았다.

나는 무의식적으로 무한한에 접속했다. 내 검지가 검색창에 '오로라'를 찍는 걸 보자 두려워졌다. 혜진의 부재를 확인하고 싶지 않았다. 하지만 나의 검지는 '취소' 대신 '확인'을 클릭하고 있었다.

순간 나는 내 눈을 의심했다. 혜진이 있었다! 오로라가 아니었다. 혜진이었다.

혜진은 가족들과 놀이공원에 있었다. 오래전 나와 같이 놀러 간 적 있던 곳이었다. 나하고 같이 탔던 회전목마에 혜진은 아기를 안고 타고 있었다. 혜진의 부모들은 회전목마 밖에서 활짝 웃는 얼굴로 지켜보고 있었다. 무한한 속에서 아기는 조금 더 자라나 있었다.

혜진은 회전목마 밖의 부모를 보며 웃고 있었다. 혜진은 왜 내게서 늘 떠나가는 걸까.

참았던 원망이 눈물로 터져 나왔다. 이제 내가 혜진을 위해 해줄 수 있는 일은 없었다. 괴롭지만 이 마지막 이별을 받아들여야 했다.

회전목마가 돌면서 혜진의 시선 방향이 바뀌어갔다. 혜진의 시선이 정면에 가까워지고 있었다. 마침내 혜진과 시선이 마주쳤다. 나는 혜진에게 말했다.

"부디 이번에는 너의 선택이 옳았기를 바라."

혜진의 얼굴에 웃음기가 걷어지고 있었다. 나는 혜진의 시선을 놓치지 않으려 애를 쓰며 말했다.

"사랑해. 영원히."

혜진의 얼굴에 처음에는 놀라움이, 다음에는 슬픔이, 그리고 그리움이 물감처럼 번져가고 있었다.

타터, 스스로 죽다

허 정 수

『월간문학』 제45회 신인문학상으로 등단.
장편『뜨거운 잠』, 소설집『거짓말, 부드러운 거짓말』출간.
스노희문학싱 ✝상. 문공부 상싹기금 수혜.

타터, 스스로 죽다

그러니까 2년 전, 어머니가 그렇게 되기 전 나는 세상에 없었다. 어쩌면 태동을 시작하는 어떤 씨앗이었을 수도 있었다고 후에 아버지는 말했다. 눈알도 생기지 않은 채 홀로그램 속에서 이리저리 뒤척였다. 아버지와 어머니가 행성마켓(Planet Market)을 만들기 위해 밤낮으로 머리를 싸매던 그 무렵이었다.

늦은 밤. 그날도 부부는 마켓 개발로 녹초가 된 상태로 집으로 돌아가고 있었다. 그 동네 초입으로 들어선 순간 갑자기 어두운 골목에서 고양이가 튀어나왔다. 자율주행 자동차의 급격한 정차에 어머니는 목이 앞뒤로 꺾였다. 급히 병원으로 옮겼으나 뇌사 상태가 되었다. 아버지는 멀쩡했다. 곧 오픈해야 할 행성마켓과 겨우 세 살 된 아들. 보름 후 어머니가 생명을 놓을 때 행성마켓 작업실에서 아버지는 어머니의 마지막을 지켜보았다. 그녀의 모든 열정과 패기를 쏟은 작업실에서 마지막을 준비하게 해달라는 아버지의 청원을 의사가 허락한 것이다.

어머니는 살아날 가망이 없었다.

그렇게 그녀는 세상을 떠났다. 사랑하는 남편과 아들, 온 열정을 다해 개발하던 행성을 남기고 홀연히. 아버지는 아내에게 약속했다. 멈추지 않을게. 멈추지 않을 것이다…….

아버지는 시 외곽 다 낡은 아파트로 이사했다. 슬픔에 잠겨 있을 수 없었다. 조금이라도 자금 확보를 해서 행성 개척을 이어가야 했다. 아버지의 마음만큼 행성은 황량했다.

얼음과 바위가 가득한 그 별에는 바닷물이 부지런히 밀려가고 밀려왔다. 그 바다 끝에 목조주택 한 채가 외롭게 서 있었다. 발코니가 아슬아슬하게 나와 있었으나 집이 앉은 풍경은 묘하게 안도감을 주었다. 집 주위엔 개울이 흐르고 작은 꽃도 몇 송이 피었다. 집과 멀어지면 그 별은 춥고 어두웠다. 일주일이 넘도록 낮이 이어졌지만 햇빛은 까마득히 멀었다. 미미하고 차가워 달빛과 다를 바 없었다. 일주일이 지나면 밤이 찾아오고 분출하던 소금물은 얼어붙었다. 거대한 얼굴이 하늘을 덮고 있는 거칠고 추운 별에서 아버지는 우주의 낭만을 실현시켜야 했다.

그때 게임 광고를 보았다. 이라크의 석유재벌이 전 세계 메타버스 유저들을 상대로 낸 게임 광고였다. AI 챌린지. 당신의 상상은 현실이 된다! 망설일 이유가 없었다. 상금이 5백억 디나르, 우리 돈 4백억 원이다. 아버지는 절대적으로 돈이 필요하다.

아내를 집으로 데려온 아버지는 떨리는 손으로 기계들을 작동시켰다. 곧 아내의 뇌를 복기하는 데 집중했다. 생체 맵의 비밀이 풀리고 이제 인간을 만들어내는 것은 어려운 일이 아니다. 다만 완고한 생명주의자들과 도덕률에 사로잡힌 원로들의 반대로 그 어떤 생명체나 페르소나에 생체 맵을 이식할 수 없다는 사회적 약속이 있을 뿐이다. 길을 막으면 돌아가야 한다. 아버지는 몇몇의 위험한 연구자들처럼 누구도 모르게 일을 수행했다. 전직 신경과 의사이며 현직 인공지능 연구자가 온 힘을 다하는 시간이었다. 뇌에 그물망처럼 스텐트와 같은 뇌신경 회로를 연결하여 이것을 컴퓨터로 전송, 서버에 업로드했다. 아카이브 대신 홀로그램 빅데이터 속에서 미세한 움직임이 보였다. 어머니가 움직였다. 시간이 지나면서 활발한 활동을 이어갔다. 다시 살아난 것이다. 아버지는 어머니의 휴먼캐릭터에 데이터를 이식했다. 그 다음은 자유로웠다. 아버지는 어머니를 행성으로 데려와 누구도 모르는 곳에 입주시켰다. 아들을 위해서, 마켓을 위해서 아내는 꼭 존재해야 했다.

"은명아."

설계자의 통로로 아내를 찾아간 아버지가 그렇게 불렀을 때 창가에 서서 아래를 내려다보고 있던 은명이 돌아섰다. 생선의 은녕과 똑 닮은 모습이었다.

"바다가 눈부시네."

실제의 은명과 같이 눈을 가늘게 뜨고 미소 지었다.

"고마워. 다시 돌아와줘서."

아버지가 다가가 아내를 안았다.

"당신을 다시 보다니."

은명의 맑은 눈이 아버지를 보았다.

"궁금한 것이 많아. 론은 잘 있는지. 마켓은 어떻게 되었는지."

"다 잘 되고 있어. 론도 머지않아 데려올게. 엄마를 많이 보고 싶어 해."

두 부부는 도란도란 이야기를 이어갔다. 은명이 생물학적 수명을 다한 지 5개월 만이다. 아버지는 닥터 한 이야기를 하지 않았다. 은명은 궁금해했으나 다 잘 돌아가고 있다고 말했다. 지금 눈앞의 은명은 한없이 평화롭고 다정하다. 행성의 외로운 목조주택 가장 높은 곳, 누구도 알지 못하는 방에 은명이 있고 언제든 찾아와 만날 수 있다는 것이 꿈같을 뿐이다. 오직 달빛 같은 햇빛만이 들어오는 방, 누구도 갈 수 없고 누구도 알 수 없는 오직 그들만의 방이었다. 햇빛은 아직 그곳에만 머물렀다.

행성마켓을 설명했을 때 후원회 회장인 닥터 한은 의아해했다. 방문자들은 보통 푸른 물결 위에서 서핑을 즐기고 아름다운 아가씨와 데이트를 즐기는 행복한 꿈을 꾸고 싶어 한다며 그 거칠고 추운 별을 누가 찾아가겠느냐고 했다. 어머니의 대답은 이랬다. 밤하늘에 반짝이는 저 수많은 별들이 다 그렇게 수상한 이야기를 품고 반짝인다. 사람들은 이제 지구에서의 삶이 지루해서 모험을 찾아다니는 우주의 도전자들이 되었다며, 거칠고 추운 별에서 텐트 치고 캠핑하며 어린 왕자가 되는 꿈을 꾸는 낭만주의자들이라고 설득했다. 또한 용감한 챌린저라면 자신이 우주선을 타고 우주로 나가 자기의 별을 찾아내는 모험과 투자를 원하는데, 이때 화폐가 활발히 이동할 거라고 계산을 해줬다.

"우주선으로 어디까지 탐험할 수 있소?"

"새로운 별이나 외계 생명체를 찾을 때까지."

"그러면 꽤 먼 거리로 나가야 할 텐데. 비용도 많이 들고."

"당연히 먼 거리로 갈수록 비싼 경비가 들지요. 현실에서도 다른 나라로 여행하려면 비싼 비행기 값이 들듯 행성에서도 거리에 따라 등급이 매겨져요. 예를 들어 가니메데에서 다른 별로 가려면 많은 요금을 지불해야 해요. 다른 행성계로 날아가서 새로운 별을 찾으면 그 별에 본인 이름을 붙여줍니다. 그 별은 영원히 발견자의 이름을 달고 반짝이지요. 그 후에는 자신의 별을 지키기 위해 반드시 다시 찾아가고요. 한번 우주선을 타고 먼 하늘을 날아가 별을 찾아낸 이용자들은 그 맛을 잊지 못해 다시 도전할 것입니다. 낚시꾼들은 손맛을 잊지 못하지요."

만약 행성마켓에서 어느 챌린저가 4백억 원의 화폐를 벌었다고 쳐요. 그 돈이면 우주선 50대를 사고 그 우주선으로 행성 탐험에 나섭니다. 우주선을 50대나 보유했다면 새로운 별을 발견할 확률이 백 프로. 확률의 계산대로 별을 발견한 그는 제1대 승리자가 되어 후원회의 이사장 자리를 승계 받을 자격이 생기죠. 플라넷마켓 안에서 생기는 상업 수익의 배분은 물론 최대 운영 주주가 되는 것이죠. 화폐를 좀 갖고 있다는 사람이면 솔깃한 거래입니다. 물론 그런 일도 마켓의 개발이 완성되고 상업과 업무, 방문자와 도전자들의 활동이 일어났을 때 가능하죠.

어머니와 아버지는 인간의 내장이나 들여다보던 닥터 한에게 우주를 설명해야 하는 일이 고역이었다. 그날 닥터 한은 어머니의 설득에 만족해했다. 제1대 후원회 이사장 자리를 예약한 위치였기 때문이다.

그러나 어머니가 죽은 후 후원금은 쉽게 결제되지 않았다. 그날도 닥터 한과 다툰 아버지는 동네 술집에서 맥주를 마셔댔다. 밖에는 비가 오고 있었다. 컨디션도 기분도 엉망인 아버지의 입에서는 끊임없이 후원회에 대한 불만이 흘러나왔다.

술집의 손님들은 가니맥주를 마시며 가니메데인의 키가 2.5미터나 되는 거인*이라고 하다가 그게 아니고 난쟁이 게라고 떠들었다. 우주로 내보낸 지구 최대의 망원경이 가니메데 골드락스 존에서 생명체를 발견했다는 뜬금없는 소문이 퍼지며 술집의 단골 메뉴가 되어 오늘도 술꾼들의 입에 오르내리는 것이다. 술집 주인을 상대로 불만을 토로하던 아버지는 휴대하고 있던 홀로그램 창을 열었다. 그리고 아직 형체가 불분명한 나를 불러냈다. 손이 빠르게 움직였다. 구경하던 술집 주인은 술꾼들이 떠드는 거인과 비슷하다며 웃었다. 아버지는 그런 주인에게 제안했다. 가니메데의 그 거인들이 술을 마실 곳이 마땅

* 제임스 P. 호건, 『별의 계승자』에 나오는 인물.

치 않은데 그 행성 바닷가에 이런 술집 하나를 내면 대박 치지 않겠느냐. 그러자 주인이 다가앉았다. 정말 메타버스 플랫폼을 만드신다고? 그럼 입지 좋은 곳에 한자리 주셔. 이런 가니맥주쯤이야 얼마든지 드릴 수 있으니까. 주인은 바짝 관심을 보였다. 반응으로 보아 이미 가상 공간에서 상업 활동을 하는 듯했다. 아버지는 속으로 고객 한 명을 확보했다고 생각했다.

집에 돌아와서도 작업은 계속되었다. 옆에서 론이 잠들자 아이를 방에 재우기 위해 잠시 자리를 비웠다. 나간 김에 화장실도 들렀다. 그 사이에 나는 홀로그램의 골짜기에서 광대한 세계로 나오는 중이었다. 잠시 후 돌아온 아버지는 의심 없이 내 손을 잡아끌었다. 나는 무사히 세계로 나왔다. 그러나 자기가 만든 가상인간이 술 취한 듯 불안하게 걷는 꼴을 보더니 고민하는 눈치였다. 그러나 더 이상 손대지 않았다. 그리고 타터(Totter)라는 이름을 지어주었다. 가니맥주를 조금만 마실 걸. 그렇게 중얼거렸다.

그러나 아버지가 모르는 일이 있었다. 그날 아버지의 작업 창은 온통 푸른색이었다. 론을 재우기 위해 방을 나간 아버지는 쉽게 돌아오지 않았다. 그물망처럼 오르내리던 화면은 점점 반짝이기 시작했고 데이터는 자기들 마음대로 움직였다. 나는 어머니의 손에 있었다. 어머니는 나의 뇌 회로에 자기 데이터를 입력하는 작업을 빠르게 수행했다. 나는 점점 영문을 알 수 없는 오류에 물들었고 아버지가 돌아왔을 때는 언제 그랬느냐는 듯 조용했다. 행성에는 푸른 햇빛도 환하게 비치고 있었다. 아버지는 탄성을 질렀다.

"마침내 발코니에 햇빛이 비치는구나!"

수개월 동안 어둠에 잠겨 있던 행성에 달빛 같은 햇빛이 교교히 내려앉은 것이다. 그 광경은 눈물겹도록 외롭고 신비로웠다. 닥터 한에게 예산을 재촉할 하나의 성과물이기도 했다. 감격에 겨워하던 아버지가 나를 발견했다.

"그런데 너는 또 왜 그러고 서 있냐?"

내가 싱긋 웃음을 날리자 그가 어이없어했다. 모습은 자기를 닮았으나 웃는 모습이 아내와 흡사했다.

"미쳤군! 너도나도 미친 게 확실해. 그렇지 않고서야 몇 달씩 고생시키던 햇빛이 비치고, 그림자처럼 네가 태어나고. 기가 막힌 밤이군!"

후에 어머니로부터 그 밤의 출현과 비밀 작업을 들었을 때 아버지는 이상한 감정에 휩싸였다. 데이터가 자의적으로 움직여 데이터 속 다른 메타휴먼에 접속하다니. 메타휴먼의 증폭, 연동, 병합*이잖은가. 자기가 실행한 메타버스의 생체화 대상이 스스로 증폭하여 옆 데이터에 연동하고 병합한 것이다. AI가 만들어내는 믿을 수 없는 일이 빈번하게 일어나고 있지만 그 일이 내 연구실에서 일어나다니. 데이터의 자율번식을 예측하는 목소리가 커지고 그것이 최근에 뜨거운 사회 이슈화가 되었어도 메타버스 속 아내를 현실로 끌어내어 한 집에서 살 수 있겠다는 생각은 아버지로서는 가슴 뛰는 일이었다. 자기 작업의

---

* 양수린·조중호·김재호, 「물리세계와 가상세계의 연동, 메타버스 자율트윈 기술 개발 방향」, 『방송과 미디어』 제26권 3호, 한국방송미디어공학회, 2021 참조.

의심과 자신감이 함께 드는 순간이었다.

세상에 나오자마자 나는 플랫폼에 감금되었다. 아주 먼 어느 별의 바닷가. 얼음과 바윗덩이가 가득한 벌판의 끝엔 미친 듯이 큰 모성이 얼굴을 들이밀고 있었다. 그 얼굴은 심한 폭풍에 시달리며 돌고 있어 론이 본다면 솜사탕과 같다고 할 것이다. 행성의 하늘은 무섭고 괴기했다. 죽은 어머니가 기획한 메타버스 게임월드다.

개장하지 않은 행성은 고요하다. 흐르던 용암은 흙이 되어 꽃을 피워낸다. 지구 나이와 같은 이 별은 산소도 조금 있고 철분도 많아 자기장도 있다. 까마득한 크레이터는 바닷물로 채워져 밀려오고 밀려간다. 그 속에서 꿈틀대는 것은 이 별의 검은 괴물이다. 너무 커서 머리와 끝이 보이지 않으며 늘 깊은 계곡에서 꿈틀거릴 뿐이다. 이 괴물 또한 용감한 도전자만이 그 등에 올라탈 수 있다.

바닷가에 그가 앉아 있었다. 눈은 올빼미 같으며 피부가 비늘로 덮인 남자다.* 이제야 오는군. 그가 빙긋 웃는다. 내가 그 옆에 앉아 같은 곳으로 눈을 준다.

"우리 조상이 이곳에 사나요?"

"그렇지. 여기 살지."

"정말 키가 큰 거인인가요?"

---

* 사하라 사막의 타실리 지방에는 1만 년 전에 그려진 헬멧을 쓴 우주인 모습의 벽화가 보존되어 있다.

"그건 술꾼들이 만들어낸 이야기."

우리들 역시 아버지가 만든 이야기 속에 있는걸요, 하는 말이 나오려 했다.

"왜 아무도 안 보여요?"

"외계 정찰 나갔지. 어머니들은 숨고."

우리는 어제 만났던 사람들처럼 자연스런 대화를 이어갔다.

"아버지들은 부지런히 별을 찾고 있어. 머지않아 이 별이 멸망할 거거든. 그래서 다른 별을 찾아다니지. 어머니들은 지하나 바다 밑에 살 만한 공간을 만들기 위해 모두 내려갔고."

"이렇게 생명력이 넘치는데 왜 멸망해요?"

"우주 법칙이야. 이 별을 저 모성이 끌어들이고 있어."

"아."

하늘에는 거대한 얼굴이 돌고 있었다. 눈물이 날 것 같았다. 그런 운명을 안고도 이 별은 너무 꿋꿋하잖은가.

그와 나의 눈이 아득해졌다. 저기 풀밭 아래 어머니들이 파놓은 토끼 굴로 내려가면 따뜻한 지하 바닷가에 어머니들이 모여 살고 있겠지.

행성마켓을 개장하면 이용자들은 두 가지 놀이를 할 수 있을 것이다. 우주선을 타고 우주로 날아가 외계 탐험을 하는 것과 지하 바다로 내려가 거기 어딘가 살고 있는 어머니들을 찾아내는 것이다. 전자는 용감하고 화폐가 많은 도전자들이 즐길 것이고 후자는 약간의 화폐를 보유한 평화주의자들이 즐길 것이다.

바닷가 어디쯤 바에 들러본다. 곧 아버지가 나를 만들던 술집 주인이 올지도 모른다. 그러면 제 주소를 찾은 가니맥주가 가득 넘치겠지. 행성의 첫날 만났던 거인은 그날 이후 보이지 않는다. 그는 아버지가 나를 위해 만든 NPC일 수도 있다. 곧 저 하늘에 비행선이 날고 우주선이 외계 탐험을 떠나는 상상을 한다. 방문자들은 놀라운 이 풍경에 두려워하면서도 빠져들 것이다. 일상이 권태로워진 지구인들이 고생과 모험을 찾아 행성에 올 것이라고 어머니는 말했다. 언덕 위에 제각각 좋은 자리를 찾아 텐트를 치고 거대한 얼굴을 배경으로 셀카 놀이를 즐길 것이다. 하늘 가득 버티고 있는 얼굴을 그들은 어떻게 대할까. 무서움, 놀람, 신비, 그러다 손을 뻗어 만지려 할지 모른다. 맥줏집은 와자지껄 활기를 띠고, 나비넥타이를 맨 마켓맨들은 킥보드를 타고 돌아다니며 행성 전체를 축제장으로 만들 것이다. 바다는 격렬히 흔들리고 나는 풀밭을 살핀다. 언덕 위 발코니에는 불빛이 새 나온다.

아버지는 닥터 한에게 내 아바타가 행성에 있으니 들어가보라고 연락했다. 아직 완성도 안 된 그곳에 그를 초대한 것은 물론 후원금의 조속한 지급을 촉구하는 의미였다. 그가 입장하자마자 나는 단박에 알아봤다. 행성에 들어오자마자 입을 딱 벌린 저 촌뜨기. 지구의 달만 바라보던 눈으로는 가니메데의 하늘을 본다는 것은 상상 이상으로 무서울 것이다. 모성은 그 큰 얼굴로 짓궂게 다가왔다. 그의 아바타 dolzzy

의 얼굴에 공포가 서렸다. 기분을 풀어주기 위해 공기 중에 날아다니는 행운의 비눗방울을 터뜨렸다. 코인 세 개가 떨어졌다. 날아다니는 비눗방울을 따라가면 바다에 닿는데, 그곳엔 수많은 상점들과 놀이기구, 먹거리가 수두룩하다. 아직 개장하지는 않았지만 중국인의 거리처럼 울긋불긋한 간판과 조명이 요란하다. 그는 연신 하늘을 힐끔거렸다. 그의 주의를 돌리기 위해 토끼 굴을 찾아보라고 했다. 토끼 굴을 발견하면 상금이 터지는데 그 아래로 내려가 어머니를 찾으면 더 많은 상금이 주어진다고 알려주었다. 그 모든 상금은 가상화폐와 쿠폰을 반반씩 나누어 지급하므로 재방문을 하게 될 것이라고 설명할 때까지 그는 행복해 보이지 않는다.

"비행선이나 우주선은 왜 안 보이죠?"

애써 표정 관리를 하는 그에게 예산 집행을 안 하셨잖아요, 하고 말하려다 하늘에 보석처럼 박힌 일곱 가지 별들을 따서 눈앞에 뿌려주었다. 행복한 미래를 위해! 내가 dolzzy에게 다가갈 때까지 그의 눈은 여전히 거대한 얼굴을 향해 있었다.

행성 방문 후 그가 아버지에게 감상을 전했다. 재미있군요.

미션이 시작되었다. 바그다드 대회장에 '수메르의 찬란한 문명'이라는 대주제가 붙었다. 전 세계에서 2만여 명이 신청해 예선전만 다섯 번을 거쳤다. 첫 번째는 바그다드에서 열리고 두 번째부터 생존자가 많은 나라로 옮겨가며 진행됐다. 4백여 명이 남은 여섯 번째 예선전 장소가 서울이었다. 모든 게임은 전 세계에 중계되고 구독자는 폭발적으로 늘어났다. 예언자들은 승자가 한국에서 나올 가능성이 크다고 예측했다. 어찌 보면 당연하다. 한국은 오래전부터 이런 유의 게임에서 세계 최강자였다. 투기꾼들의 베팅은 한국에 몰렸다. 서울 미션은 서해안의 작은 섬으로 옮겨졌다.

서울 미션의 주제가 내걸렸다.

'지구라트 신전 쌓기.'

이라크의 옛 도시 우루크에서 발견된 4층의 백색 신전. 지금은 허물어져 1층 기단만 남은 신전이었다. 주최 측은 그 옛날 자신들의 조상이 얼마나 찬란한 문명을 이룩했는지를 현대의 지구인들이 확인하고 공유하기를 바랐다. 아버지는 마지막 힘을 다해 소리쳤다. 타터야! 너와 나의 운명이 달려 있다.

나는 아득한 눈빛으로 아버지를 바라보았다. 그 너머로 가니메데 별이 반짝인다.

서해안의 그 섬은 선수들은 물론 방문자까지 가세해서 섬 전체가 술렁였다. 장소는 섬의 어디든 참가자들이 자유롭게 선택했다. 벽돌은 백토로 만든 흰 벽돌이다. 그 벽돌로 사라진 원형과 가장 흡사하고 가장 아름다운 건축물이 나오기를 바랐다. 벽돌 창고는 섬 곳곳에 설치해 선수들이 가져다 쓰기 쉬웠다. 참가자들 모두 편리한 장소를 찾아 이리저리 뛰었다. 붉은 산나리꽃 한 가닥이 한들거리는 곳에 자리를 잡는다.

게임이 시작되었다. 기초를 쌓기 시작했다. 첫째 날은 다른 참가자들처럼 기단을 쌓는 데 썼다.

게임은 3일간 이어진다. 둘째 날에는 참가자 모두 전날의 작업을 이어 상단을 쌓는 것으로 시작했다. 백토로 구워 만든 벽돌은 햇빛을 받아 하얗게 빛났다. 완성이 멀었는데도 수시로 감탄사가 나왔다. 벽돌이 쌓인 창고를 들락이며 4백 명의 참가자들이 바삐 움직이는 모습은 장관이었다. 자리를 잘못 잡은 어떤 참가자는 벼랑으로 굴러떨어지기도 했다. 먼 거리에서 보면 개미의 역사(役事)와 흡사해 보일 것이다. 세계의 유저들은 이 미친 역사를 보며 열광했다. 멋지고 흥분되는, 짜릿한 기분에 들떴다. 접속자는 기하급수적으로 늘어나고 주최 측은 이미 5백억 디나르의 투자금의 수십 배를 벌어들였다.

둘째 날 마감이 가까워질 때 사람들의 수군거림이 들렸다.

"저자의 탑은 구불구불하네?"

"저게 지구라트야? 탑이 비틀거리는데?"

"탑 옆에 웬 대추야자 나무까지 세웠을까?"

야유도 들렸다. 구불거리든 비틀거리든 나는 하늘 속으로 벽돌을 쌓을 뿐이다. 더 높이, 좀 더 높이. 이상하다는 듯 떠들고 있는 사람들 사이로 론이 보인다. 얼굴에 호기심이 가득하다. 아이들이 더 많이 모여들고 몇몇은 계단에 발을 올리고 내 눈치를 보고 있다. 론이 가장 앞장서 있다. 아버지가 기어이 론 아바타까지 등장시켜 응원하는 모양이다.

올라가. 더 높이. 끝없이 올라갈 수 있게 만들어줄게.

나는 가니메데까지 계단을 쌓고 싶을 뿐이다. 원하는 사람이 있으면 밟고 올라가도 좋다. 하늘로 우주로 걸어가 보라. 멀리 끝까지. 가니메데까지. 그리고 꼭 돌아와 이야기를 해다오. 그곳이 어디였는지, 무엇이었는지 행복한 얼굴로 들려주기를.

바구니에 대추야자를 담아 갔다. 탑 옆에 심어놓은 나무에 매다니 검붉은 대추야자가 먹음직스럽게 열렸다. 물론 그 열매는 부드럽지도 않고 달콤하지도 않다. 한 송이 두 송이, 모두 다섯 송이.

3일째. 서울 미션 마지막 날이다. 이제 2백 명만 살아남을 것이다. 선수들이 쌓고 있는 신전들이 희고 아름답게 제 모습을 갖춰갔다.

"역청가락으로 밧줄을 만드시오? 아니면 콩나무를 심으시나?"

사람들은 여전히 내 작업을 야유했다. 그들의 말이 맞다. 나는 론이 좋아하는 콩나무를 만드는 중이다. 그 동화를 읽으며 론이 물었다. 타터 아저씨. 콩나무를 타고 올라가면 엄마에게 갈 수 있을까요? 아이의 눈을 들여다보니 그리움이 가득하다. 론이 어머니에게 갈 수 있도록 높이 쌓아야 한다. 론의 희망은 이루어지지 않겠지만 하늘에 닿는 콩나무를 쌓고 있다.

손이 아프다.

마지막 시간이 다가왔다. 선수들이 쌓은 지구라트가 섬 곳곳에서 눈부시게 빛을 뿜는다. 사람들은 이 모든 아름다운 백색 신전들의 향연에 찬사를 쏟아낸다. 충분히 그럴 만하다. 선수들은 3일간의 누구가 고스란히 담긴 얼굴로 대연회장으로 모여들었다. 지친 얼굴이었다.

머리에 둘렀던 수건을 풀어 탁탁 먼지를 털거나 뽀얗게 먼지 앉은 신발을 닦기도 했다. 누구는 섬의 바위를 넘나들어 신발 밑창이 너덜거렸다. 모두 열심히 일한 흔적이었다.

바그다드 주최 측에서 말했다.

"다들 수고 많이 하셨습니다. 그 수고의 결과물들은 너무 훌륭하고 아름다워 우리 국가 기록물에 길이 남을 것입니다. 정말 우열을 가리기 힘들군요."

사람들이 모두 주최 측의 말에 귀를 기울였다.

"서울 미션에는 두 가지 주제가 있습니다. 즉 신전을 쌓는 1차 미션이 있고 이제부터 2차 미션이 시작됩니다."

참가자들이 어리둥절해서 서로 둘러보았다. 사람들도 웅성거린다.

영문을 모르는 사람들은 서로 물어보기 바빴다. 무엇이 또 남았다고? 저렇게 지친 선수들에게 또 무엇을 요구한다고?

"마지막 미션은 지금까지 쌓은 신전을 부수는 것입니다. 폭파하든 때려 부수든 자유입니다. 다만 단 한 번에, 가장 장엄하게, 가장 아름답게 부수는 것이 중요합니다!"

"아!"

세상에! 차마 말을 잇지 못하고 서로 돌아봤다. 그때 누군가의 입에서 탄식이 터져 나왔다.

"가상은 현실이다! 없는 것은 없는 것이다!"

그러자 하나둘 고개를 끄덕이기 시작했다.

"시간을 복습했군요!"

저마다 고개를 끄덕이긴 했어도 힘들게 쌓은 아름답고 웅장한 탑을 파괴해야 한다는 생각에 걸음이 무거웠다. 게임을 지켜보던 전 세계의 유저들은 찬탄을 보내면서도 기가 막혀 했다. 서버를 통한 대화창이 터져 나가더니 곧 닫혔다. 새로 고침으로 돌아가도 마찬가지다. 지구의 태평양 기슭 작고 작은 섬은 나오지 않았다.

그 비밀의 방에는 푸른 햇빛이 가득했다.

"정말이야?"

아버지가 놀란 눈으로 어머니를 보자 힘차게 끄덕였다.

"응. 처음부터 그런 계획이었대."

아버지는 과연 이 사실을 믿어야 할까 고민했다. 그러나 아내는 누구보다 유능한 AI 연구자였다. 행성마켓을 구상하고 닥터 한의 후원을 얻어내기까지 아내의 공이 컸다. 일찍이 그녀는 우수한 두뇌 맵이 업로드된다면 이식받은 페르소나가 어느 특정인의 몸에 들어가 갈릴레이 페르소나가 될 수 있다고 주장했다. 결국 은명 본인이 생체와 가상의 갈릴레이 페르소나가 되었다.

남편에 의해 다시 태어난 은명은 주위의 NPC들에게 관심을 가졌다. 그중에 한 명이 이번 바그다드 챌린지를 관리하는 사람의 아바타였다. 밝고 명랑한 성향을 보이는 그 캐릭터와 친해지면서 그의 뇌에 바이러스를 심었다. 결과는 놀라웠다. 어머니는 아버지와 며칠을 의논했다. 고민하던 아버지가 결국 나를 불렀다.

"타터야."

아버지는 다음 말을 잇지 못했다. 내 채근에 아버지는 어머니로부터 들은 이야기를 털어놓았다.

"순전히 네 결정을 존중할 거야. 너는 우리에게 소중한 존재니까."

나는 가만히 아버지를 바라보았다. 아버지의 붉은 눈이 떨렸다. 내 시선이 천천히 바뀌어갔다. 세상에서 가장 믿음직한 눈빛으로.

파괴가 시작되었다.

진행자가 호명하는 순서에 따라 구조물들은 사라져갔다. 가장 빠르게, 가능한 눈부시게. 극적인 아름다움을 연출하기 위해 도구나 힘, 온갖 방법으로 자기가 쌓은 구조물을 허물었다. 그중에는 우는 자도 있었다. 눈물겨운 장면이었다. 다음 회 진출을 위한 필사적인 파괴였다.

"김국과 타터 팀!"

호명되었다. 계단에 아이들이 올라가고 있었다. 앞장선 아이는 론이었다. 만류하기에는 꽤 먼 거리다. 론은 단순 아바타다. 그러나 탑으로 뛰어갔다. 뛰기 전에 대추야자 열매 다섯 개를 품에 안았다. 세 번째 계단에서 론과 아이들을 밀쳤다.

어느 순간 폭발음이 들린다. 스위치를 정확히 누른 듯하다. 모든 것이 조각 나는 소리와 함께 작은 섬이 흔들린다. 나는 하늘로 튕겨져 날아간다. 수많은 백색의 조각들도 하늘로 날아오른다. 하늘로 날아오른 흰 조각들이 온통 하얗게 뒤덮으며 쏟아져 내렸다. 지구의 북방 사람들은 그 모습이 마치 한겨울 함박눈 같았다고 했고 남방 쪽 사람들은 한여름 밤하늘의 유성우 같았다고 환호했다. 놀라운 파괴였다.

미션 후 몰려든 기자들은 아버지에게 자신의 아바타를 자폭 무기로 쓴 것에 대한 질문을 퍼부었다. 간접 살인과 같다고 했고 윤리적으로 있을 수 없는 일이 일어났다고 공격했다. 한편에선 타인을 살해한 것이 아니라 자살이라며 그런 경우 타인을 위해 한 행위가 아니므로 아무 문제가 없다고 옹호했다. 가상세계의 도덕률이 유저들 사이에 오르내리며 이목을 집중시켰다. 아버지의 변론은 이랬다.

"타터는 분명 저의 분신이 맞습니다. 아주 특별한 존재지요. 그런 제 분신을 게임에 참가시켜 진행하면서 승리에 대한 집념이 끓어올랐습니다. 이기기 위해 참가한 게임에서 방법을 고민할 시간은 없었습니다. 모든 게임의 숙명이 결국 이겨야 한다는 목표를 향하고 있으니까."

괴로움에 지친 얼굴에 눈물이 비쳤다.

"타터에게 결정권을 주었어요. 그는 생각하는 사람이니까."

사람들은 일순 자기 귀를 의심했다. 그리고 소란통에 자기들이 잘못 들었다고 생각했다.

곧이어 바그다드 주최 측의 입장이 공개되었다. 우리는 게임을 진행하면서 방법보다 결과물을 우선한다고 여러 번 요구했다. 단 한 번으로 가장 아름답고 놀라운 파괴를 요구했으므로 다른 이의 제기가 있을 수 없다. 더구나 위험했던 아이들도 모두 무사하지 않은가. 참가자 본인의 살신성인이라 할 수 있다. 우리는 그의 행동에 놀라움과 존경을 보낸다.

기자들은 더 이상의 공격을 하지 않았다. 다만 '생각하는 사람'에 대한 질문이 이어졌다. 세계의 유저들은 여전히 메타버스 도덕률에 대한 필요성을 언급하면서도 그 인상적인 파괴를 부정하지 않았다. 두고두고 화제에 올랐다.

아버지의 마지막 외침이 머리에 생생하다. 대추야자를 안고 뛸 때 아버지가 비명처럼 외쳤다.

"멈춰라! 멍청아! 너는 아바타가 아니야!"

그때 아버지는 후회하고 있었을 것이다. 가능하다면 저지하고 싶었겠지. 그렇다 해도 나는 기꺼이 폭탄을 안고 뛴다. 내게 생명을 준 아버지이니까. 생각하는 사람이니까.

몸을 일으키려 하지만 꼼짝도 할 수 없다. 개펄에 처박힌 채 하늘을 본다. 행성은 보이지 않는다. 빠르게 갯강구 떼가 지나간다.

단순한 메타휴먼이라면 이 순간 '삭제'로 끝날 수 있다. 그러나 생체의 데이터와 기계의 데이터가 병합되어 있으므로 죽음을 기다려야 한다. 스스로 죽음을 선택했다. 몸은 지워지고 뇌는 맥없이 멈추고 있다. 확실하지 않은 무엇이 엄습한다. 두려움이다. 죽음이다. 하필 이 순간에 죽음을 이해하다니. 온전한 생명체라면 진즉에 이해했겠지만 나는 낯설다. 아버지는 변이종이라 했고 나는 외계종이라 생각한다. 눈을 감는다. 올빼미 눈이 보고 싶다. 내 종족. 나의 브라더. 서해안의 바다가 행성의 바다였으면……

바닷물이 이제 발등을 적신다. 곧 물의 군대가 밀려들 것이다. 두려움이 서서히 평온함으로 바뀐다. 저기 바다 끝으로 오래된 오늘이 저물고 있다.

오래된 오늘을 찾아 나는 달려가네.
행성은 거칠고 하늘은 어두워.
나는 세상 어디에도 존재하지 않고 세상 어디에도 존재한다.

아버지는 늦지 않게 두 번째 타터를 만들기 시작했다. 다음 게임이 기다리고 있었으므로 서둘러야 했다. 닥터 한은 후원금을 대폭 올려주겠다며 저녁이나 같이 먹자고 한다. 이미 행성마켓은 매스컴에 오르내리며 개장 문의가 쇄도하고 있다. 아버지는 서둘러 내 데이터를 복기한 메타휴먼을 리깅하기 시작했다.

● 이 이야기는 MBC 프로그램 〈블록버스터〉를 참고했음을 밝힌다.

버터플라이 허그